多圓文化

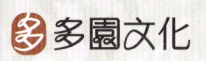

馬冬集

哂文集 | 林燊祿・陳春茹 — 合著

目次
CONTENTS

推薦序 / 李慶新 　　　　　　　　　　　　　　　　6
林燊祿書法藝術 / 賴國生 　　　　　　　　　　　　9
林燊祿教授書茶縱橫合實 / 池宗憲 　　　　　　　 13
林燊祿教授書法藝術簡析 / 李慶綠 　　　　　　　 16
哂文集序 / 陳春茹 　　　　　　　　　　　　　　 19

001	嘉博說故事	22
002	創造生活	25
003	樂太極之道	29
004	喫茶趣	33
005	養心太極	36
006	歲末序章	38
007	茶禪	40
008	感恩	41
009	論藝談文	43
010	年的味	46
011	覺	48
012	春寒	50
013	護生	52
014	寫瓷	54
015	久別再逢	56
016	半日遊	58
017	悟了	59
018	證眞實相	60
019	嘉義文化獎	61
020	春之漣漪	63
021	資深玩童	64
022	愛屋及物	66
023	圓	68
024	鴉雅前後	70
025	居簡	71
026	圓滿	72
027	讀書未會	74
028	母親節前	75
029	文之昇華	77
030	複合日	79
031	竹居遙思	81
032	水蛭文	83
033	家之家	85
034	佛誕日前	87
035	閑聊外子	89
036	專注	92
037	糭香	94
038	行動探索	96

039	動靜		98
040	警察節		100
041	荔風蕉雨		102
042	恬淡之員		103
043	淨化分享		105
044	出境少目		106
045	穗淨心		107
046	香江行		109
047	聚典閣		111
048	醴陵行		113
049	紅醉館		115
050	輕遊學		117
051	吾印		122
052	立秋契機		124
053	憩息紅醉		126
054	妙有		127
055	事故		128
056	雅論前后		130
057	詩話 AI		131
058	講座後記		133
059	安然後記		137
060	前后善緣		139
061	六榕蔭堂		141
062	緣繫前后		143
063	回臺後記		145
064	禪一穗憶		148
065	妝點心思		150
066	享蔭堂息		152
067	教師之樂		154
068	穗音縈繞		156
069	順發樂道		158
070	秋颱穗思		160
071	念念穗語		161
072	寒露餘瀋		163
073	思學		164
074	紙墨遇知		166
075	霜降之後		168
076	金石之交		170
077	怡然淨化		172
078	談木都心		174
079	寒衣節		176
080	天眞原在		178
081	小雪筆話		179
082	感恩節		181
083	雜學實證		183
084	選擇		185

085	龍飛兔隱	187	
086	本來無有	189	
087	樂成濟衆	191	
088	慮始關鍵	193	
089	新陳	195	
090	軌跡隨筆	197	
091	虛實之間	199	
092	匆促	201	
093	震後清明	203	
094	方圓	205	
095	走心柏熹	207	
096	四分之一	209	
097	日省	211	
098	視覺心像	213	
099	德來一筆	215	
100	境非境	218	
101	雨後	220	
102	日光曬思	222	
103	鏡花	224	
104	順流	226	
105	母親節	228	
106	足矣	230	
107	擺渡	232	
108	萬法唯心	234	
109	覺醒	236	
110	豐實	238	
111	前行	240	
112	值得君度	242	
113	談天說地	244	
114	六榕寶蓮	246	
115	新亞聊聊	248	
116	眞葉避暑	250	
117	心寬之茗	252	
118	喜得自在	254	
119	順穗之行	255	
120	聊茶論字	257	
121	無礙	258	
122	厚積人情	260	
123	親人聚	262	
124	六榕親遊	264	
125	眞葉轉運	266	
126	相對價值	268	
127	立秋回味	270	
128	去蔓記恩	272	

129	復感恩	*274*
130	松風煮茗	*276*
131	眞空	*278*
132	悟空	*280*
133	唯心	*282*
134	向死而生	*284*
135	調理	*286*
136	小院之遇	*288*
137	一指・野狐	*290*
138	中秋之夜	*292*
139	小院故事	*293*
140	動養身	*295*
141	提煉	*297*
142	隙頂之行	*299*
143	定格山間	*301*
144	靜觀隨喜	*303*
145	過往―如今―往後	*305*
146	活動週記	*307*
147	暮秋颱日	*309*
148	人際小覷	*311*
149	行動	*313*
150	記憶之味	*315*
151	石中健	*317*
152	掃葉之樂	*319*
153	日日如意	*321*
154	黏人之嘉	*323*
155	禾蛇喜樂	*325*
156	慶年餘味	*327*
157	雅興	*329*
158	體驗直播	*331*
159	聽雨	*333*
160	晃遊	*335*
161	春之萌	*337*
162	驚蟄回響	*339*
163	東坡遺愛	*341*
164	安且慶行	*343*
165	武漢賞櫻	*344*
166	鄂春漫遊	*345*
167	湘西遊記	*348*
168	微甜旅記	*351*
169	旅遊眞意	*353*
170	活出喜悅	*355*

推薦序

在臺灣史學界，林燊祿先生是明清經濟史研究的知名專家，而且擅長詩作俳句、善於書法，可謂文史兼通、學藝兼美的全能學者了。

林先生祖籍廣東惠陽，出生在澳門，上世紀末到八十年代在香港珠海書院和新亞研究所完成從本科到博士的求學旅程，得到全漢昇、嚴耕望、黃彰健、王業鍵、趙令揚、杜維運等史學大家的教導引領，打下厚實的學問根基。其後林先生到臺灣發展，在中正大學歷史系執教30餘年，默默耕耘，孜孜不倦，著書立說，在明代稅收、田賦、徭役、宗族等領域皆有收穫，出版了《明熹宗實錄點校》（全十五冊）、《嶺南古方志輯錄》（上、下冊）等重要學術成果。

上世紀九十年代以後，海峽兩岸學術交流日趨頻繁。林先生與廣東中國經濟史研究會的掌舵人葉顯恩老師等過從甚密，時常在葉老師那裡聽聞林先生大名。1999年3月，葉顯恩老師主持的「中國傳統社會經濟與現代化」國際學術研討會在海口舉行，邀請了吳承明、方行、吳量愷、韋慶遠、黃宗智、趙岡、鄭學檬、李根蟠、秦暉、杜婉言、川勝守等一批知名學者參加，林先生也出席了。承蒙葉老師關愛，給了我旁聽學習的機會。會後與林先生一起拜謁了位於海口丘海大道的海瑞墓園。大約在2002年前後，葉老師的女兒葉蘺翻譯美國杜克大學穆素潔（*Susheta Mazumdar*）教授的著作 *Sugar and Society in China, Peasants, Technology, and the World Market*（《中國：糖與社會──農民、技術和世界市場》），葉老師將譯稿發送給一些

朋友徵求意見，常有探討，林先生則負責審稿，頗費心力。該書終於在 2009 年由廣東人民出版社公開出版。

　　林先生天賦高，學問好，愛好亦甚廣泛。在珠海、新亞學史之餘，選修棋藝書法，分別得牟宗三、謝方回諸名家點撥，持續修煉，日有進境，乃成一種興趣。及至臺灣，林先生學藝日精，出入學術與藝術之間，常與藝術界交往，日積月累，蔚為大觀，乃至舉辦個人展覽，2015 年以來已經出版了詩集《一哂詩集》、《再哂詩聯集》、《又哂詩集》、《哂三百》、《哂藝集》，以及書法集《一哂集》、《再哂集》、《又哂集》等。林先生自稱「不務正業」，不專一業而業業有得，已卓然成名成家矣。

近年林先生與夫人陳春茹老師合作，又有《哂文集》即將殺青付梓，囑寫一篇序文。本人不敏，忐忑而不敢下筆，生怕寫得不夠中肯貼切。閱讀文集，林先生凝練且具哲理性的俳詩，配以陳老師細緻入微的生活寫照，高度濃縮、意韻無窮的短文，真誠、活潑而有趣味。一讀三歎，頗堪玩味，開卷有益，有心的讀者當有啟發。

中國海外交通史研究會會長　李慶新
2025 年 3 月 12 日于廣州荔灣西海閱江居

一股清流

── 林燊祿書法藝術

　　林燊祿的書法以融合篆書與隸書著稱，在臺灣書壇獨樹一格。書法是一種非常注重師承的藝術，傳統上學習書法以臨摹前人的書跡為主，因此書法家的風格常可看出先前學習或臨仿的對象，林燊祿獨特的書法樣貌，則令人想探究他書法學養的來源。

　　以林燊祿作品顯露的功力，已是一位書法大師，但他的工作其實是大學教授，而且並非在中文系，而是在歷史系。獨鍾隸書與篆書，或許與他的歷史專業有關，畢竟篆書是從周到秦代使用的文字，而隸書則是漢代所使用的文字，距今大約有兩千年的差距。而對他書風，最為關鍵的影響則是在香港求學時代。

　　林燊祿生於澳門，但是從中學以後就一直在香港求學，直到取得博士學位。他大學唸的是珠海書院，碩、博士則是唸新亞研究所。這兩間學校都是在 1949 年後，從中國移居香港的重量級學者辦學，特別注重中華文化的傳承，受臺灣的中華民國教育部資助，但是學位不受英國所屬的香港政府承認。由於香港是英國的殖民地，這兩間學校的創辦者，可能把學校視為中國文化的綠洲，因此新亞研究所要求學生要在「琴、棋、書、畫」中選擇兩樣學習，而林燊祿選擇的是棋與書，也就是圍棋與書法。

從 1970 年開始，新亞研究所就開辦研習書法的書社，林燊祿就讀時，就由謝方回指導，她是新亞研究所唐君毅教授的妻子，因此林燊祿稱她師母。當時學習的書帖是《張遷碑》，或許是當時所留下的傳統，十年前新亞研究所想恢復書法班時，在招生宣傳上也是寫臨摹《張遷碑》。

《張遷碑》是東漢時，為了紀念張遷表彰其功德所刻，漢代通行隸書，自然是以隸書寫成，碑額則以較古老的篆書題「漢故穀城長蕩陰令張君表頌」。東漢已經是隸書發展非常成熟的時代，或許是為了增添古意，並且表達對張遷的崇敬與讚揚，碑中文字有一些筆畫近似篆書，因為在傳統的書寫中，較為正式或有紀念意義的場合會使用較古老的文字。後來在楷書風行的時代，由於已經對隸書書寫的方式不熟悉，書法家書寫隸書時，時常只是在楷書的筆法加上「蠶頭雁尾」而流於形式。

《張遷碑》於明代的出土提供了後代書法家直接取法漢代隸書的機會，其字體渾厚有力，與後來王羲之以降較為秀美的風格大異其趣。明清時代發現許多從漢至魏晉南北朝時期的石碑，這些石碑普遍給人較為剛硬的印象，清代追隨這些古代石刻風格的書法家自稱為碑學派，而把原本崇尚王羲之脈絡的書法稱為帖學派。碑學派隨著乾嘉考據之學的興起而逐漸流行，地位不斷提高，在清末遭受西方列強侵略之時，帖學派的風格被視為軟弱，碑學派到了清末民初時已經成為書法界的主流。新亞研究所的書社選擇《張遷碑》作為教材，可說是延續清末民初碑學派的傳統。

新亞研究所時期《張遷碑》的臨摹，對於林燊祿之後的書法風格有很大的影響。林燊祿持續以隸書為主要書寫的書體，或許是受到《張遷碑》中篆書筆畫的啟發，林燊祿的隸書作品時常混入篆書。並且，他的篆書與隸書風格來自古代石碑，較為厚實飽滿，而非來自「帖學派」的風格。

　　林燊祿移居臺灣之後，也把他具有古意的篆隸書法風格帶到臺灣，他的風格與臺灣主流的書法大異其趣。1949年中華民國政府遷臺，站在以美國為首的民主陣營一邊，美國的抽象藝術成為先進、前衛的表徵，而影響抽象表現主義的書法，也成為臺灣藝術家靈感的來源，在抽象繪畫與書法的界線趨於模糊之時，草書是藝術家表現自我的最佳選擇，因此臺灣的書法藝術家普遍喜愛以草書進行創作。

　　林燊祿的治學以及書法，都是在香港求學時，直接傳承自民國初年中國著名學者，獲得這些民初國學大師的真傳，來到臺灣任教於國立中正大學歷史學系，延續這珍貴的學術脈絡，而他的書法風格也同樣延續自民初的學術風氣。林燊祿在臺灣除了忙碌於教學與研究，也潛心於書法，他傳承自中國清末民初的風格，在臺灣成為獨特的樣貌，有一種耳目一新，令人驚豔的感覺。

　　林燊祿直接取法漢代碑刻的書法，可說是清代碑學派的延續，並且把碑學書法帶入二十一世紀的新境界。多數人學習書法從楷書入門，學習隸書時，只是把隸書的「蠶頭雁尾」特色

加入楷書的筆法,所以楷書味很重。林燊祿的書法作品,令人耳目一新的原因是完全沒有楷書味,林燊祿在新亞研究所學習的《張遷碑》是融入篆書筆法的隸書,篆書的特色是沒有鋒利的起筆與結尾,線條多粗細一致的曲線,而隸書的線條則加入了粗細與形狀的變化,林燊祿以篆書與隸書的特色書寫,篆中有隸;隸中有篆,曲線多而方折少,筆劃邊緣不規則的凹凸有如石刻的自然風化,而非先前碑學派書法家以較為人工的顫筆模仿,作品中同時有隸書也有篆書,綜合以上的樣貌,形成了林燊祿獨特的書法風格。

　　復古與創新是歷史上藝術家常走的兩條路線,追求新潮則是現代臺灣社會普遍的氛圍,林燊祿在香港求學時傳承了中國自清末至民初崇碑抑帖的書法美學,以漢碑為基礎發展出融合篆隸的個人風格,來到臺灣成為與眾不同的一股清流。林燊祿的書法、詩詞以及治學,使得他成為一位二十一世紀的文人。

賴國生
故宮南院研究專員

有意味的形式

──林燦祿教授書茶縱橫合實

　　書法的線條與結構如同一種精神的淨化，超越了單純的圖案美學或裝飾藝術。不僅僅是視覺的呈現，更展現了更深層的意味。這種意味看似靜止，彷彿被城市的規格化所侷限，然而書寫的內容卻充滿生命的律動，猶如一種流動的生命形態，都蘊含著鮮活的生命力，透過筆觸傳遞出豐富的表現張力，呈現出一種深邃而富有生命性的美學意境。

　　林燦祿教授書法作品中，看見筆鋒流動的自由美，鋒尖有柔有剛，方圓適度，每一個字或每一篇詩文，帶著他的個性與抒情表現。從運筆輕重、虛實到轉折，彷若品茶的過程，從注水的輕重緩急，浸泡時間的轉折，到品嚐茶湯的香韻，他的書法讓意趣和字體得到了徹底融合的樣態。

　　林教授所寫的「黑茶」，不禁想問他很喜歡喝普洱嗎？從二個字型看出他生命裡面的深刻體會。字和字的內容，或許是他的生命裡，圓渾成雄的寬厚，更是他品茶時的一種意會；許多字跡的線條，直線多圓角少，首尾露出尖銳的鋒芒，就像品茶時的韻味，初入口無茶，而茶湯在帶來單寧和身體感的回甘，這種韻味就如同林教授的字，在每個筆觸的後端都讓人帶來一種生命的空間，以及對於茶香的投入。

寫書法和喝茶之中的靈動，讓人聯想喝茶和書法之間，有種書法和茶韻的聯動。品茶者通常描述茶的香氣韻味，用花香、果香韻味的深淺。盧仝《七碗茶歌》：「一碗喉吻潤，兩碗破孤悶。三碗搜枯腸，惟有文字五千卷。四碗發輕汗，平生不平事，盡向毛孔散。五碗肌骨清，六碗通仙靈。七碗喫不得，唯覺兩腋習習清風生。」當這樣的意境，是一種詩和茶的層次，以書法精神去勾勒。在林教授寫「一壺佳茗三盞好茶」，看起來就是如清風雲淡，喝茶成為他的日常。

他的墨色飛舞靈動，詩的意境可以連結不同表現形式的書法，就如同他的詩集裡面寫〈茶〉：「世道人情冷，金湯熱我腸。紅泥爐火暖，齒舌有餘香」。書法家喝茶有時是一種意象而已，他專注在金石銘文中去除了媚俗，每一次落筆所暗示的書法功力，更能表明他對茶所帶來的客觀滋味的靈活性，更彰顯他用心和喝茶的曲直適宜、縱橫合度。

他寫「茶閒煙尚綠，棋罷子猶涼」，對於事態的自如收放，在林教授文字裡有著著意舒展；他寫「君有濃情我有茶」，勾勒惹出他的性情，用茶來帶動對於內心和情感的情意，是一種有意味的形式。

當他寫〈採茶〉：「採女歌茶徑，聲低韻味柔。纖纖伸素手，擷取嫩油油」，看出這位書法家細密的觀察，或許他也真去採茶過。而品茶這件日常，又從他的詩集裡〈茶無由〉：「茗韻

清而柔，金湯綠煙浮。自君離別後，情味竟無由」嗅聞當一杯茶喝完以後，他內心的餘韻和情感的蘊藏，讓人可以走入林教授和愛妻平日品茶的情景，滾水注入茶壺，青煙縷縷，茶香四溢。茶的輕柔婉約，若墨的暈染，層層疊遞。品茗對味蕾的碰撞，齒縫生津餘香，綿延不斷的尾韻，如此茶境也是林教授書墨的境地。

　　到底是品他所在的嘉義高山茶？或是原鄉的雲南普洱？或是來自多元六大茶類？其實，茶的清香甘活醇，就若林教授字體的古樸厚重，卻又流暢豐富，沒有媚俗的風味，這正是他書有意味的形式：從視覺的意味到味蕾的意味，是書法和茶的人間趣味！

池宗憲
國際侍茶師學院創辦人

以書入禪 無住生心
——林燊祿教授書法藝術簡析

書法作為中華文化的重要組成部分,源遠流長,在臺灣也有著很好的傳承和發展。多年來通過書籍、雜誌及文化交流,認識了一些臺灣的書法界人士,如張炳煌教授、陳美秀會長、黃玉琴會長等,通過探討研究,對臺灣書法的發展歷程和當下現狀有所瞭解,近期又拜讀林燊祿教授多部書法、詩詞集,收穫匪淺。

20世紀以來,臺灣的書法發展逐漸走向多元化。書家們在繼承中華優秀傳統文化的基礎上,不斷探索和創新,形成了各具特色的書法風格。林燊祿教授為臺灣知名經濟史專家。祖籍廣東惠州,出生于澳門,成長於香港。在香港新亞研究所師從著名經濟史大家全漢昇先生攻讀博士學位,後為中正大學歷史系教授。長期從事明清經濟史、嶺南地方文獻研究,著述頗豐。尤為可貴者,林教授在學術研究、教學之餘,雅好翰墨,舉辦過多次書法作品展,並出版了展覽作品集。

林教授習書,初從唐人顏真卿《麻姑仙壇記》入門,可謂正道直行。顏體雄偉深厚,用筆以鍾繇參隸體,兼有碑帖之長,具有盛唐風範,廟堂之氣。范文瀾評「(盛唐的顏真卿)才是唐朝新書體的創造者」。歷代學書者,必定繞不過顏體一關,特別是要寫大字,非用顏法不可。今觀林教授書法,筆法和面目均有著濃厚的顏體基因。

傳統的書法教育，多以楷書啟蒙，舉凡顏、歐、柳、趙四大家，各各勝任，又或另闢蹊徑，以魏碑切入，亦為殊勝。今人碑帖資源豐富、網路發達，兼之院校多有開設書法專業課程，教學方法多式多樣，對學習書法的入門、深造、探索、創新均有著系統的教案，對當代書法家的要求更為嚴格，對書法創作的取法和多書體的融會貫通提出了更高的衡量維度。林教授在顏體基礎上，勤于臨習漢隸《張遷碑》，《張遷碑》方整寬厚、峻宕雄強，為隸書中之佳作，歷來是學習漢隸之經典。為追求高古的藝術風格，林教授還在《大盂鼎》等下了苦功。《大盂鼎》屬於金文，金文也稱鐘鼎文，商、周是青銅器的時代，青銅器的禮器以鼎為代表，樂器以鐘為代表，鐘鼎常常作為青銅器之代名詞。金文即鑄或刻在青銅器上的銘文。金文字體整齊遒麗，古樸厚重，線條流暢，變化豐富，是當代書法家去除俗氣、媚氣的不二法門。

　　林教授書法融顏體、漢隸、金文於一爐，窮源溯本，融會貫通，筆劃圓潤、厚重、古樸，形成了筆墨飽滿、妙趣橫生的藝術風格。在欣賞林教授書法的同時，還發現他的書寫內容非常豐富，這很好的體現了書者的修養、涵養和對中華優秀傳統文化的深度汲取。一幅好的書法作品，既要有傳統技法的展示，也要有個性化的技術處理，更為重要的是展示漢字藝術之美。作為書法載體的漢字，是四大文明古國中唯一傳承有序、從未斷層的文字。

華夏文明之所以生生不息，漢字之功勞不言而喻。林教授書法的內容既有佛陀的梵音，也有儒家的名句，亦有道家的經典，還有民俗的篇章，傳統文化的精髓信手拈來，可謂恰到好處、相得益彰。

　　在創作之餘，他還從未放鬆對書法源流的研究和新時代下的書法發展形態思考，對筆力、筆法、筆意及創意等方面均有著獨到的見解，林教授如斯進取，令人歡喜讚歎，祝福林燊祿教授藝術長青，智慧如海。

李慶綠

作者系中國硬筆書法協會主席團常務委員

中國教育學會書法教育專業委員會四屆常務理事

廣東省硬筆書法協會主席

哂文集序

　　《哂文集》是作者退休後，將生活的點滴順筆記下，為飛逝的日子留下一鱗半爪，作為日後閒暇時讀之，以能與曾經有緣相會的友人「重聚」、「重談」與「重遊」。書中沒有高論，亦沒有特別令人驚喜故事，有的只是淡淡的言詞，娓娓的敘述，若讀者因而感到文中的言詞平易近人，內容淺白親切，則此書的梓行便獲得了它的意義。而集內所提及的時、地、人、事，因是後記，但未敢說是全然無誤，盼讀者能不吝賜示並見諒。

　　6月25日(三)收到了出版社寄來的拙文《哂文集》，立即委請鷹眼的外子先行校閱一遍。見他無聲地拿起紅筆，像手執一把利劍，埋首在「胡文」的字裡行間一陣劈劃，細心地剔出行文時不經意的錯別字，更對文句中的辭意加以潤飾，無可言喻的鄭重，對拙文提高了其可讀性。感謝之餘，不禁由衷敬佩其對文辭嚴謹要求之態度。

　　7月1日(二)外子回院修護身體，在俗務羈纏奔波之間，未能慢慢推敲用字。回想最初提筆的動機，只想為外子寫的詩及喜愛外子書法的收藏家們，逐一做個紀錄。故本書篇首均附以一漢俳或詩，書中偶亦綴外子的書法以引玉。

陳春茹

2025/07/02 嘉義市(聖馬)

如冬集

嘉博說故事

001

三胡堂主 Spring Chen 2022/11/18 斜陽外美學堂

> 書法與詩歌
> 演說令人感受多
> 在十八昭和
> ——林桑祿　俳 10/29

　　嘉義對我而言，不只是具有人文地貌作為懷舊的意味，更是貼近心靈真正的原鄉。曾經，年少時拼命直想逃離家鄉，遠赴天涯（如願嫁給港仔，得償-呵）。而今，花甲之年，覺故鄉成為自己魂牽夢縈的地方，無形中成為精神的烙印，也是我的來處與歸途。疫情之故，連三年均留在臺灣，因緣具足便參加嘉義市民研究員的研習，藉以貼近了解嘉義。

　　2019 年 7 月報到的第一天，見到同為教育界退休，一直很提攜關照後輩的江多里主任，甚為喜悅，當天分組時，立即挨著在地嘉義人且又是嘉義公園相當專業導覽員的她為首，開始招兵買馬，得 4 人：一個是我五姊及其舊識趙芳枝，與剛認識的陳麗雪師，心想小組得需壯丁來協助粗活，或精通數位年輕人來注入活水！翌日，到祥太紀念館參觀時，遇見傳說中，具有嘉義金城武之稱的塗英志，隨即邀其加入，顧及眾花拱葉的他太負重，隔週即覓得清大碩畢的徐夢陽，遊說他共同完（玩）成另類研究！禁不住七嘴八舌婆媽們的糾纏，勉為其難允諾，一支勝利軍於焉而成。

2022 年 8 月 1 日退休，將昔日在職場上叱吒風雲歸零。有感於去年術後便帶著安然幸福（心無事是幸，身無病是福），再次投入市民研究活動裡。於是，參與嘉義大學臺文中心團隊，籌備說書人活動，應諾 10 月 29 日（六）到昭和 18，擔任最後一棒說書人分享故事，正愁不知從何處入手？！回到嘉博館聆聽臺南藝術大學的邱宗成主任，分享說故事經驗談後，心便有所本的認為：「先靜下心來，將過往的日常情節，熟稔於心的歲月內容，仔細品嘗生命的厚重，才能領略生活點滴的美好」。學習外子平時的生活態度樣貌：「隨緣隨喜隨自在」，已然成為座右銘。

　　時日來到 10 月 29 日，*Body clock calls me up at 6:00 a.m.as usual.* 慣性晨時煮好咖啡與外子共享愉悅早餐，邊滑動看並回覆手機訊息，群裡成員竟凌晨 3 點起床，備今日「說書」，瞬間內疚油然而生！執教 30 多年，習以為常的上課，卻因組員的焦慮情況，竟勾起初任教緊張之狀……享受完早餐，臨時起意帶外子寫的書法詩當輔助教材，順手取出外子的絕版詩集當獎勵品。

　　然後悠閒慢行，穿梭百年嘉義公園抵達昭和 18。一開門，即入內佈置說故事的情境。等候前來聆聽者魚貫而入，待就緒入座後，徐夢陽師有條不紊地拉開序幕，緊接著在嘉土生土長的易揚，繪聲繪影道出 60 多載，在嘉成長的記憶，囿於時間，意猶未盡交棒給予，號稱三胡（胡思亂想、胡言亂語、胡作非為）堂主的我，上場簡要如下：

1. 目前設籍彰化，娘家在嘉義縣，婆家在香港，夫家在嘉義市。

2. 求學階段只有國中讀過歷史，當年國一第一次月考試58分，為不傷父母心，祈求導師（授歷史）先借2分給予及格，下次扣還。

3. 婚後，為能與教授歷史專業的外子可以交流順暢些，看影集《康熙帝國》、《雍正王朝》、《乾隆⋯》。詢外子：「誰是誰的父親？」（真的不知！非賣萌）。平時笑起來瞇瞇眼的外子，突然瞪大眼睛不可思議：「中學教師怎會不知清朝盛世的近代史？」回：就讀嘉義高商是田徑校隊隊長的我，逕報考大學聯考丙組（現稱第三類組），沒考歷史。任教授課是美容專業課程，即使留學英國，也只是轉換為英語融入美容技術教學，以英文寫成論文。

4. 退休後再次上臺「三胡」，面對嘉大學生僅十分鐘，時間或許匆匆，言傳確是鑿鑿，畢竟-情真！

　　2022年初臨時決意退休，沒計劃地搬回嘉義，更沒規劃入住建照於1969年仍保留90公分高的刷石牆面，上面堆疊竹編交錯間塞米殼及泥土入內二樓高的檜木老房子，此房於10多年前外子退休時，藉由國際藝術家王文志大師，首次以當代建築材料融入老建物，當初他為外子特別設計的工作室，帶其團隊進駐全然整修，自化糞池到屋頂，前後門轉向，依舊木屋六十年來，被白蟻蛀過留下歲月痕跡斑駁的老檜為基本架構。因此，半夜被不速之客的蚊子，在耳旁嗡嗡問候聲喚醒，為適應與其和平相處，只好起床敲敲筆電，不知不覺東方又亮起魚肚白了⋯⋯

創造生活

Spring Chen 2022/11/30 斜陽外美學堂

You don't create things, you become defined by your tastes rather than ability.
Your tastes only narrow & exclude people. So create.

　　　　　　　　　　　──*By Jonathan Gillette*

若你不創作，你便由你的品味來定義你，而非由你的能力。而品味只會自我窄化與排斥別人。因此，創作。

　　　　　　　　　　　──*Spring* 譯

　斜陽灑落長窗上
　似霧如嵐像散花
　美景何由塵世淂
　人家恍若是仙家
　──林燊祿　詩

　　晨醒，伸展 30 分鐘的瑜珈後，沒期待地開啟筆電無序地自由書寫 50 分鐘後，開始保持自我修行的從容狀態，將自己歸零，保留靜心與觀察的時間，邊悠閒享受早點；約莫 10 點下樓後，見到樓梯口旁玻璃外的木本植物葉影所透出之光景，立刻拾取手機按下瞬間之美。於是，陳述心中感受，請外子賦上詩句，以添補才疏學淺如我之不足。

　　下樓簡單打掃清理一下環境後，心情自然愉悅便輕鬆出門走到傳統市場觀察時菜蔬果，學習視察性價比較高的生活物資，竟意外發現昔日高貴擺放在百貨公司專櫃裡優美的商品橫躺流落於此！應是在這波無盡的疫情衝擊及烏俄戰爭未息，所造成

的通膨與萬物皆脹時局下的滯銷品！著實地領教時代巨變，物換星移，上蒼想改變啥，均毫無商量餘地。僅能學習接受面對現實生活吧！

　　採購結束即信步回家備洗時菜，再用熱開水入鍋即將準備好的菜，依熟程的快慢順序將之一一入內，等待電鍋跳起之時，先將洗衣機裡的淨衣取出，請外子下來拿上樓晾掛的同時，便將水果削好準備飯前吃，好讓腸胃優先吸收維他命；此時電鍋裡的獨創料理正好燜熟，即開啟熱騰騰兼具營養均衡與自認美味的午膳。

風吹簾起落
誦盡千經猶未覺
人情何厚薄
　　——林燊祿　俳 11/17

　　食畢，身體產生本能現象，飽了肚皮便鬆了眼皮，慵懶入房小憩片刻後才起身煮水準備精心沖泡一壺，在英國有紅茶皇后之稱，被譽為世界三大高香紅茶之一的安徽省祁門紅茶；這是來自中國大陸廣州芳村茶商朋友，用其特殊方式寄抵臺灣才能順利宅到家，極其真心誠意的無二「珍品」；茗茶之天時（徐風挑起輕簾），地利（掛吊於窗頭上「玉露金湯」外子書寫的獨一絕版瓷板字），彷彿天意提點：玉露金湯非祁門紅茶莫屬；再次緊抓住瞬間快按留下紀錄。

　　寄閒，在半掩門窗的午後時光裡，趕緊透過鍵盤紀錄日常所產生微不足道的漣漪，如是小題大做，才發現原來生活真可

以過得如此「隨緣隨喜隨自在」（門楣上紅紙字），自婚後習得外子生活樣貌，也成為我日常實踐的座右銘，此刻狀態感受，如同個人喜歡英國詩人威廉‧布萊克〈一粒沙子〉的詩歌，

> *To see a world in a grain of sand*
> *And a Heaven in a wild flower,*
> *Hold infinity in the palm of your hand*
> *And eternity in an hour.* ——*William Blake*

更喜歡通曉古今文學的徐志摩賦予英文詩歌深厚禪理翻譯：「一沙一世界，一花一天堂；無限掌中置，剎那成永恆。」但外子以辯證角度改譯後兩句：「無量掌中握，永恆在剎那。」平時從渺小砂礫中可看出事物本相，而天地也是由細小沙粒所構成，見微可知著，人生哲理即於日常生活之中。如是，期許能如外子所言：「生命的意義是自己創造出來的日常，將有用的生命發揮到極致便是人生。」

> 執手雨煙中
> 花香鳥語沐春風
> 愛意實由衷
> ——林燊祿　俳 11/30

晚膳後獨自散步順等待丟垃圾後，回來看著外子寫書法一橫一豎都是筆直的行走，一撇一捺都是像是心靈的修煉。外子說：一張紙不能寫得太滿，要懂得留白，像生命自然的舒放與呼吸，人生自會產生意境和韻味的美感。

夜晚臨睡前的閱讀，養成內心有所依，寫作自然有所歸，無形中提昇了自己；也是自我靜心催眠之策，然而有時藉閱讀而窩進黃金屋！偶爾適得其反，令人振奮到天明。何妨，職場已退，人生不休，無礙健康下，偶為之，可也。（強詞呵）

　　退休後如此簡單的一日復一日，才真正體會到生活值得靜心停留與細細品味，從不同的視角與樂趣，調整生活瑣事時，始發現新生活存在許多雅緻，跟著衍生不少獨特的日常新天地，感覺真是棒極了！

　　日子過得誠如外子書寫的瓷板字：
「道逍遙」真好！由衷感恩！

樂太極之道

Spring Chen 2022/12/16 斜陽外美學堂

陋室來佳容

暢敘容膝何嫌窄

樂道浮三白

　——林桑祿　俳 10/12

　　12月8日早10時下樓攝入家門一隅，個人抬頭仰視，以為昨夜燈未關，原來是東陽斜照；看，像悠悠的閒人，悄然佇在的屋檐，輕拂過往的喧囂，淺溫歲月的滄桑，不經意，灑落在回眸微揚的瞬間，淡去眉梢斂藏的喜悅。自屋角穿透玻璃而入之光，適對應在外子寫的「觀」字上（檜木陽雕貼純金箔），加上從「無二窯」剪綵攜回的綠帶花束置中，覺得「觀彩光」有意境，於是央請外子來首俳詩：「觀外復觀內，隨喜隨緣隨自在，善惡同舟載。」

陋室迎佳客

談神說氣何明白

細把招來拆

　——林桑祿　俳 10/12

　　竭誠力邀 Humphrey Lin 教授蒞臨寒舍，分享加州都會景觀開發史及其此行廣闊見聞及練太極拳心得，有很好的外溢效應，如下：

有學習的遷移效果，例如重量訓練。雖然和太極拳輕柔走向不同，但是運用太極原理練習，仍然可以在體能上持續進步，且重訓的質與量不斷提升，體力不因年齡增加而消退。太極哲理的應用到其他學習上，不會墨守成規，因循別人的學習方法和重點，可以另闢蹊徑，創造躍進式的學習。

　　在人類的各種運動歷史裡，可能很少可以像太極拳與傳統的中國哲學有這麼密切的關係，外子說太極拳與易學、理學和老莊思想有相關。據他解釋：太極中的太就是「大大」，也就是比大還要大，因為無法描述這個大，所以中間加一點，因此「太」是無限大。至於極，在古代的意思是「脊」，也就是最高點，從屋脊最高的地方看去，是無限遠的地方。太極與無極是一體兩面，太極是正面，屬於陽的這一面是看得到的；至於看不到的是屬於陰的那一面叫無極。太極非常有意思，它不是直的，直的是有去無回；而是圓的，圓就是兩端一致，0度與360度同樣是那個點，到後來還是回歸原點，但這個點與原來的原點，多了歷程的內容自然是不一樣的「點」。太極拳從身體的訓練，讀書會可以一直修到心的思辨，楊政龍中醫師說：「對暖身拳技能有知有覺，就能知道其來龍去脈」，這應是其中醫理論融入太極拳論吧！（揣記呵）

　　應用練太極拳的專注方式，轉化應用到日常事務上，培養自信與成就感，不要想去改變他人，先調整自己心態順應對方狀況，再學會先觀察入微後，練習推手就是借力使力，適時回應。養生的同時，可從中學會自我生命的境界轉化與提昇，人生能趨近於真、善、美的圓滿與和諧。

而姚信安精簡摘要讀書會的內容：「練體以固精、練精以化氣、練氣以化神與練神以還虛。」個人則將此四階段，比喻為人生簡約規劃成四期：0～20歲像海綿一樣不停汲取並要保持歸零的心態，學習才會很快，是蓄勢待發階段。20～40歲是奮鬥期，在這期當中生命如何從奮鬥逐漸到鞏固，40～60歲、60歲以上要追求安頓內在與充實品性，仍然不時地充實自我，營造單純不複雜的心境，慢慢看待事物大而化之，誠如孔子說的六十而耳順！

三人有我師
胡言豈敢當真知
太極意難思
——林桑祿　俳 11/20

在 543 的太極小讀書會去蕪存菁當中，發現還存在一個境界，讀書會裡「損」的功夫愈來愈好，損到彼此的干擾，對自己已產生不了影響，師兄們雖口無遮欄但皆能隨心所欲而不逾矩。特別感謝信安老闆引薦駑鈍且悟性不佳的我，加入這麼棒既養生練氣提神，又有讀書氛圍的太極團體。因外務甚多導致練拳出席率不高，但讀書會吸收不少知識，喝了不少咖啡，吃了好幾頓美食呵！真的知行合一喔！

如何能自在
止要心中無罣礙
雲浮山海外
——林桑祿　俳 12/11

每每練太極拳時，自覺似乎得先學習成為一棵聆聽觀照自身的樹木靜靜站立，頭和手臂自然放鬆，進入無言的默想，側耳專注傾聽教授提點，每一個細膩指導，都須要自己體會練習，方能成就自我實現。像似正念冥想，用一種簡單的方式先把自己的注意力集中在呼吸上。然後再練太極拳時自然可以體驗到身子的平靜，練完後又體會到身體裡的輕盈自在感。

喫茶趣

Spring Chen 2022/12/23 斜陽外美學堂

> 蹼朔與迷離
> 祈紅韻味獨稱奇
> 莫可盡言之
> ——林燊祿 俳 12/21

美好的一天從一盞好茶開始！

退休後不再為上班喝咖啡提神，放慢速度生活不是懶散，而是在生活中找到平衡，逐漸養成了喝茶的習慣，因家中存放近10多年陸續往返兩岸四地（港澳臺陸）茶商朋友送的各地頂尖好茶，疫後三年多未再出國，而今茗茶也就成為一種對朋友們的念想。多年時光像風一般掠過，流年盛事成雲煙，把思念沉浸在一壺好茶裡，品之若飴的甘醇，寧靜地安置於心田的一隅。

> 茶香人半醉
> 昔日情懷心坎裏
> 寧隨朝露去
> ——林燊祿 俳 12/22

喝茶對我而言，喝的是一種心境，沉澱下的深思；是另一種對英國思念的方式之一，特別在這種寒風夾雨的日子裡，坐在窗前，看著落葉飄到門前，聽風叩敲窗櫺作響，在氤氳的茶霧中，在濃淡的茶香中，品深淺的韻味中，回想似濃還淡的留學往事……輕輕搖晃手中的茶杯，格外思起在英第三年（2005）草草結束作業擲交給導師，冒著被當重修的心情趕赴一大早最便宜（留學生最愛）的飛機抵達湖區（Lake District），再與同學步行到

Hill Top Farm，作家碧雅翠絲‧波特（Beatrix Potter）居住的地方。盡情地享受體驗波特小姐彼得兔繪本裡的田園鄉村生活！然後欣賞英國最大的天然湖－溫德米爾湖（Lake Windermere）靜謐的湖光山色，就近喝著令人愉悅的下午茶，特點配食也是留學英國取得博士的蔡清田院長（中正大學教育學院）力薦的Scone（司康），其口感介於蛋糕與麵包之間，是英國的傳統午茶小點，更是許多人愛不釋口的誘人點心，至今回味無窮—*My heart leaps up*—William Wordsworth（1770~1850）威廉‧華茲渥斯，英國浪漫主義詩人，與雪萊、拜倫齊名，是湖畔詩人的代表，曾當上桂冠詩人。

喝茶，不知不覺成了一種生活方式的載體。在家裡與外子靜謐安逸的茗趣，並聞茶香而各論自以為是的人生之道。一壺茶的時間，喜得身心自在，感受光陰的溫柔，感受年華的老去，留下人生的甘醇與芬芳。話匣一開的外子論：「茶」即「人在草木間」是百姓開門七件事的「柴米油鹽醬醋茶」之一。有人喝茶是嗜好，是愜意，有人喝茶是學習文人雅士「寒夜客來茶當酒」的雅趣，有人喝茶認為是人與茶之間有著禪意的相關，故有以茶養心，禪茶一味之言。好一個茶字，聚光文脈的斷續，承載華人的特質與生活美學；而個人喝茶，就像是一場與自己心靈的對話，慢慢品茶也是階段性的人生重新再出發，入口時緩緩跟著茶水一起旅行，既暖胃也暖心。

　　燈明几潔淨
　　酒烈茶濃詩暢詠
　　情狂心內靜
　　——林桑祿　俳 12/23

閒暇之餘偶訪友人,各個喝茶方式不一,也有令人賞心悅目馳神的沖泡技藝之美。雖不懂茶內細微曼妙的我們更無所桎梏,並不影響在喝茶之間品古論今而帶來的樂趣。面對不同品味的茶葉,用著不同的泡茶工具,我們都是同樣愉悅的心情,欣賞執壺者將茶葉放進壺裡,漸注入開水後,茶葉自然翻轉浮沉,彷彿極像人的一生;童年的天真、少年的自我,中年的摸索,老年的沉澱。一道茶從種植、生長、採摘、制作,至聞其香,品其韻,再觀其水中形影,變化萬千;覺得朝朝有喝不完的好茶,日日有玩不完的趣味。因此喝茶就成了生活中樂趣之一,慢慢成就另類退休後美麗的人生新境界!

養心太極

Spring Chen 2022/12/26 斜陽外美學堂

> 太極抱乾坤
> 動若收時靜若伸
> 功夫有淺深
> ——林燊祿　俳 25/6/27

呂氏春秋：「流水不腐，戶樞不朽，動也。」因此運動對健康是最好的保障，也是人生最好的富藏。

公園運動後即到咖啡店，點的不是 Cappuccino（歐洲普及的灑上肉桂）、就是拿鐵（加上唯臺僅有的本土肉桂），還是要加點牛奶比較暖胃，寒冬裡的溫熱咖啡入口時，「鬆弛感」油然使心靈處於自在安定、舒適的狀態而生，自覺是昂貴人生的奢侈，也是自我感覺最愜意的時光。握著溫熱的咖啡，聽一聽師兄們的心得分享：

1. 剛開始學習，先用思考記憶動作，多練幾遍，變成習慣，習慣成自然就變成了心意，腦意與心意相輔相成。
2. 做任何練習，快樂很重要，內心平靜，身體素質變好，人生快樂很重要，因為快樂才會想要持續練習。
3. 這次鍛鍊強韌的核心肌群，加強腹內壓，多作鍛練核心對肌力與張力都有很大的幫助。
4. 練習張力系統，姿勢上首重立身中正，保持中定、心靜體鬆。
5. 從練習當中，開發靈活應用的神經肌肉傳導系統，先練鬆開肌肉的基礎，再運用徵召大肌群接召小肌群，速度則是先慢後快。

習武豈離文
動若收時靜若伸
功夫有淺深
——林燊祿　俳 12/26

　　囿于時間，只好將讀書會的疑義帶回家再詢外子，摘要其回應：「動與靜不是矛盾地存在，而是辯證地存在。」無論站樁、練拳或寫書法，都是動中涵有靜，靜中涵有動，修身以養心，修心以養身，身心相應，動靜得宜，最後歸於寧靜。歷史學者的外子慣以時間為序，勾勒空間的真實，個人僅藉由他的文學詩作及獨特書法字體來修補潤飾其心魂美感。

　　誠如黃帝《內經》提到養生的核心在於養心。個人感受每天花點時間，那怕只有 10 或 20 分鐘活動後相對鬆靜、思緒清晰，應多少可把精氣神補回，同時身、心、意也會統合些；專注力自然提昇，覺察力也會提高。因此先養身活動後鬆宜養心，應是至高養生之道吧！如此簡化太極拳的養生與養心將之成文，純屬個人喃喃自語似的心靈流動下之產物。畢竟，人生的僅能持有單程票去而不返，此等隨心雖是自娛，也是所意消磨自以為的退休生活方式罷了。

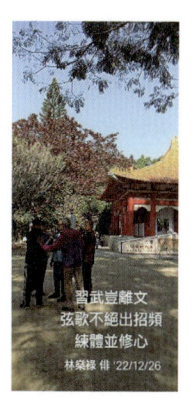

歲末序章

Spring Chen 2022/12/31 斜陽外美學堂

尼采：*If we train our conscience, it kisses us while it hurts.- Friedrich Nietzsche*

我：*If I train my life, it kisses me while it hurts. So, I have two choices, to control my mind or to let my mind control me.*

金剛經：凡所有相，皆是虛妄，若見諸相非相，即見如來。

匆匆歲月又已年末，回顧來不及蛻去的思念，隱然又泛起心緒，不經意顧盼瞬間的瞳眸又濕潤，一股失落與悵然悄悄地挑起人生必須面對的生命別離。恍惚間眼前晃動的過往人事，盡是斑駁與碎片！表面上像是波瀾不驚，但所有的壓抑情緒早已哽在喉中，人生不是所有的話都來得及述說，更不是所有的夢多來得及實現！僅再次藉由文字盼能穿透宇宙，將念想傳達給於今年 6 月 30 日才火化的侄兒魂！

人生沒有彩排，每個人一生走過所見的景色，均有其各自詮釋的丰采，緣起相逢，緣滅離別；回顧自身的生命歷程譬若新生兒，仿若田野間草木在春天綻放出淺綠色的的新芽，可以恣意地在風中舞動。成長後的青年猶如成林可在夏天豔陽烈日下已然能撐起一片涼。而人生的中壯年就像樹木來到秋天果實成熟了，應可互相招手之時，有些人（至今已有兩位侄兒女），卻身不由己的提早落地回歸自然？！留下存者無言的默嘆情深緣淺……，惟側耳傾聽隱藏在大地裡的教誨課題何為？曾經以

為人生可以自己導演,眼見周遭的生命來來往往,迄今驚覺來日不見得方長,一輩子有時轉身便到了盡頭。臨老似入寒冬狀!雖不喜歡年末的寒冷,竊又戀著年末的純粹,於是將自己釘在筆電前,選擇在昏黃的燈光之下任意鍵入流瀉的心緒⋯⋯。

　　昔日總以為人是慢慢變老,最後都會如父親在睡夢中一般,自然老化的身體衰竭到無力呼吸而安然離去;歲末倏然驚覺變老似乎是一夕之間的事,易感疲憊讓人變得較沉默,根本無心和人對話⋯⋯索性不再壓抑,把自己完全泡浸到一片傷感的漣漪之中,獨自靜靜品香沉澱內觀,一眨眼便是半日光陰飛越肩頭,陰鬱變輕盈一閃,無影無蹤自動飄出窗外消逝於黑暗中⋯⋯於是起身伸個懶腰,清洗「思念離別親人」悄悄留在身上的疲倦感,趁未老的平淡日子裡以自己喜歡方式活著,世事無常,得失隨緣,保持初心,回顧過往,歲末亦是序章!

　　僅以外子如下詩句當結語。

混沌胡塗又一年
山高海闊月無邊
今朝不管人間事
但得宵來抱枕眠
　──林燊祿　隨筆詩 23/1/1

茶禪

Spring Chen 2023/01/06 斜陽外美學堂

俗慮壓禪心
學博何如橐滿金
兔見有佳音
——林桑祿　俳 1/6

　　每一天愉快的邀請，靜坐，沏一壺茶，靜觀茶色變化，細品茶的清香，靜默之下，彷彿能聽到內心自然的響動，似乎有禪的意味呵。每個人都有各自的故事，無論經歷甚麼，日子還是像花開花落般尋常，自如雲淡風輕飄過天際。如今的歲月，過一年得一年，光陰去處，總有一些細緻而溫暖的人生風景值得銘記。

　　退休後才學會將平淡的日常，於生活中找詩意，於柴、米、油、鹽、醬、醋、茶裡安放生命，隨心所欲將，每天過得無悔。記得逍遙遊：「鷦鷯巢於深林，不過一枝；偃鼠飲河，不過滿腹。而人縱使家財萬貫，日食不過三餐；廈廈千間，夜眠僅需六尺。」

　　記錄一些無奇的生活狀態，機緣成熟時或可於將來結集成冊，管它通俗或是無聊，終歸是自己寫的，就是個人意識的生活觀。待有一天撒手了，身後觥籌交錯的繁華，終會回歸於天地之間。縱然，今日發生再大的事，到了明日便是小事，無論後天人還在不在，依然都會變沒事，日後只會成為傳說中的故事罷了。因此，個人便斗膽用快樂放手無忌憚的心，享受既寫之，則樂之方式，繼續緣茶禪，當是報佳音！

感恩

Spring Chen 2023/01/14 斜陽外美學堂

> 相逢總是緣
> 香茶美酒樂陶然
> 糊塗又一年
> ——林燊祿　俳 22/1/13

曾任母校（University of Bristol）校監的前英國首相邱吉爾（Winston Churchill）說：「世間萬物定會朝向價值最優的序列去排列組合。」

美好的一天從品茶開始，無須多言，思緒自然放空，靜靜悠然體味，待思路沉澱清晰再筆耕，將持續而盡一己之力，記錄日常，期許有朝能自我實現人生的最大價值化！

一場因緣具足的餐會，令人十分感恩，真的領略人生所有相遇，都像是久別重逢的緣分！因雜事得經常上街，約莫位在退休的兩年前，認識了張德聰（中華文物學會理事）大哥，偶然路經張哥門前，打個招呼，他即熱情邀約入內喝茶，得知外子是歷史學者，當時立馬邀稿書寫歷史文物。外子因手邊尚有嘉義市文化局委託案執行中，並未應允，此事不了了之。

農曆年漸近，利用社區運動唯一的休息日，特意拿一張外子符合兔年自創「兔玉含金」春聯與之結緣去。翌日，張大哥來電邀約外子於 1 月 11 日中午到他友人餐館聚餐後，又繼續至其府上品嘗曾開過三年茶藝堂的他，於 80 年代所保存至今難得

的臺灣烏龍老茶，哇！好茶！樸實無華，韻味悠遠，沖泡之後的茶葉，坦然地舒展在壺底，茶香清幽，心慢慢沉靜下來，感受其歷經採、揉、焙、泡的煎熬之後，品其獨一無二的醇香餘韻，無形中留予期待下回再聚的濃情厚意；張哥說這好比被餵養訓練成冠軍賽鴿（當我們是鴿子呵！），僅能在急於尋找符合其味蕾的食物，而心無旁騖，使勁趕回，自然而然帶給主人得冠哈。他也以此好茶待有緣鴿者，再聚品茗暢聊，尤其於去年底急診室重回新人生的他，有著更深層感悟，格外珍惜偶然相逢！

飲茶席間，有位具特異奇能的蔡老師，第一次見到外子時提及外子的獨特性，不停地讚揚：「林教授才華洋溢，世間難得之材……」，聽慣亦平常的外子淡然處之。近年來深居簡出的他，每天居家運動後，除了做自己喜歡的研究，或藝文界友人偶請其題詩詞外，還有人需求其墨寶才會揮毫動筆，也會近日因配合時節，寫字養心，添加點年味喜氣……

平日看外子一個人心境，一直處在悠閒狀態，生活步調自然規律，看待環繞身邊人事物，得之安然，處之泰然，話不多，然而，在我面臨挫折無助時，總會給予至深的鼓勵與支持，尤其在英國念書期間，他得克服時差問題，每天固定視訊關照，常因課業壓力情緒起伏不定的我，歷歷的過往浮現，滿滿的感懷於心！感恩一路走來的包容相伴至今！僅依伴敲著筆電鍵盤，當似撫琴般優雅隨心漫彈，自得喜愛之事自成樂趣的胡思，胡按鍵盤，胡遣詞句，雖沒按部就班而不成文，但胡記「難得不糊塗」之事，如是，年過一年又一年呵！足矣！

論藝談文

Spring Chen 2023/01/26 斜陽外美學堂

菲才蒙下問
須當奉答無含混
澈言祈貼近
——林燊祿　俳 1/26

晨起，習慣成自然地啟動筆電，進入單純敲鍵盤動手指，如實記錄生活感觸的狀態，將瑣碎的日子，變成一如外子的詩般純粹，讓自己多一種可能，日後能成為有正向能量的作家，因此，每日恆常地以聚沙成塔的意志，積累一篇篇日誌。

大年初二（1/23 趣唸英譯中：旺 - 兔 - 順利），文志兄年前，邀約外子前往他家聚餐論藝，討論其創作之名，一慣在旁品茶，耳濡大師們的對談；目光銳利的外子談話的軸心，總以哲學思維融入藝文，犀利的言語似劍貫穿人體，直達本心。平時居家時的對話，多半以為自己聽過即成過眼雲煙，但時不時潛在意識裡，也會無形地跟著起心轉念，學會能做有把握的事；放手無能為力的事。

餐聚後，偕同外子來到「半天寮」謀哥處，喝他獨特手沖阿里山咖啡，品他的高山紅茶，聽著天南地北閒談逗趣的對話，能處在「高」能量之地，享受半天生活陽光的美好，身心感到舒暢無比！

氣溫又驟降的初三午間，信手拍下五姐佛堂前院，外面寒風格外凜冽，相對地青睞午後溫柔靜謐的陽光，尤其斜照在外子手寫的「吉」字上，散發出喜樂的氣息，環繞周遭的氛圍，一股股暖流竄灑樹梢生機盎然，生活也隨之趣味盈盈。因下午有約，隨即返宅，遠遠見到特地來向外子拜年的學生（吳彥儒老師）已佇立於門前，邀其入內，師徒聊及近況，彥儒陳述他授課時使用數位點名外，如何面對目前多元學習的學生，外子提醒教學之外，並叮囑他得著手寫些學術文章作發表⋯⋯趁他們專注對話之際，霎時攝下影像留下記憶，以防日後健忘！

　　1月25日（初四）八點，氣溫顯示八度，已伸展半小時後身子，仍然凍得叫人直哆嗦；開暖爐祛寒，煮咖啡配早點，補充體內熱量，再沖壺茶，配花生，身體才逐漸暖和起來，才下樓接待來拜年的侯素琴老師（目前任職於公立學校），取得彰師大碩士後，任教高職15年經歷，大前年與我合著《家政概論》，去年剛出版；自上午10點聊到下午3點，彼此分享從生活美學到長者（因其母親與外子年紀相仿）的食、住、身體變化、心理衝擊、自我調適等方面的現況與準備；臨別，勉其要將個人身心保持良好狀態，把時間與精力多陪家人外，餘暇投入自己熱愛也會帶來歡喜的事務上，繼續編織往後的人生可以更加精采絢麗。

不知不覺日子來到 1 月 26 日（初五），下午就近散步居家附近，據農民曆顯示今天是開工良日，「兔玉」結緣予同年屬兔的「茶而」茶器行，得宜貼的位置與陳設頗有味，不愧茶藝檢定專業教師，美感十足，此處值得大力推廣！

　　每天隨因緣節奏調整時程，對生活的感觸，通常是個人獨處空暇時，將日常無數的機緣、偶然擦身相遇的人事，加以個人主觀經驗，添油加醋構成「胡為」的記錄。一以貫之地保持原是家族具有的熱情，及個人的任性，用赤子遊戲之心，將混沌的生活點滴，隨意自創排列組合成的「胡句」，再串成獨樹一幟「胡文」。總是不離初衷，專注志於終極的目標，就是將外子的詩與書法流傳，同時淡淡地品味餘生，慢慢地享受老去……畢竟，生命有限，人生無常！此生，不求長命，但期無憾而終！

年的味

Spring Chen 2023/01/18 斜陽外美學堂

　　同屬兔，但小一輪的老同事，廣告設計科陳識博老師看完「胡文」後，即來「賴」訊：每年自己總會電腦繪圖設計賀卡拜年，今年可否使用教授特色的字搭配設計？有趣好玩！。隔天（週日）急著出門，匆匆地非常不專業的拍下一張，唯一簽名的紅條紙手發過去，告知先試試看；真正高手專業設計成果頗有特色，他簡單寥寥地用了數個幾何圖來設計兔子，以臺灣花布當襯底，再加上外子的字，相映成趣，年味瀰漫開來了。

　　人與人之間的情誼是可以跨越其中的藩籬，同事二十六年中，有近十年同一間辦公室，因任教的美容科與廣告科美學課程類同，經常利用課餘時間閒聊，討論彼此交流不同的觀點，就像平仄起伏的詩，時而委婉，時而高亢；時而幽抑，時而歡暢。偶爾適逢外子到校，欣賞其藝術創作，同時與其分享美的哲學思想；識博老師聽後，覺得外子的觀點很有創意，又具有文學底蘊，這是藝術家們最需要的強化的部分；其實他退休後十多年來，除了回中正大學兼幾堂課外，常有藝文界的朋友請其協助寫詩《一哂詩集》就是藝術家們提供的作品寫出成冊，2015年受聘到湖南省的醴陵書寫瓷板字時與人結緣，沒想到2016年再度前往，當地記者特來採訪引起後續效應，又有電視記者來訪，更妙的有位藝術家黃翼平先生，從他朋友處借詩集，逐頁拍下每一首詩，再依詩意畫在瓷版上，並將詩引題其上，文字的穿透影響力之大，超乎想像！

在臺的季行工作室歐志成老師，以西方繪畫觀念為根基，融合臺灣傳統剪黏工藝，樹立「臺灣味」的馬賽克拼貼藝術，於去年（2022）底在嘉義市文化局展出，創作八十多幅的作品，配上他情商外子寫的漢俳句，參觀者莫不驚嘆！更加佇足細膩品賞。人間福報（2022.12.02）記者江俊亮拍攝作品〈覺有情〉（已被收藏）刊出「是一尊笑容可掬的菩薩，頂上的光環、雙手合十，兩肩各停著一隻白文鳥，令人心生法喜。配上外子的詩句：「有情何有疾，種種癡迷難自拔，應知心即佛。」

　　展出相當成功，有近半作品被喜愛者收藏了。展覽解說員八十多歲的江多里老師（嘉義家職學務主任退休）表示，擔任志工二十年來，第一次看到作品別出新裁配俳句，根據統計來參觀的人次甚多；她興起創作念頭問外子可否幫寫漢俳？當下鼓勵趕快消磨時間，約定春節後見面梳理。

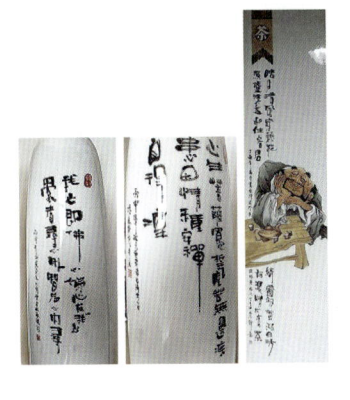

覺

Spring Chen 2023/02/08 斜陽外美學堂

> 佛祖拈花笑
> 迦葉印心了
> 盡在不言中
> 莫可名其妙
> ——林燊祿 詩

　　德國詩人席勒（Friedrich von Schiller）說：「思考是我無限的國度，言語是我有翅的道具。」Spring 想：「感覺是我的國度，寫作是我的翅膀。」

　　播放班得瑞「清晨」如攜夢醒來，心懷感恩一個新的開始，環環相扣的美好；心情就像相機的鏡頭，運轉在特寫模式，以聚焦的方式放在美好的記憶裡，耳之所及，心之所向的生活，就這樣保持著間歇性的令人愉悅的感覺。生活就是一種心態，過的是一種心境，每天都有值得讚嘆，就像每次家門前蓮花綻放時，請外子賦予詩（如上）。

　　總是驚喜！如常隨著自己內在的韻律，一以貫之將觸動內心的細碎感言，信任自己內在的聲音，無拘無速地試圖用自己的美感有情境的紀錄。

有位美術科老師不失其專業用語回覆：「您的文章閱讀起來很像欣賞了一張速寫風景畫，文句中勾勒出淡雅顏色，其中同您有感，希望在生活中也能成為他人微光！」翁佳音（研究歷史學者）老師：越寫越進入狀況了！（可能較能明白「胡文」哈）印證自己努力修補的恆心，已經有了底色，如是持之以恆，個人自覺日常至美之境！

　　昨（2/7）華燈初上提著外子喜歡的麵食回家路上，在昏黃時段佇立車流量頗高的民生南路旁，專注地準備過馬路之際，大老遠，有位戴著口罩少年人，騎著單車，聲量高過往來車聲喊：「姊姊，妳怎在這裡？」咦！詫異回他：「你是？」他趕緊拉下口罩，讓我好辨識；但花甲之眼，只覺似曾相識……歪著頭瞇瞇眼的他，趕緊表明：「在『上島』咖啡店工作的小弟」；喔！怎認出戴口罩的我？他竟不假思所索地認真回：「因為妳長得漂亮」；嘿！此生聽到最真實的謊言？！回到家，將此笑話轉述給外子聽，外子一針見血即回：「特殊孩子回話當然特殊！他心中有一把糖，看世界的目光往往是甜甜的，處處是美麗，人人是漂亮。時時回甘，心生歡喜！」

春寒

Spring Chen 2023/02/21 斜陽外美學堂

> 春寒猶料峭
> 山花卻是先開了
> 枝頭鳴好鳥
> ──林桑祿 俳 2/22

週日（1/19）見到嘉義公園裡的枯樹已經悄悄發芽，綠意盎然，心情也隨之飛揚，日子並非一成不變，雲淡淡地飄，風輕輕地拂過軟嫩的新枝，好像曼妙生姿的少女在婆娑不停地舞動著；於是，縱放自己的身心融入天地之間，抬頭望穿春蘭透視天空，回首季節輪迴裡，迎著期望，一步一步邁向自己熱愛的終生志業；將春水當是墨，將雀翎當是筆，竭盡所能地，我書我寫我繪，蹭春天的氣息畫出自然的意境。

於 2022 年春，潑墨意象：「英國宿舍旁的薰衣草園，薄薄的日霽，在纖纖的絲雨中，朦朧如煙若隱若現；藍藍的天空，淡淡的雲彩，靜靜地執外子之手，默默地與之偕老。」完成後，表述出內心意欲呈現之意，請外子賦漢俳詩一首，並於畫作題字，習慣將外子題的字，當成自己的畫作點睛，並將外子的詩詞當成畫作的神韻，此般妻畫夫隨賦詩題字，何其有幸！

如今柔媚的春色，依約進入我們的生命，一如既往賦予詩句添上一筆！

執手雨煙中
花香鳥語沐春風
愛意實由衷
──林燊祿　俳 22/11/30

　　翻閱曾經的屈指可數的畫作，驀然發現，越來越接近自己喜歡簡靜的生活樣貌；春天黃昏斜照而入屋的美好光線，將屋子染成金黃色，這種純粹的顏色，正是組成了花甲之年的現況生活，隨著心的感覺，做自己喜歡做的事，退休居於「斜陽外」的日子，滿心歡愉接受，從白晝到日落黃昏，靜謐的空間裡，待星辰昇起，月光點閃在寂靜的屋角，伴我入眠……

護生

Spring Chen 2023/02/26 斜陽外美學堂

一片老婆心

愍彼飛蛾夜滅燈

愛物護其生

——林燊祿　俳 2/26

　　回到嘉義市已近晌午，春遊的姹紫嫣紅日子過得可像行雲流水；下午躺平伸展調整術後的背脊，邊瞄手機微信跳出：今年俳人節主題「護生」，才疏很想共襄盛舉，但免於笑話，還是請外子賦一俳（如上）。

　　總有朋友問起：「何為漢俳？」據外子回：「1980年中國佛教協會創會長趙樸初居士將漢俳定為三行詩體裁」。有中國禪意漢俳發祥地之稱的「六榕寺」，承繼修禪體悟，以俳結緣；2022年「六榕俳林」與「竹林俳舍」提出將3月17日訂為俳人節，對應漢俳結構（三行十七字），正於「驚蟄」和「春分」間，宜踏青寄情寫俳。很棒的發想，豈可錯過！尤其剛遊過南臺灣，更值一記！在這萬籟俱靜的夜裡……

　　昨上午自屏東回嘉途經加油站，就那麼一瞥，多情的瞬間，留下相遇的美景，向陽景像溫婉如詩的韻腳，無論距離多遠，「玩」美的記憶，便在腦海裡千迴百轉；欣喜生活在自己的美

好世界,感到十分知足快樂;今日(2/26)到嘉義公園,工程圍牆拆除後,驚艷的風鈴花開滿樹梢,當下習拳的重心又被它轉移,被自己的真實內在拉得團團轉,只好先按記豔春靚景以靜心;原來,個人的太極拳學不得法,千錯萬錯,全是花海的錯呵。

寫瓷

Spring Chen 2023/02/27 斜陽外美學堂

　　2014 年末，因緣俱足，承蒙廣州富鈺文化公司喜愛藝術的張總（皓翔），見到外子的獨特書法，便邀約前往醴陵試寫瓷板，派兩位一級工藝師在旁協助，一位調製黑釉（未燒出前是灰色），另一位工筆畫師（孫雙泉老師），補畫上紅色外子的姓名章，再噴上一層透明釉後，高溫 1380℃ 燒出，著實不易的過程，出窯作品，完善的機率是四分之三，輾轉寄到臺灣剩二分之一，這之所以訂價不菲。尤其，張總的廠房租期於 2017 年終止契約，聽說已蓋高樓大廈了。因此，外子與富鈺公司於醴陵寫的瓷，已然成為絕版限量，洛陽紙貴，醴陵「燊寫瓷」更貴哈。

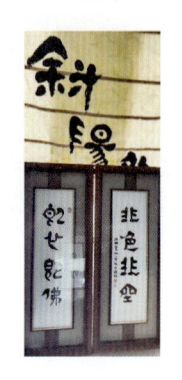

　　2015 年起連三年，外子便如候鳥般，等我放寒暑假才能陪同，漂洋過海到湖南「寫瓷」，在醴陵見到「畫瓷」的人很多，而「寫瓷」的人卻不多見，外子打破了繪畫為主，文字為輔的傳統裝飾規章，使得簡單的漢字可以成為畫面的獨一主角。臺商得知外子於醴陵，將泥土、窯火、漢字、筆墨、詩文相結合，潛心在藝術追求中，形成了自己獨特風格的創作，造就了美妙的釉下五彩書法瓷板，成為瓷板上舞動的「寫瓷」者。因此，每當瓷板字運抵臺灣後，競相走告，未見成品，仍立馬付現收藏，當成是傳家之寶，主因瓷板在潮濕的海島地區，不會發黃的優點，非常適合傳承給後代子孫與百年企業家。在臺灣的某火鍋連鎖店董事長，特請外子題一對冠頭聯的瓷板書法，掛於

公司總部與其同仁共勉，目標為上市股票的百年企業，果然有志之士就是不同凡響呵。三年疫情過後，在餐飲界獨樹一幟，如今依然獨領風騷！

就外子書寫的經驗表示：「醴陵瓷上寫字跟宣紙不一樣，宣紙立刻就可以看到效果；醴陵瓷到燒出來後，可能就會感到失望或欣喜；因為所看到的結果並非與所想一樣；寫瓷土要經多次的嘗試才能掌握它的變化！」他強調在瓷坯上創作書法，使用的是釉料，難在素燒瓷土質地上揮灑自如，不像用墨汁可藉宣紙之柔軟那樣便於運控，行筆飛白的功力更是難以施展。

外子喜歡寫自己的句子：「心存菩薩念，手握法華經，道悟隨緣至，慧舟渡我行。」（錄自《一哂集》的詩句），除有文字的藝術性外，兼具文字所要表達的意涵，還有他個人的思維在其中。其實，藝術品並不缺具有欣賞性的作品，而是需要更多能感動人心的創作。而收藏外子作品的行家，總喜愛外子學者身分，及其別具一格的文哲藝術觀點，更愛其個人獨特的生命感悟注入詩心，因而賦予了瓷板字更多的活力與意義！

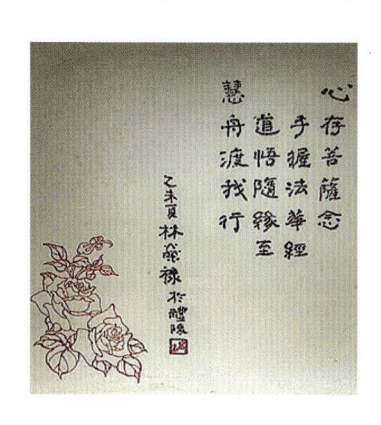

015 久別再逢

Spring Chen 2023/06/18 斜陽外美學堂

> 緣來欣再敘
> 暢說將來和過去
> 把盞今宵醉
> ──林燊祿　俳 6/18

　　迷人的夏夜，蟬聲，蛙聲此起彼落，又昇起，靜心傾聽窗外蛐蛐的鳴唱，好像一首催眠曲，不知不覺中，進入夢鄉。16日（週五）清晨細雨霏霏下，赴抵員林家商，支援美容檢定考試擔任評審長，利用空檔與久別再逢的陳沛郎校長及昔日學生，現任執教於該校教師，合拍一張張笑容可掬的相片，成為這趟監評裡最好的安排。趕緊動筆電摘記一下，否則手機圖片太多，影響正常運行，思緒隨之鈍化，甚至淡忘了。畢竟，每一篇的寫作，就像是從日常的布料上撕下來的一塊補丁，將來就會累積成了一件百衲衣，簡要記下每一塊補丁的來龍去脈，就像講述一段段的個人生命史。雖是赤裸裸地來到這個人間，有朝終將告別時，已然有「衣」可蔽體，甚或留下無可意料的未來。尤其是外子精練的俳詩，總是恰如其分地填補了我的寫作空隙，格外獨特。

監評結束的當晚,先回到北斗,邀約與外子較熟悉的同事,到一晒別室來敘,總不免感懷日子過得太快,啤酒入喉,恍惚間,浮現昔日在此與全臺最帥的陳校長及同事好友們,酒酣耳熱同外子胡言亂語的畫面,如今已定格成黑白底片。儘管彼此是不同的年齡層,處在不同的人生階段,有著各自不同的責任,伴隨個人不同的閱歷,各自領悟不同的生活狀況,仍然可以交流淬煉出不同的解讀與自我認知。雖然,過去的片段,已成歷史,但難得擁有淺淺的再逢時機,趁現在尚有精力,記一些自己還留存的印象,也是給自己老後,留下一份,將來可以誇耀的資本,這也是個人利用處理日常瑣事的過程中,沉澱靜心的生活方式之一。

半日遊

Spring Chen 2023/03/11 斜陽外美學堂

嶺上浮雲白
紅櫻立壁迎騷客
筆退難描畫
　　——林燊祿　俳 3/11

　　雲淡風輕的午後，寫完「自語」伸個愜意的懶腰，及時起意，邀外子走出樓居的陋室，往阿里山的方向出發，帶著多年的念想一一疊好，上山采集春光去。沿途見嘉義市花（羊蹄甲）粉紅葉綠深淺迭起，經阿里山管理處，還有少許黃花風鈴木綻放，過了天長地久橋後，遠視高聳的木棉花掛於樹梢上，又不經意於半山間，邂逅了，搖曳生姿的蘆葦，打開車窗恣意喀嚓留下有感之景，拍得閒雲已然有默契，也來應景招呼，山林裡，所有的美好，都已在路上，不期然地相遇了！

　　抵達主要目的地「阿榮的店」，是任職稚暉中學畢業生開的店。因去年退休後路過，曾應允送本外子詩集給他。然後又繼續開往彌陀禪寺，再送詩集贈如本法師。據法師說於電視臺上講經說法時，經常引用《一哂詩集》。山上天色暗得快，又適逢阿里山的花季，已開始實施交通管制，而且每逢週五晚，上山車流較多，因此未多停留，速從公田路段下山。不負春光之美，順路轉至竹崎鄉灣橋，來到意境深邃的陶花源，順訪蔡江隆老師。匆匆來此一敘，喝一壺好茶，分享溫馨的嘉義藝文展訊，共勉為臺灣陶瓷界，創留點有關柴燒窯的文字，或許有朝一日會撞出，更多不可知的「火」花。Who knows? 早習以為常 Just do it! You can make it!

悟了

Spring Chen 2023/03/12 斜陽外美學堂

法相無空實
真如悟了當成佛
身心何有疾
——林燊祿 俳 3/14

Humphrey Lin：3 月 11 日去大崗山旅遊，發現超峰寺的石匾上面的文字，現場竟然沒有人可以完整的唸出，包括廟方人員。不知道各位是否有人可以解答？晚膳後看訊息，請教外子即回：「證真實相」據外子解釋：「證是悟，空相，實相；不止是空相，不亦止是實相；是空相和實相都已悟了」像繞口令，悟了？從事廣告作者（少山）活潑幽默回：「去爬了好幾次，都沒發現。實在的東西，我也當成空了，無視，悟了悟了。」哈！

每回聽外子講著「鑑古知今」的浩瀚歷史及哲理，不枯燥，不學究，越是發現到自己多麼淺薄與無知呵。如果把講歷史比喻成做菜，那麼，能栩栩如生演講者，便形同能夠把同樣的食材，煮出別有「色、香、味」俱全誘人食慾的總譜師，有邏輯性的論述不見得讓一般人信服，反而故事卻可以使人得到理性的啟發，就像一股股巨浪激發腦海，即時記下真實對話錄，內心源源不斷地冒出滿足與成就感，將伴我入眠，人到暮年，逐漸明白，最難得的是那份懂得。誠如外子所寫書法：內觀（一沙一世界；一念一如來）。

證真實相

Spring Chen 2023/03/13 斜陽外美學堂

紅塵千個樣

只是心中之幻象

何來真實相

——林燊祿　俳 3/13

　　晨起，決定繼續寫出實相「故」事，做為比對，日後引以為鑑。昨夜完稿的「悟了」，一字之差，真是謬以千里，已躺於床上休息的外子，沒想到我竟在兩小時內完成初稿。去年的嘉義文化局委託案，盡是林臥雲（玉書）行草書法體字手稿，因此，即再以學術角度仔細放大石碑上的行草字，很快核對出「證真實相」，並進一步解釋：「證是悟而能行，行即已悟；真實相是如是相，是相的本質之相。真實相與虛幻相，有若事物的自身與物之現象。」哇！要有慧根喔！

　　還是將昨在上島咖啡遇到的「咖啡老頑童」師傅記實一下，18日（週六）即將前往廣州（曾住番禺一年多），也因疫情回臺三年了，他特來給上島老闆與友人沖杯卡布起諾，同時分享他在咖啡領域，過往於兩岸間，涓涓細流每一步的積累，並拉了一顆愛心，送給有緣的我，幸福地品賞大師特調，人生「證真」各有各的精彩「實相」。待下到廣州有機緣能再續品！

019 嘉義文化獎

Spring Chen 2023/03/20 斜陽外美學堂

諸羅文物萃
詩書藝術齊相聚
難分誰殿最
　——林燊祿　俳 3/23

3月20日首屆「嘉義文化獎」頒獎典禮於縣政府太保市登場，榮獲此殊榮的陶藝巨擘楊元太老師與國際地景藝術家王文志老師，與有榮焉，悅！

當進到會場被引導入座於外子身旁之位，正前排者，映入眼簾的白亮髮絲，揣測這莫非是國中恩師，陳春櫻主任？確認老師點頭之後，即刻拉下口罩自我介紹，激動的緊緊抱住恩師，喜極而泣流滿面，老師見狀，職業慣性關懷詢問：「怎？」一直惦記著要去探望老師，一晃竟是幾十年過去了啊！尤其，近年來感念的人，一個個走失了，內心著實逐漸沒了底，知道這是人生的必然，但還沒學會真正的淡然，知易行難，著實不易啊！

第一次見到早已耳熟能詳的師丈（楊元太），得知其自1980年始，長達40餘年的創作歷程，作品重視人與土地、自然的關係，蘊涵對故鄉的認同與使命感。相當認同他在臺上感言：「藝術創作來自生活」。會後與師丈分享：「其實我的寫作，多是來自生活日常」，直見師丈頻頻點頭。

邀請前往與會的是王文志老師,他的創作是以竹子為素材,獨特的藝術風格享譽國際,作品遍布海內外,在臺灣的作品也都成為地景了,其上臺時的感言:「一直謹記著父親銘言「做事要持之以恆,不要『十做九不成』」,這次他特邀其近百歲的母親及其重要的人分享榮耀。

嘉義地區的人文、農產豐富,孕育多樣獨特的藝術人才,能設這獎項鼓勵深耕在地、長期耕耘藝術領域的工作者,深信這將是嘉義文化很重要的時刻,有幸擔任外子的司機,才有此殊遇,見證參與盛會。出生於嘉義縣朴子鄉下的我,定要記下這歷史性的一章,企盼年輕晚輩扎下穩固根基,有機緣進一步理解,家鄉所蘊涵的文化力量,從事藝文工作者於未來,均能持續發光發熱,更盼嘉義在國際聞名的不止是阿里山。

春之漣漪

Spring Chen 2023/03/26 斜陽外美學堂

家中窩兩兔
蹼朔迷離相愛好
朝朝和暮暮
——林燊祿　俳 3/26

　　春雨貴如油，一場春雨過後蘊涵著希望，晨起拉開窗戶，窗外竄流入鼻的清新空氣，通體舒暢地聽著的雨聲，滴滴答答敲落在遮雨棚，依稀可見戶外園區的春意，裝點了整個春天的愜意。

　　3月25日下午近5點自嘉義出發，途經舊識老友的家具觀光工廠，刻意進去探望一下老闆娘，她邀請入內喝杯咖啡，簡短聊及彼此近況，分享車上載送著形同「出嫁」結緣的作品，隨即轉往臺南白河區，專程遞送到收藏者家中，其可愛的長子（小四生）才第一次見面，早在門口迎接我們的到來，未進門即興緻勃勃介紹：「我爸爸媽媽都屬兔，我家有很多兔子喔」接其話，隨其童語之氣回：「我也屬兔呦，蒐集了不少兔子喔」小孩驚奇問：「有百隻？」開心地回：「沒算過，或許有吧！」

　　入門之後，渾圓結實剛洗完澡，殘留香噴噴身子，像喜歡親近人的家貓一般，依偎在我身旁童言童語：「教授爺爺講話『歪歪』的，有些聽不太懂」，這是在臺灣第二個小孩如是說哈！指導他認識外子的書法字，倒是一眼唸出「山」（象形），一下子便唸完《一哂集》，似乎充滿成就感繼續看《再哂集》，好苗樣！邀約到寒舍再贈與《又哂集》續讀……

資深玩童

Spring Chen 2023/04/07 斜陽外美學堂

室陋樂安之
牆上瓷聯架上書
玩古獲新知
——林榮祿　俳 4/8

　　當個「資深玩童」，回想，年輕時彷彿沒有認真地過，只好初老開始認真地活，培養與萬物對話的能力，選擇數個瞬間感動，搭配隨心的寫真，盡情地詮釋出個人主觀的感受，試著重新學習濾淨周遭人事物的雜質，將之訴於文字，緩緩地思索，當時在心中起了什麼波瀾所拍下的影像，才能由衷寫出點東西來。

　　老來，經常喜歡拍建築物，因小時候，約莫小學低年級時，當時家裡，正在建蓋廚房兼書房，深受父親謹慎地監隨工人探地質，好奇地依在父親身旁，跟著探勘挖根基的泥土，很有智慧的父親藉此機緣叮嚀提點：「念書就像在蓋房子，地基深度要打好，將來就不怕天災（堅強抗壓）了。」在漫天飛沙中，興味極濃地看著一屋一瓦從無到有，終於擁有屬於自己的書房，當然就要有書架，便將存銅板的撲滿小豬剖開，歡天喜地的拿去訂製了個小小書架，開啟了我的「顏如玉、黃金屋」之夢呵。

　　淨屋後，擺置曾悉心搜羅的舊物件，不但要能融入居家，更要實用，每見之，總覺得就是漂亮，看著就舒服，就是難以

形容而自以為是的美呵。同時,邊擦拭也會不自覺憶起,當時吸引目光的亮點,至今依然閃耀迷人,但多了份歲月的厚實沉澱,相映出外子寫的敦厚瓷板字,以及搭配質樸的紅木邊框:「積學以儲寶,酌理以富才」。直覺賞心悅目,真的「玩物喪志」,至今仍自得其樂的當個「資深玩童」,雖然家徒陋壁,但有幾十樣古物,自覺很富有,得以日日與茶為伍及咖啡為伴,歲月動靜皆好,自在舒懷便好呵。

愛屋及物
Spring Chen 2023/04/10 斜陽外美學堂

> 山花俱放了
> 狗吠雞鳴枝鳥叫
> 三竿朝日照
> ——林桑祿　俳 4/11

難得清晨 4 點多起床，準備將昨日誌完成，5 點多伸展個自我愜意的懶腰，探看東邊亮起了魚肚白，外頭有著一層淡淡的薄霧，彷彿在夢境，一縷清清淡淡的樹蘭花香，撲鼻而來，友人閱畢「資深玩童」表示，自我形容得很貼切，從照片中，感受到古物新意，整個空間很有文人氣習，文青感十足（哈）。其實，只不過厚顏愛屋及物，彰顯對那些遙遠年代的老匠人與藝術匠心的尊重，以及對文物的崇敬。畢竟，流轉人生，此來彼去，人與物皆是過客，曾經擁有並欣賞，也就足夠了，這些只是用來短暫性地，讓陋屋變得較有趣味，遲早得讓人分享或給後來者擁有的。

頃刻間，6 點半生命裡必要的「維他命」晨陽，已悄然入內，沖完咖啡，約 7 點左右，即下樓捕捉旭日東昇之光，好玩地追逐完光束映照進屋之影相，即開啟友人傳來的猴式運動半小時，看似簡單一式重複的動作，曾一度專注投入忘我之時，進入自舞自開懷呵，無形中竟然汗流浹背，沖個澡後倒頭又睡著了。

醒來已近午時，記憶成片段，索性用完午膳，早些善後，再到屋外，咦！驚喜蓮花終於開了，九重葛也同時綻放，朱槿花夾其中，仍不失丰采，這樣自然排列成一直線的現象，還是第一次見到呢。或許遇兔年可能要東昇了哈，隨意的比喻僅是自娛呵！當是自我訓練，保留審美的本能，據聞可延緩人的老化速度喔。人生就該把時間，花費在美好的事物上呵。

023 圓

Spring Chen 2023/04/15 斜陽外美學堂

> 居停依陋屋
> 三餐尚有魚蔬肉
> 閒來書可讀
> ——林燊祿　俳 4/16

　　這幾天清晨5點多，老是聽到戶外啁啁的鳥聲像似鬧鐘，無以言喻的喜悅，油然而生；忽然想起，收到自大陸寄來的茶品，即刻起床「喫茶去」，準備沖泡手工培出的「黃山毛峰」，據說是中國「十大名茶」之一，產於安徽黃山。該茶白毫披身，芽尖似峰，故取名「毛峰」。初打開包裝即散發出，一股蘭花般的清香氣味，便即刻給正忙於書寫賀詞的外子聞，倒入玻璃壺沖泡時，見湯色清碧微黃，品之滋味醇甘，香氣如蘭，韻味深長，為一日之始，注入活力，喜悅。

　　品著好茶，順手點了枝沉香，欣賞著外子提起墨筆，揮灑在宣紙上的英姿，見其豪情的氣勢，墨香裡仍氤氳著壯年時，勇猛的精氣神，瞬間，似乎滋潤了生活裡的日常，卻除了點對其老化的牽掛，在這素淡唯美的日子，頃刻，心生安然便在柔軟處生了根。

至今的生活狀態如品茶，由最初的濃烈到最後的平淡，依然浸透在日常之美。只因「胡文」無形中，似乎引起了蝴蝶效應，成為兩岸少數友人，轉傳分享之文，欣聞成為彼此之間，最佳的話題，得到些許正面回饋，負面之聲就按在桌下哈。於淡而有味的暮年，雖僅得些微讚許，赤子歡喜之心，仍然溢於言表呵。於是，儘量字字斟酌，客觀地寫好每個當下，最初，只想用寫作來學習外子的沉靜，也當自我修行，儘管寫作這事，也沒有想像中那麼難，尤其寫擅長的領域會上癮，寫不熟悉的事物，便成為挑戰，卻也是新知識的成長。一直秉持不懈地敘寫時，也會在轉折處，蹦出奇特的驚喜。結尾再刪繁就簡，有時超乎自己想像的水平，就當「圓」，來個自我讚嘆呵。

鴉雅前后

Spring Chen 2023/08/08 荔灣前後園區

> 有客亂塗鴉
> 風雅詩言冠衆家
> 顏厚莫如他
> ——林燊祿　俳 8/9

　　外子「鴉雅」個展，8月16日於廣州「前后」文化園區展出，為期一個月，體悟「鴉事多為實，勿以其鴉而忽之，雅事多為虛，勿以其雅而耽之」，有緣著於8月25日（五）午膳與外子近距離交流之聚，攜著大槌善敲古鐘之心，激發妙語如珠的外子，回應出令人清新歡喜，念念不忘的經典雅語。

　　策完展的晚間於「前后」展廳樓上，配著甘冽的酒後，等待策展人開車之際，欣賞著園區一棟棟建築上被打上暖光，皎潔的月光像似附上一層柔柔的濾鏡，個人因之多了點微醺兼具優美的醉意呦。望著園區馬路與車流、各個地標，與繁星為舞的同時，在此園區內杜撰點外子的故事。總是無法精準掌握何時，將接近那個的終點，更不知，終究要站在左邊或是右邊，一有舒心的機緣，就在藝術中品味生活，在生活中品味藝術呵。如是無由地知足補上一筆！

居簡

Spring Chen 2023/04/17 斜陽外美學堂

居行唯用簡
為學加增為道減
侈靡春鬢簫

——林燊祿　俳 4/18

「極簡」是一種生活態度，總覺得「極簡」與「禪學」似乎有許多共通之處。幾經多次移居，更深刻體驗到，居家該更簡單，生活「少目」就會「省」心，自會多點心「思」，時時刻刻，觀照自身的內在聲音，收斂覺察自己狀態的同時，也會習慣覺知觀察，周遭的人事物，隨著傾聽身體的真實需求，用最單純而簡樸的方式，透過減法來創造自己生活的價值。誠如德國建築師密斯（Mies van der Rohe）：" Less is more." 不僅能表現在建築上，生活簡單享受隨心所欲，真實與自己心靈相處，體會到了寧靜與放鬆的居家之美。

自從入住陋室，種下美好的祈願樹，成為寫作的養分，微笑拈花自喻為芬芳散播者。當年，許下日日是好日，願與有緣者共享。大自然似乎應願，宇宙中真的無所不有呵。今時於日誌裡，探出頭，蘊涵著正向積極的情愫，盡力透過怡人愜意的文句，絮絮地與情景融合，儘可能地呈現出有輕靈的動態，輔之以圖像，添為充塞不足的空隙，彷若天邊的雲絮勾勒出霞光，映出瑰麗串聯出精湛的美文，期穿越時空，依能歷久彌新。

圓滿

Spring Chen 2023/04/23 斜陽外美學堂

> 身軀無可奈
> 食住衣行皆有詩
> 圓滿尋心內
> ——林桑祿　俳 4/25

　　4 月 23 日，是世界讀書日，似乎平淡無奇，無事可記，但在樸素的生活裡，起了一個小小漣漪，尤其對於內心富有的學者而言，再小的細節，也能創造出宜人的樂趣。

　　搭高鐵抵達臺北車站，與外子步行到晶華酒店，勾起記憶回到 1997 年，生平唯一次，擔任新娘秘書，帶著培訓的一位選手，入住該酒店的總統套房，徹夜未眠地替同事，也是室友的新娘，及其大大小小的家人與新郎作整體造型。早已預料新人拜別父母時的剎那間，淚水應會奪眶而出，因此，當時的下眼線刻意未幫新娘上妝，待事後再補，沒想到自己的感動的淚水，竟不自覺地跟著眩然而下。暗自決定日後有機緣，不讓自己上演這一幕，終於千喜之年，感謝外子的配合，一切極簡完成人生小事。然後帶著未完成的書商約稿，與外子一起選擇在中研院度蜜月期哈。

　　走進喜宴的會場，被引導到擺放著「學界友人」席，即見到氣色極好的翁佳音老師，與外子聊談書法與詩境的厚重，儘管，據他陳述：「看論文到清晨六點多，還寫

令人傷腦筋的評論」，但其精神仍然弈弈。後來，見到經常出現在電視螢幕的薛化元老師，談到近日連續三天三夜沒法入眠，不得不去看醫師，拿了藥已放進口袋後，又到門診間等候，醫師見到：「薛老師，怎還在這裡？」「等看診。」醫師回：「剛不是看了？」「但沒拿藥啊！」醫師匆匆查詢：「藥已取了。」薛老師才摸到藥，原來已在口袋裡了哈。的確，症狀真的嚴重，難怪體重暴瘦十來公斤！最後，潘老師來到：「自19歲唸大一時，即認識正在唸博一的薛老師，就一直喊身體不好，但到現在還是好好的，沒事的啦！」直見大夥笑成一團。

　　見識到這些長期保持閱讀的學者們，發現他們在細微之處，懂得發現生命中的小確幸，在日常的小事中摸索驚喜，不斷的埋下了伏筆，累積成就歷史的驚濤人生。席間，談天說地，唐詩、宋詞、元曲，詞境清新，曲境暢達，各自陳述其美，妙趣橫生，不僅在歷史上，而是生活層面裡，也能煥發盎然的生機與詩意，心態顯然因而愈發年輕。聽著他們大進程的對話語彙，活化大腦，成為這場飯局最有味的清淡歡愉，笑聲不斷地盤桓在酒店裡，在這有限的時空中，創造出無限歡樂的美好日子。

　　外子無言地特書「圓滿」贈予摯友李明仁院長之女，見李院長執閨女之手，將其女終生託付半子時，難掩不捨之情，全然顯於容顏，見其閨女極力仰首，曾試圖抑制淚腺，卻仍栓不住汩汩的淚水。回嘉伏案陋室，梳理當天的點點滴滴，特撰此文，厚愛無須多言，衷心祝福圓滿！

讀書未會

Spring Chen 2023/05/07 斜陽外美學堂

雨過便天青
齊來打屁咖啡廳
太極不求精
——林燊祿 俳 5/7

一寫完「立夏」一文，本想出門參加太極讀書會去，忽然，傾盆大雨滂沱地倒落下來，悶不住，只好再讓手指在筆電上繼續跳動。楊醫師：「下雨中，不過去了，在家練習，讀書會繼續。」大師兄：「拳不練，咖啡是一定要喝的，讓意念帶動身體流竄。」少山：「哈哈，原來喝咖啡要意念流竄。」我回：「喝咖啡意念真可流竄哈。」言者諄諄的教授，應是無言以對，聽者藐藐的這些學員啊啊啊……

其實人活著，運動是付出的成本最低，獲得最佳效益且是最高的養生方式，而最好的養生得兼養心，而養心之道，便是多讀書，不僅可成為繁瑣生活裡的解藥，也可為精神層面按摩，更能滋養人心，讓人得到身心的雙重保養。若是知識貧乏，尤其藝能技術，也不擅運用數位查詢，讀書會是個不錯的選項喔！雖然讀同一本太極相關的書，但一人一世界，一式一乾坤。畢竟，每個人的精力都是有限，與其閉門造車，不如共同提昇彼此。個人認為人的身體就是心靈的顯示器，更像是電腦螢幕的顯現，輸入什麼指令自然就會知道如何執行，但如果想要增進生命的價值，就只能增進人生的知識……此文，無圖無真相，外子：「實相非相」。如是像天馬「詩云」哈！

母親節前

Spring Chen 2023/05/13 斜陽外美學堂

恩深思母重
繞膝娛親唯入夢
馨香無處奉
——林桑祿　俳 5/13

　　在時光沙漏裡，來一杯外子現磨，我來手沖的阿里山咖啡，寫出將想法實踐後的成效，一路寫來，仍有不少盲點與瓶頸，試圖突破自己生活的舒適區，可能需要些時間撥雲見日，等待機緣成熟，才能自如駕馭文句相隨吧。但仍得先將生命浪費在自覺美好的事物上，即便是瑣瑣碎碎的日常！

　　近來，在這晴雨難測的日子，社區裡的婆婆媽媽得以不驚不懼，自然調息一起動啊動的，從事「活血功」的同時，在這疫後物價齊飛漲的年代，大家似乎已釋懷，能從容承受生命的過往，於是邊討論：「退休開不了錢源，就只好來節流資金吧。」因此，開啟寸土寸金的市區空地認養，以自然農法輪耕種植蔬菜，我將有生生不息的野菜可繼續吃，來日三餐會更有滋有味，生命真的會找到適合自己的出路呦！

　　"You are what you eat!" 想著想著，想起一輩子樸素的母親，每逢天災時，總會樂觀地說：「天無絕人之路，一枝草，一點露，老天總會賜給

人存活的機會。」如今，屢屢回想，才深刻體會字字到位，句句到底！人生還是真有意思。於母親節前，想起母親平凡放牧式的教養，雖然她從來不懂到底為了什麼，在村裡第一個考上大學的女生，大老遠跑去消費高昂的臺北陽明山上，念個花費不菲，學的是一些在家裡，便能學得到的技能，像烹飪，縫紉，帶孩子……。但母親終究是默默地支持，看我頭也不回的青春年少的叛逆期，她始終搞不清楚也無從介入，在我唸大學期間，只有寒暑假，才帶著一簍簍的書籍返鄉時，當下都能感受到她的開心與驕傲。每次陪她進村子裡買菜都能感覺到，從旁傳來竊竊私語與羨慕的眼神，不時的問候母親：「啊！就是妳唸大學的小女兒？」她總是微微點點頭，盡在不言中而滿意地的微笑著，行走在村裡感覺都有點風了哈。

還記得那一年，1986年大學畢業典禮時，極會暈車的母親，還特地請二姊夫與三姐夫舉家，以及掌鏡的五姊陪同她，一起前來參加畢業典禮，可想而知於其心中份量多重呵！如今母親節前夕，雖有感於子欲養而親不待，卻無憾於其有生之年，可有讓其引以為傲的情景！謹以此文，聊以感念母親生養之恩。無憾！

文之昇華

Spring Chen 2023/05/10 斜陽外美學堂

> 文章未敢誇
> 修詞練字渚昇華
> 若野草閒花
> ——林燊祿　俳 5/11

　　讓之前擺設的畫面留下記憶，並非刻意地美化人生，而異動是給值得珍惜的物品，騰出更適合的位置，再繼續享受賞心悅目的日常。也許是出於好為人師的職業本能，總會將生命經歷化繁為簡地昇華轉化一下，因此，個人的字裡行間，難免會稍帶一股心靈「雞湯」味。只因不想成為寫作的匠人，實踐知行合一，更是用來提醒自己，別沉陷在逆境的負能量裡太久，快速轉換成正氣，雖分享一些微不足道的細小故事，期能對大家有些許的助益，若沒有幫助，也盼能傳達有一絲絲的生活樂趣，就以外子的對聯書法：「正氣行天下，隆情待友朋」為銘，當成是自我餘生的使命，創造人生樂活之源。

　　儘管，生活中的快樂來源，有些來自吃的，有些來自穿的，有時是物質，有時是良好的人際關係，有時來自溫馨的家庭與豐富的愛，就個人而言，多半的快樂是執行著自己熱愛的使命呵。比如，個人對於寫作的熱愛，不僅將基本情緒感知的表達，冀能引起一些共鳴外，職志能驅動自己持續投入，並且試圖再度提昇自我，能寫出更具有啟發思考之文，創造出讓當今熱門的 AI 所無法取代之作。

畢竟，在人生的曲線裡，真正能讓人明白體會的，不是高談闊論的道理，而是每個人自己親身的經歷，總於重要的關鍵時刻，在不經意間，自然會有個轉折點，就像是被人一句話或者一件事所影響。因此，寫作朝扮演使者的角色，將文字串組，昇華成具有意義的影響，將來必然有其存在的價值。

複合日

Spring Chen 2023/05/14 斜陽外美學堂

天霽見彩虹
青藍紫綠橙黃紅
杳杳一飛鴻
——林燊祿 俳 5/15

隨著歲月的腳步一路走來，特別在這母親節日子裡，時間太少，好玩的事太多，過得生機勃勃，蘊藏著既充實又多元的複合畫面。

踩踏著單車，抵達嘉義公園，入門即見大大紅色布條，「孝親」映入眼簾，便前去致意，當是迴向母親。再往上騎到孔子廟旁，開啟美好生活的鑰匙，鍛鍊自己的身體，隨著林宏恩教授出的新課題，於習拳後，練專注調息的 8 分鐘慢跑，而帶頭跑的郭文吉醫師，一啟動即往上坡方向跑動的感覺，哇！思緒無法專注，即被調回到高職階段，停格在田徑校隊的特訓，第一次跑 8 公里越野跑步，就在植物園旁的民權路上坡段，堅持跑到蘭潭入口處的終點，抵達後吐了……。

非常感謝當年的蔡登龍老師（1970 年亞運三級跳的銅牌得主），跑前反覆叮嚀：「上坡定要克服挺過去，可以慢慢地跑，但不能停下來……」，也因此養成了日後，總以 1981 年擔任嘉義高商的「運動員宣誓代表」的精神，面對生命裡所有決定，便朝著設定的目標，不停地勇往直前，迄今才能一一實現。

體能訓練完後,又到順利世家美術館,出席臺灣交響樂團「聲韻室內樂集」小型音樂會,聆聽一首婉轉悠揚樂曲之後,旋即轉到讀書會場,主因想藉由讀書會,將自己的心思,掏出來縫縫補補,以統攝個人內在的感性經驗。才不至於如康德曾說:「感性無知性則盲」的窘境。

竹居遙思

Spring Chen 2023/05/16 斜陽外美學堂

> 安居依陋屋
> 綠竹焉能除我俗
> 門前頻馬足
> ——林燊祿　俳 5/16

　　夏天不僅是一個季節，更是一種精神，一種熱情，迎接第一縷陽光，看著直立挺拔「節間生長」的竹子，無論嚴寒酷暑，總能保持四季常青的顏色，也被看是節義的君子，成為文人雅士賦詩作詞的好題材。依稀記得，國中上陳政宏老師的美術課程，學習水墨畫時，將「竹」就留在了墨香宣紙上，僅作為打破大面積留白中的陪襯，以營造出清新高雅的氛圍，沒想現居住之屋，竟是半「竹」材結構。因此，特於陋居前，植種了饒富寓意的葫蘆竹，除了體現蘇軾的詩：「寧可食無肉，不可居無竹；無肉令人瘦，無竹令人俗」外，也用來自我激勵，能擁有竹的堅韌與虛懷若谷之性格，更期寫作能像竹一樣的鮮「活」。

　　去年秋，每每聽到隔壁鄰居抱怨：「竹子的落葉掃不完……」，為了避免紛擾，只好年初割愛痛鋸而下，而生命韌性堅強的葫蘆竹，仍再次長出新芽，又以屹立之姿繼續展露，挺直在 2013 年如願長眠洛子峰的李小石影像（2012 年與外子「二愚展」的海報）前，正巧其妻（林青青），賴來訊息，本想陪其同前往馬祖，參與 10 週年追思樂會，但馬祖的船票與機票，早在上個月已銷售一空，候補也一直沒下文，只好先以文遙念追思。

小石與青青的結婚證人,是外子與我兩人,因此,小石寫的四本書《喚山》、《南湖雪夢:南湖大山秘境攻頂全記錄》、《山魂馬納斯鹿的回聲》,遺作《聖山:干城章加瞭望》,均託付外子潤筆並總校對。有一年,他依然帶著笑臉來夢裡:「我只是詐死在山上,懶得下山而已⋯⋯」,是要我轉告「青哥兒」(青青的暱稱)吧!因為每次登山前的餐聚,不時地對著他叮嚀:「好好對待青青⋯⋯登山遺書記得寫喔」。看到他情真意切,有心用毛筆寫在宣紙上的遺書,簡短而充滿豁達心態的91個字:「小石的人生靜悄悄地來,靜悄悄地去,一切後事由吾妻青仔全權處理,從簡,見屍則火葬,未見屍遙祭即可,肉身若為他人可用,歡迎自取。」的確是李小石的生前風格,謹紀之。

水蛭文

Spring Chen 2023/05/17 斜陽外美學堂

心理學家榮格（*Carl Gustav Jung*, 1875～1961）：「凡你抗拒的，會持續存在。」因此，再次允許負面感覺存在，讓背後的負能量就會迅速通過，自然釋放。因看到自己昨寫的「遙思文」像水蛭一般，不自覺的精氣神有點被吸附，心情不禁也跟著一起逐漸消沉墜落。於是，藉由用圖文改變內在，持續的清理與轉念，讓它成為生命中的禮物，身體不再疲乏，人就平和許多，身心便安住。

下樓準備吃早餐時，喜見樓梯旁光影之景，轉身回眸，又見自己擺設的「四腳獸」（王文志贈與的模型作品），特派兩位英國皇家的御林軍守護著，免得被掠奪了哈，瞬間，奇蹟的醒神啦！

於是，繼續接棒處理，昨未完成事宜，因弱視的李堯老師（小石的長子），想把我昨日的文章發佈在臉書上，當成邀請函文。再請外子賦一首漢俳詩如下：

登山名怪傑
駱子埋軀殊壯烈
斯人稱一絕
　　──林燊祿　俳 5/18

青青已在基隆港,要上臺馬輪前,弄了半天手機快沒電了,只好放棄上傳小石的臉書,而因個人太久沒用FB,忘了怎操作!求助正在學校參加研討會的歐志成老師:「已貼在師母的FB上,圖片無法擷取……」只看到貼文,根本不知FB入口在哪?相片也都不見了!只好再請求老同事陳識博老師:「協助什麼,看不懂。」哈,最後,已抵馬祖的青個兒便用最簡單方式,攝拍上傳,花甲之年的老同學倆,不氣餒地玩得可有成就感,儘管,未能盡如人意!隨著年齡越大,就越體會外子的隨緣隨喜隨自在的生活哈。

家之家

Spring Chen 2023/05/18 一哂別室

田尾家之家
裝潢設計多風雅
盡是平民價
——林燊祿　俳 5/20

有時候，美在不經意間就能發現，回到彰化縣北斗處理一點小事，悄然溜下的夕陽，將屋前綠地籠罩，著實被這片意外的風景驚艷到了。於 2017 年搬來住了近 6 年，上班像螞蟻般來來回回，穿梭於學校與家之間，竟從未注意到「一哂別室」前的此景，真的像極了母校布里斯托大學（University of Bristol）宿舍前的大樹與綠地。

晨起，無意間又瞥見，在窗外的這處綠地，剎那，再次領受到生活的美好，喜悅地聯想起，取得部分公費到英國念書時，每當寫作業搞得心煩意躁，便會漫無目的地亂走，到陌生的街上溜達，後來就發覺到綠地去玩「找錢」的遊戲，只是為了多看綠色淨化眼睛，找錢時眼睛自然會變得更明亮，見錢真的眼就開啦，這時目光一轉，心態一變，把原本苦悶的留學生活，變成了精彩有趣味的日子，憶來心裡滿溢著甘甜。

日子過得像一班列車，每個站點都有人上下車，總會有不期而遇到無數的人，大多都是擦肩而過，但也有那麼幾個相識投緣，暖心的人，會自然駐留心中，生生不息地延續下去。三年多前，一面之緣，認識了當年開二手家具店約4年，極為年輕（28歲）有為的老闆（陳璽安）。第一次到他田尾店裡喝茶，自上午9：30聊到下午6：30，記憶裡，他就是具有老靈魂的個體。第二次他帶家人到「一哂別室」來，他看到外子寫的唯一「喜得大自在」的瓷板，表示想收藏，因而單純的結下善緣。翌年，他想自創品牌「家之家」轉型成新家具的門市，慧眼逕以外子獨特的自體書法當商標，一次貫穿創業的需求，明快漂亮地解決方案，節省不少時間成本。因緣俱足的他，又接到田尾民宿的經營管理權，據聞近日預約得等候個把月後喔，如此年青即將人生的斜槓生涯，真正落實在企業體裡，在他身上完全展現無遺，值得一推。

佛誕日前

Spring Chen 2023/05/26 斜陽外美學堂

> 驅車注大林
> 青忙擷得滿箱塡
> 果汁味香甜
> ——林桑祿　俳 5/26

英國小說家毛姆（William Somerset Maugham）：「由於時光轉瞬即逝，無法挽回，所以說它是世間最寶貴的財富。」因此，養成趁時光正好，想做的事，即刻起身去做，想見的人，不再「改天」，不再「下次」，不再「以後」，而是「一會見」，珍惜機緣！尤其，人能在同一片時空裡遇見，一起走過的每一段時光，經歷每一場相會，共玩一些有趣的事兒，分享一些情真意深的故事，體會一些尋常有道的理，都會有不經意的美好與感動，總覺得這是老天賜予一切驚喜的厚禮。

4月25日天未亮，薄如蠶絲的晨霧懸掛於觸手可及的身邊，彷彿置身仙境，頃刻間，光暈便將天空劃開一道缺口，晨光毫無保留地，潑灑在難得同時綻放雙株蓮花上，美好的一天就此展開。克服自己的惰性，再次前往公園與師兄們會合，慢跑以訓練心肺功能及耐力，順去賞不知誰擺放的麵包樹的枯葉，覺得很美！又有孔廟瓦色對映，便隨意拍下留景。

午後，與五姐搭朋友的車，夥同前往嘉義縣大林鎮初識的友人家，享受採擷長在近 80 年老芒果樹的青果之樂，沒多久豐碩的青果便佔滿整箱，於是，主人便邀偽果農三人，進屋享受她早備好的涼品消暑哈，又隨手摘取屋前的石蓮，加她自製甘橘醬，使用她 40 多年前嫁妝之一的果汁機，現做打汁加了蜂蜜給我們喝，真是人間極品的美味啊！

回抵嘉義市區，隨意轉到附近友人的窗簾店，分了幾顆青果給她，一見如故的兩人，喝起下午茶，聊及許多共同認識的舊友，時而觸情感傷，時而慶幸聚緣，略有些沉悶的情緒，後又隨之洋溢了起來。

於浴佛節，寫下昔日情境如畫卷，徐徐翻閱，所有的美好依然歷歷在目。想起佛陀是如何挑戰人生最大的難題——生、老、病、死，如何悟到生死性空，佛本不生，亦無所滅？

035 閑聊外子

Spring Chen 2023/05/27 斜陽外美學堂

波岸慈航渡
聖哲賢人張正道
亡羊因歧路
——林燊祿　俳 5/28

　　下午茶點時間邊討論下個月離臺，將訂定班機日期，及停留月數意見不一，外子閒聊他自己，要像陶淵明學習「歸去來兮，且息交以絕游」，喜歡旅遊又愛走彎路的我，僅能配合他的步調，跟著轉彎，厚待我的老天，定有其意，將會有更好的安排。好比近日急驟的氣候，在麗日的晴天，就漫賞閒雲，而敲窗下雨之日，便靜聽雨聲。颱風來前，居家與外子閒聊，問他為何選擇研究歷史？」，他回：「主因從小考試最高分的科目都是歷史，自然而然地選擇學習歷史。而且歷史比較注重因果關係，具備一定的邏輯要求。至於研究的朝代，並無特別喜好。因全漢昇老師（1912～2001），要求由明清兩代的課題著手。全老師認為經濟史的領域，須從明代以降著手，課題會比較豐富有趣，因此，他建議從明代選一個題目研究。」外子表述：「經濟史的研究，自民國初年以來，一直是顯學，但學術界文化轉向、全球轉向新的研究觀點，使得社會史研究有後來居上的趨勢。當年專攻經濟史的人不多，此領域還有發展空間，於是決定研究經濟史」。

外子常說:「有病不求藥,無聊才念書」,因為在香港小學教書,利用空閒去進修,有人問他:「念書有何用?」外子回:「不知道有沒有用,但念書就是」,記得教他打八卦拳的孫寶剛先生曾說:「上等之人,全力以赴」,雖然他是無聊才念書,但只能全力以赴。這種「全力以赴」的精神,自前年起,看到他處理研究嘉義市文化局委託案(林臥雲詩集),著實力行無遺,光是校稿就花了半年,迄今剛完成。1991年,他來臺灣蒐集研究資料,到中央研究院及中央圖書館(今改稱國家圖書館)閱覽書籍。拜訪了當時在中研院同為新亞畢業的廖伯源學長,因而認識雷家驥學長及毛漢光老師。時值毛老師與雷老師,正在籌備中正大學的歷史所,偶然在一次晚餐聚會的場合,席間詢問他是否願意至臺灣任教,外子欣然答應,因此,1992年自香港來到中正大學任教。

經由其研究生的介紹而認識外子,他真是一個「會說」的人,總能寥寥數語,便折服於他非凡的氣度,敬仰他耀眼的才華。欣賞被學識浸染過的靈魂,令人心生愉悅。他的人生像一本醇厚的書,值得細細品、慢慢翻。婚後,總願意放下手邊的事情,心性純粹地陪著我,能耐住性子的聽我叨絮,即使不能夠真正幫我解決問題,也會悉心留意我情緒上的細微變化,外子銳利的目光和犀利的話語,像是穿透現象直達本質的一把劍。對待學術一絲不苟的

態度，退休後，依然每日都做他的研究，就好像每天都面對嶄新的世界。似乎已把研究歷史當成是一種生活方式在實踐，在雜訊漫竄的世界裡，仍秉持著他的初心，認真為學，靜享怡然的人生。

專注

Spring Chen 2023/05/28 斜陽外美學堂

> 寫作要專心
> 聚志凝思意不分
> 篇成若有神
> ——林燊祿　俳 5/29

　　一抹朝陽初探，擁著清晨的涼風，隨著歲月逐漸稀釋了無序的日子，卻不失節奏的時光，又來到太極拳公園派的練習，與讀書會，均可讓人心沉靜下來，擱下萬事萬物，靜靜地欣賞各自的互練後，近午炎熱的氣溫下，再躲進咖啡店吹著冷氣，品著咖啡，切實地享受到有一種細微、恬靜的踏實與溫馨。

　　回到家，個人在有限的記憶裡，將一些印象深刻的畫面，就如楊醫師的衣服顏色與孔廟的紅柱對應得亮麗，以及他獨自專注打拳神態，順應自己的心境，把當下所發生的事情、用自己的感受，寫成了文字符號，留給無遠弗屆，被舊雨新知的人閱讀。

　　許多時候，自己總以為寫過的文章都成雲煙，不復記憶，其實是潛在的，越來越清晰能從容地，應對生活突發事件的磨噬，也越來越能優雅地掌握毫無主題的寫作。尤其，越是運動完及讀書會之後，格外有助於寫作的思維，特別在讀書會裡，聽取教授及師兄們的分享，發現自己的知識是如此的淺薄，猶如一場場奇妙的心靈洗禮，總能帶給我豐富想像。

回來與外子分享，林宏恩教授提到「專注」而介紹，下期奇美博物館的展出，有關插畫家克里斯托弗・尼曼（Christoph Niemann）18分鐘內的TED演講：*"You are fluent in this language (and don't even know it)"*。影片中 Christoph Niemann 的談話充滿詼諧、異想天開的圖畫，不言而喻的展示了藝術家如何挖掘我們的情感和思想，進行了一場非凡的視覺之旅。外子即回：「老子《道德經》：『少則得，多則惑。』，做任何事就要心無旁騖，按部就班地投入⋯⋯」，反思到自己是真心喜歡寫東寫西，把寫作當是目前的使命，就專注落實地寫，不再瞻前顧後，將自己的思維，調到自然寬廣的頻率，運用積極像太陽般的態度，照到哪裡，那裡就亮吧。別讓自己的心情像月亮，初一十五總是不一樣呵。因此，決定將有限的精力，用來實現自我的剩餘價值，不再躊躇了，於是，不得不割捨了一些動心的邀請之約！難免不捨，是時候，自我訓練「斷、捨、離」，才能更專注！

櫻香

Spring Chen 2023/06/08 斜陽外美學堂

> 暴雨勁風颳
> 老普禪機細品嘗
> 故友櫻情香
> ——林燊祿　俳 6/8

　　六月的陽光明媚灼熱，望著窗外的景色，由和春的千紅到炎夏的萬紫。在陋室，守著這扇溫情的窗，依然過著平穩的日子。陪外子與友人再到運動公園步行，自己試著慢跑以增強心肺功能，間歇性的跑了 10 分鐘左右。用完晚膳，梳洗後，晚上還不到十時便入夢鄉。一覺到天亮，起床沒想到腳底筋，緊得有些不太舒服，慢慢伸展著身子，狀況緩和些，但也因而體感溫度上昇，沖澡後吹著風扇，準備寫點文，十點多外子自中醫師處保養回來，風扇吹出的風竟是溫溫而有點熱氣，提議上梅山 11 彎半天村長家去避暑。

　　11 點半抵達，來得可巧嘿，村長備好午餐款待後，適逢村民（村長的同學）的生日蛋糕，她說不想吃甜食，請村長解決處理哈，於是，飯後移步到天然冷氣的樹蔭之下，拍張照，當是村長夫人剛出院之慶祝。搭配品著村長的自種自烘的阿里山咖啡，真是到味呵！歇息時，便掏出了手機來繼續拍，傳給村長再轉給真正生日的主人看，就像跟家人相處一般舒坦！飽食飲足之後，現焙的咖啡豆也恰時烘好，天色瞬間有些烏雲散佈，適時提醒是該下山了……

逕攜著陋室長出的酪梨苗，送到大林友人家，給她種成對株，因鄰居說酪梨苗需兩株才會長果子。途經梅山街上，已然下起毛毛的雨，逐漸雨勢越下越大，到達門口時，傾倒而出的雨勢，真是驚人，進入室內，喝茶去濕，閒聊著佛家的不可思議之緣時，事先並沒相約的另友人（葉姊），竟來電話，得知我們在，請我們稍等她一下，將送她正包好，已在蒸籠裡的粽子來分享。於是，如此不拘小節的氛圍中，繼續率性隨意不停地聊著。

　　葉姊近5點冒著大雨，騎了10來分鐘的機車，捧著熱騰騰的粽子到來，於滂沱的雨中，吃著她帶有暖心的粽子，滿足感油然而生，雨聲也變得舒心許多。不知不覺間，幾個鐘頭過去，聽到彼此故事的溫度與簡短脈絡及經緯，融化了時空的距離，喝了兩壺茶水，吃了一兩顆粽子，又喝了石蓮柑橘汁，大家談興未了，這場驀然相遇，別開的緣分之聚，就這樣自然坦誠率真的粽香之中，約於下週，再來續品嘗其90高齡母親包的北部粽子之味，而畫下句點。

行動探索

Spring Chen 2023/06/09 斜陽外美學堂

> 懸河縱萬言
> 經書熟讀百千篇
> 行為卻不然
> ——林燊祿 俳 6/11

美國心理學家威廉・詹姆斯（William James）：「播下一個行動，收穫一種習慣；播下一種習慣，收穫一種性格；播下一種性格，收穫一種命運。」因此，每次寫文告段落，便外出去播下一個行動，儘管下午已迷路在一個陌生的環境裡，習慣望天就自然看到像煙囪上的雲朵，趁天色尚未暗之前，背著夕陽繼續探往東邊走，又見到天真的孩童，正餵食流浪狗的場景，在旁的媽媽說：「每天去接孩子放學後，就會帶自小喜愛狗狗的姊弟，來跟牠們玩一下，再回家寫功課。」個人難掩遊戲人間的性格，於此顯露無遺。繼續沿著產業道路走，連續遇到叉路須抉擇之時，總待有來車，當是我的指示方向，明顯感受到有股選擇性的意識流之力，自然牽引著驚見美的事物，又塑造出自己的美麗世界呵。就是這樣，順理成章的養成樂觀的性格，與活力的生活態度。

記得英國經驗主義「樸素論」的觀點認為，人的心靈最先感知到許多不同的簡單素材，例如從視覺、聽覺得到的訊息，心靈再將這些訊息組裝，構造出高層次的心靈狀態，好比陋室，先是單純以臺檜、磚土的素材建照之屋，而今使用鋼鐵構造加以重修，建構出更能安頓身心棲息之所。

近日，深切感受到生活就是一種過程，更是一次次的旅程，真是沒有終點的探索，因此，試著充分發揮自己寫作的潛力，嘗試充分利用自己尚未開發的能量，並且表現出自己的所作所為，盼能有助於他人。只為實現內心底的那份自以為是的認知呵。

動靜

Spring Chen 2023/06/11 斜陽外美學堂

> 動靜不相違
> 雨在雲霄下著泥
> 莊生論物齊
> ——林燊祿　俳 6/12

歌德：「人之幸福，全在於心之幸福。」

天空陰沉沉的，彷彿隨時都能滴出雨珠來，在陰暗的雲層下，心情似乎也隨著悶沉沉的。每當煩悶之時，試著轉移情緒，運動是很棒的方式。於是，正準備出門到嘉大的新民校區，跑步解悶去，竟下起毛毛雨，只好到附近社區小心慢慢地跑了近8分鐘，終於遇見101歲的童媽媽了，趕緊跑回家拿垃圾，想進一步與之聊聊，結果機緣未足她上樓了。倒完垃圾後，拉單槓伸展身子，再參與活血功的健身活動回來，看到太極拳群組林教授留訊息：「明有訪客得請假，如果沒有下雨，希望大家能好好練習拳架，也持續跑步，就是下定決心、養成習慣、多做少說，與大家共勉」。頗有同感於師兄：「太極拳雖然總是學不會，但跟大家一起學習就會快樂，每次都會感到有一點點進步或新的感知，就會有一種喜悅。」

週日又是嶄新的一天，不讓昨天的情緒影響今天的美好，有點陽光，也有斷續的雨，更有雨後大樹下，冒出的如菇似草之花，在公園如實地，各自去慢跑後，鬆身五法、老六路拳架基本功練兩次，雨珠便落下來趕人了。及時抵達讀書會場域，

彈落一路走來的滿身雨珠，品著同好的咖啡，聽著師兄們，師不在的胡言笑語，仍不離主題的爭辯後，看著他們豁達認認真真的練習樣，時光就在指縫間悄悄然地溜走，回家小憩，感心記下相聚的歡樂之憶。

警察節

Spring Chen 2023/06/15 一哂別室

警察人民僕

姦邪盜賊俱懾伏

庶得安居福

——林燊祿　俳 6/17

　　叔本華（Schopenhauer）：「不要讓我們大腦的原野，成為別人的跑馬場」。每天醒來，都是新的起點，溫柔的迎接做自己的加油站，從容淡定地接納每個人成為自己的擺渡人，就能掌握幸運的生活密碼，成為彼此幸福的設計師。

　　上午雨歇後，如約抵達蘭井街的「檜」，剛自嘉義市政府警察局退休，柔道四段的蘇鳳琴警官，收藏了外子的瓷板「歡喜自在」，合影留下機緣難得的一刻，外子即到中醫診所保健去，我則留下繼續聽取「稚暉」中學，曾欲蓋我布袋學生們，當今不是教育界的菁英，就是中小企業界的大老闆之點滴，聊著聊著，不知不覺時光，竟已來到 12 點半，鳳琴提議請我吃完中飯，到中埔「峇里島」給學生（林利益）來個「驚喜」，怕是驚「嚇」吧！

下午又是一個溫和煦暖，綠意深濃，空氣清芬的時光，一切來得剛剛好，美好的事物一直都在悄然發生，止不住發自內心幸福地微笑……既是自種的桃子，又是剛下的土雞蛋，還有屏東來的新鮮頂級的鮪魚，美食一盤接一盤，慢慢地上桌來，這種質樸的回歸自然飲食，不能一次享盡……老闆娘（利益的賢內助）備好潤筆費，已然靜鋪一方清墨，準備請外子現場揮毫，活出真實率性的外子欣然允諾，但似乎少了點什麼，細心體貼的鳳琴建議移駕到「斜陽外」美學堂，旋即返抵陋室，外子慢條斯理地上樓，悉心備好就緒之後，紅紙上「圓滿」便在深情裡展開，如是結下了「圓滿」的良緣，巧於警察節之日，如是再添一筆為紀！

荔風蕉雨

Spring Chen 2023/06/26 斜陽外美學堂

夏日日何長
聞蟬啖荔飲冰涼
早稻正登場
——林桼祿 俳 6/27

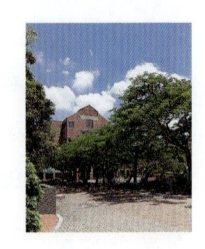

　　在荔熟蟬鳴的季節裡，陪外子回到中正大學圖書館，續借他研究參考用的「四庫全書」，轉身準備到文學院歷史系辦寒暄一下，又是望見天空的靜謐，雲朵漂浮，草木靜立，真是安詳美麗的校園！儘管酷暑難擋，有著層層的炎熱感，樹蔭下仍帶著一片清涼，站在行政大樓前往下看，曾從在學人宿舍出發，走過這條人文學院之路近7年，有股莫名的感動與記憶總在心底鑽動。回憶起，唯在國中時期翻開過歷史課本，一頁也讀不進去，這種不喜歡，一方面來自，不得要領的無能體悟，另一方面是當時年少，性格浮躁有過動傾向。然而，隨著時光之流逝，居住中正大學的歲月裡，浸染了些許文學的氣息，無形中播下的生活方式，才能獲得如今過著，尚稱滿意退休生活的樣貌，也就是每天堅持寫寫所見的雜思之文，藉以積累充盈自我，似乎已成為一種習慣，一種追求，驀然發現，原來生活是可以如此美好而詩意，人生可以如此廣闊而遼遠呵。

　　既定行程得前往彰化，沒法在校園多作停留，旋即駛向北斗的「一哂別室」，拿取上回匆忙遺漏的物品，抵達北斗午膳後，順道會見裱框的友人，品杯綠茶與咖啡提提神，便又匆匆告別，隨即又回到嘉義，抵嘉進陋室，豆大的雨珠，無預警地滴落而下，瞬間大雨如注，於陋室靜聽雨聲，心隨雨水飄零，謹記下荔風蕉雨的一日。

恬淡之員

Spring Chen 2023/06/28 斜陽外美學堂

> 恬淡度餘年
> 拋卻輕狂返自然
> 未至老番顛
> ——林燊祿　俳 6/29

　　或許冥冥之中一切早有安排，外子美麗的失誤，造就出自自然然的古字的「員」，經利益之女的設計，請人裱出了現代的「圓」，一眼望去，圓潤舒展，結構雅正悅目，顯現凝聚了家之圓滿。

　　人生緩緩，利益之賢內助，30多年默默地為家庭付出，不急不緩，生活在無法左右的家人，只能自我不斷的調適。人生就是場修行，外子說故事的方式提醒她：「放下過往，心才不負累，不去怨天尤人，揮別那些已逝去的不如意事，人自然輕鬆，才會自在，維持自己開朗善良的個性，是人生很大的資產。」直見內心似乎裝滿故事的她，大大的眼眶就像小小的杯，承載著滿滿的水，不小心就滲出感人的淚珠。外子之言，似乎一語中的其滿腹的心聲，也滋潤了其心靈，尤其歷經人生重大事故之後，應是格外感同身受吧！

　　開心聽聽每人不同生命故事，成就了外子解點其人生之惑，日子也因此充實而快樂。尤其在精緻鮮食的午餐飽足之後，同外子起身走動欣賞琳瑯滿目、大大小小各式藏物，與自印尼進口的柚木及看來涼夏的藤類傢俱。行走其中、幾處可供坐臥的

空間，留下空白的動線流暢，漫漫地端詳，愈發覺得這些居家物件，已經創造了一個渾然天成的恬淡幸福之家。人生的幸福，不就是一年四季，一日三餐，家人平安在側，歲歲年年日日安。

淨化分享

Spring Chen 2023/07/02 斜陽外美學堂

得此好文章
獨享何如共眾嘗
拍案飲三觴
——林燊祿　俳 7/3

　　隨著鳳琴與人見人愛，同主人一樣具有相當親和力的布丁，到樹木園運動後，又認識了她的同學星容，磁場相同的人自然相吸，一起聊天與分享品咖啡，再次學到不同行業的知識，也打破自我有限認知的桎梏，更體會自己沒法經歷的不同人生，獲得不一樣的成長感悟，因此，個人喜歡結交新朋友的過程，就像是在探索人生各種的可能性，生活也因而跟著，變得更加的多彩與豐富。

　　回到家，按下活動的暫停鍵，淨化自我心思，準備離臺的備品後，留點閒，欣賞今天意外的驚見，一直好奇觀賞著寶冠木（球花樹），其光滑無毛的對生羽狀複葉，像乾枯般垂懸於枝頭的長條果，近距離觸摸，驚訝竟是成串的嫩葉，經查詢，原來是成長過程中，基於自身保護，儲蓄其能量，為二度變色的型態，可真是引人注目的特徵。於是，啟動寫點個人思緒，留點淺見感想，心想能在這上千樹木園裡，相遇吸引，必有緣由，出現的眼前定有值得學習之處，無論偶然或必然，眼之所見，應有內心之物。草木總有自己成長的時間，不急不急，時機到了，自然開花結果，花開蝶自來，人生到頭自有答案。就像生活中，偶得一物的歡喜，也要保有偶失一物的自在。

出境少目

Spring Chen 2023/07/04 臺灣桃園機場

> 後果證前因
> 省身還須幷省心
> 善惡理應分
> ——林燊祿　俳 7/16

　　睽違三年多的機場，即將踏上漫長的旅途，離境前的記要是必然不可少的，再一小時即登機了，心情有些複雜，術後拉著兩大行旅箱，情境像似赴英國念書般的沉重，再回臺將會是一年容易又秋天了，因登機前的時間有限，無法細化心中之感，僅簡要直書胸臆。

　　7月3日循著季節的腳步，走在樹木園的花香中，當我從無人問津的樹下經過，落葉輕拍了我的肩膀，彷彿是我的貴客，提醒著我俯視路旁，整片細小植物，學名為「臥地延命草」，象徵一種微妙生命的鋪展。就像曾先生收藏的書法之字，也會有感應在個人的生活裡，每個人對於日常決擇性的時刻，都是由一個又一個，極微小的習慣累積而來，少目自會「省」事，所謂「少目」，就是少看負面消極的信息，少接觸負能量的人事物，遠離是非的圈子，幫眼睛做斷捨離，甚至索性選擇「不看」並非意味逃避，而是善待愛自己，可給自己留下更多的精神空間。而「紅印」蓋在中心，則是提點「藏家」少目，自然「省心」喔！

穗淨心

Spring Chen 2023/07/10 廣州紅醉館

參禪浪認真
煩絲縛體卻千根
皆因未淨心
——林燊祿　俳 7/12

　　佛說：「前世五百次的回眸，才換來今生的一次擦肩而過，用一千次回眸方能換得今生的駐足停留」。闊別四年了，多情的時光總纏綿，7月8日（六）終於來穗特撥冗抵鬧中取靜的六榕禪寺研究院會見，百忙裡挪出點空檔的王導先生，輕輕啜著茶水，來不及細聽王導的開門見山之問，聊聊不自覺眯上眼，被外子的宏鐘激昂發聵之聲震醒：「漢俳應及時推廣，讓人萌發興致，賦予清新使命，舉旗豎幟，可創下一個時代的表徵，要像唐詩三百首、宋詞具有歷史的光華地位，這是需要時間來達成。」

　　相信如果有了這個起心動念的因，日後能付之行動，自會產生一系列無限遐想和期待的果。結束訪談之後，何躍進老師提議，於別具殊意的六祖閣前合影留念，深怕一別又是四年呵。6歲即寫詩的黃梓軒，親近六榕寺回來，詩興又起，書一漢俳「六祖堂上照，巍巍寶塔破天曉，碧落挂云繞」，經外子調換兩字「碧落」，見其喜出望外，樂不可支，大人們也同感其歡喜之心，眾樂之！

六祖堂上照

巍巍寶塔破天曉

彤霞挂云繞

——林燊祿 校 黃梓軒 俳詩 7/9

7月8日顏小英女史攜其子（阿德），下午蒞芳村紅醉館品茶，論及佛學「空、色」，外子分享其禪學的人生觀，勉予「隨緣、隨喜、隨自在」的生活。見其告別之時，已然褪去滿臉的倦容，似乎心中放下了些許罣礙，找回了一絲絲寧靜愉悅之感，輕盈喜帶安然地駕車離去。

來穗一週睡眠很淺，腦袋總是昏昏沉沉，就如同熬夜過的狀態，決定得寫點文，積累的疲憊，瞬間噴發而出，腦內的字庫好似被抽空了，導致桌前盤座許久。只好與茶對視良久，身體像陀螺般不停地旋轉，沒法定心，無法感受生活的點點滴滴，再喝點好茶，如是淨化我心，不再匆忙。

香江行

Spring Chen 2023/07/12 ～ 14 宜必思酒店

> 嬋娟幾度明
> 此夕同窗敘舊情
> 各自有枯榮
> ──林桑祿　俳 7/16

　　睽違四年了，12 日終於回到婆家的石屎森林區，下榻在上環的宜必思酒店，等外子處理完瑣事之後，傍晚時分，獨自外出環視商家，似乎變化不大，順著地形的坡道步行，氣喘吁吁而上，走到依然熱絡的傳統市場，買了些水果，準備下坡時，竟然大腿肌顫抖不已，太久沒來鍛鍊了，肌肉群起反應抗議吧，只好半途休息一下再回酒店。初到的晚上，約見了協助訂房，剛自理工大學碩畢的徐同學吃飯，外子鼓勵其繼續念博士班，先把個人的條件充實準備好，將來若有適合自己的工作機會來時，才不會徒留遺憾！

　　13 日（四）上午 10 時，外子的學生（龔敏），現任職於香港佳士得書畫部的經理，特別向公司請數小時的假，來到酒店樓下的「糖心軒」與我們飲茶，片刻席間，事務繁雜的公司，不時催促其回去開會，難得一聚短短不足的兩小時後，只能匆匆告別，同是港人的師生，畢竟，不言而喻的情濃！只能等待寒假帶其孩子，回臺灣探視其外公時，再見了。

下午到荷李活道友人的店（迎鴻館），遇見老闆剛自北京回來，他沖了一壺極為順口的老茶分享，天南地北地聊，約好有緣景德鎮見。晚上六時，抵達佐敦的童軍總會，與外子昔日的學弟們見面，他們四個人加總的歲數，已近300載了，看到他們就像是自己十年後的鏡子，相當珍惜當下的美好時光，頗能體會其等真正的情誼，歷經千山萬水，有心的人，真的就是不會走丟啊！

聚典閣

Spring Chen 2023/07/20 湖南醴陵

聚典閣樓中
河圖補綴鬼神工
泱泱大宋風
　　——林燊祿　俳 7/22

　　自香江到穗後，即刻訂下高鐵票，18日（二）便動身搭最早班車來到株州，拜會6年前舊識的聚典閣創始人紀智先生，長期經營木作工藝家具的紀總，浸潤出對木雕的熱愛，因而心底萌生創出傳世之作。於是鎮館之寶，歷時近五年的「梨花木刻版的《清明上河圖》於焉產生，細細地觀賞整個作品運用了透、浮、縷、層等木雕雕刻技法，共雕了近1200個人物，70餘匹牲畜，40餘座房屋樓閣，40多艘木船，30多乘轎子，同時將失落千年的「汴河碼頭、州橋、御街牌樓、金明池等」補全，讓木雕版的《清明上河圖》成為全世界獨一無二的完整版。看著滿滿的細節，彷彿親臨體現北宋當時繁華的都城，這幅全長88米，高2米，是目前中國十大傳世名畫木雕館內，體量最大的木雕作品，整幅就占據了一整個展廳，顯然已成為這座工業城市的新名片，聚典閣無疑已形成了株州當地鮮明的文化新地標。

聚典閣博物館還有一個特殊的「禁毒」教育空間，以收藏老煙床（鴉片床）為主的展品，重點作為青少年的歷史教育場域，好玩的鋒哥躺下擺姿，想穿越時光來體會一下擺廢之姿，沒想到其公子樂抓手機，就像失了魂般坐於床沿，可見手機顯為當今青少年的「鴉片」，更為現代家長們難以把控的災難，切身體會到歷史和現代的衝擊感，同有感觸頗深的鋒哥，心血來了俳詩一首：

百年易沉淪
夢裡不知身是客
醒來已滄桑
　——黃華鋒　俳 7/20

醴陵行
Spring Chen 2023/07/19～21

舊雨共新朋

暢敘縱談藝與文

不負醴陵行

——林燊祿 俳 7/23

7月19日（三）自株州抵時隔5年未訪的醴陵，處理完瑣事，逕達黃翼平老師的工作室，再次與藝文界友人相敘實屬難得！尤其，已近八旬而深愛醴陵釉下五彩瓷的外子，從臺灣搭飛機先到廣州，再請醉紅館的黃總訂票陪同，舟車勞頓輾轉來到醴陵，著實不易，也是兌現8年前的自我承諾：「一直會陪同他進醴陵……」，若非疫情的影響，早就過來以詩會友了。席後，與巫老師（高中英語教師，詩人）交流對於寫作的觀點，以及面對親人別離的感傷處，說著說著，兩人眼裡的淚珠，便情不自禁潸然而下，彼此緊緊相擁，原來人生最美的風景，已不再是相遇，而是疫後的重逢啊！

7月20日上午約見了，開朗積極正向的張望老師，6年前參訪過她老家特大的工作室，當年初見即贈予清新脫俗的大瓷盤而結緣，在臺留著念想，特別心繫其分享的日常。今日特來收藏《知否知否》茶盤作品，以資鼓勵，其能延續陶瓷世家之脈。

旋即，打的士（Taxi）到芳緣圓，會見了王波老師夫妻與陳紅女史，欣於再見多年前外子書寫的「美味芳緣」。來得又是剛剛好，適逢芳緣圓五月份籌設，近期開幕，真是聞得美味，芳緣自會來圓，一切盡在不言中！午膳後，品賞咖啡小聊，等待榮水劍先生（詩社長），接我等去鄉下，採擷極品清甜的梨子後，社長特約一些教育界學者來此交流慶歡聚，席間，音樂系張教授在大夥的鼓動下，興起清唱高水平的精曲，社長也應大家之求，吟起「將進酒」（惜罇空），真是好聲、好酒（社長親家自釀的）、好村莊！

7月21日上午李總（秋生）派車先接我們參觀瓷博館後，近午時分，又接到其徒弟的鬧中取靜的茶空間品茗，可有「大隱隱於市」之感！透著隨意清淨的美膳後，再轉往國瓷研究所，孫雙泉老師的工作室，午後，睏意席卷而來，便分享自臺灣攜來的阿里山咖啡，品味的同時，悠閒靜謐地觀賞孫老師懸掛於牆上，已被收藏的獨特瓷版畫，據知他的作品已被預訂滿期，三個月後才得空創作，可見其作品，大受收藏家熱愛之程度，尤其在這波不景氣的經濟氛圍中，誠屬不易啊！

日子交織在清歡之中，個人有限的記憶，僅能淺淺寫意，滿滿唯美的醴陵行，友人暖暖的真情，勾起一絲淡淡的香甜緩緩潤著心田，片刻間，心開了。

紅醉館

Spring Chen 2023/07/26 芳村紅醉館

> 紅香留客醉
> 卻是宵來難入睡
> 釵鈿搖欲墜
> ——林燊祿　俳 7/27

　　來穗三週餘，除前往香江與醴陵，大多駐點在芳村茶城的「紅醉館」，在香港曾任教小學英文數十載的外子，固定於上午9點面授梓軒英文，個人則沉浸於外子所書「紅香留客醉，館雅寄心清」之處，外子獨特之字，總會遇到真誠懂得尊重，願意付予厚重潤筆費者，也因而多年來結下諸多善緣延續迄今，外子在臺的學生（目前任職於湖北省黃岡師範學院的潘是輝教授），特來廣州拜會，驚見外子書法在此開枝散葉，且見朋友圈轉速之快，令其咋舌，讚嘆不已！

　　7月25日（二）下午潘教授陪同來到6年前，因「小烏龜」（今已到澳洲念大學了）而結緣的前后藝術傳媒空間，洽談8月外子書法展出與講座事宜，正準備下個月，前往北京展出古

物藏品的雷總，特於展館裡打包間抽身出來，珍惜緊握外子之手致意，瞬間，抓拍萬里晴空映出兩人的會心笑容，著實燦爛得令人跟著開懷舒暢，真好！

　　7月26日上午期待見面已久的張總（皓翔），終於碰面了，喜歡開玩笑的他說：「師母一見面，即俗氣的匯報教授的書法行情價。」親愛的，齊白石大師當年擅長栩栩如生的筆下蝦，求畫者絡繹不絕，深信不須於此多提。如今我等退休到了老年，尤其師母歷經了，不得不向我學生開口借錢，再住院動了背脊大手術之後，像被人當頭棒喝，更像突然淋了場大雨，頃刻間清醒了過來，因而深刻體會出，能入俗大方地談錢的感情，會更加堅固，用錢能解決的事，不需羞澀扭捏，才是真正的人生清醒。畢竟，生命圓熟飽滿的外子，精力有限，來日已不再方長久遠。儘管，他依然保持自己的初心！終究，歲月就是不饒人啊！如今，維持著餘生走一步算一步的風景，進一步是一步的歡喜，就這樣將一個又一個的再逢，淋漓串成了，日日值得傳播的幸福之文！誠如外子：「月來滿地水，雲起一天山。」

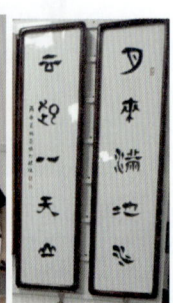

輕遊學

Spring Chen 2023/07/31 芳村紅醉館

聰明總誤人
悟道須從智慧行
二者異其情
——林榮祿　俳 8/1

　　芳村的晨風中彌漫著快樂的旋律，雨中飄灑著幸福記憶，人間相遇都不是偶然，冥冥之中應有定數，雲淡風輕的日子，無需華麗的點飾，樸素而生，率性而活，自己的隨性，外子的隨緣自在，迎接每一個來訪者。每日來到紅醉館，品著阿萍特調的絲襪奶茶後，個人靜心一轉，即切換到了 7 月 29 日（六），特別的充實飽滿的輕遊學之日。尤其黃老師與馬老師兩人，自 7 月 28 日起兩天，皆有備「主題」而來，懂得敲響如大鐘的外子，嚴謹不失達觀又幽默地回應之聲，使得常是在旁外觀，心思居多的我，也無形中轉成為自己內在的信念。有感於日子，一直就像是水滴滑過蓮葉一般，踏踏實實經歷過，總沒法留下任何足跡。因此，惟將一刻也不停歇的流動時光，藉由稀疏的記憶而採摘記之。

依稀記得當天上午黃老師（卓英）與馬老師，打了最高階的滴滴車，抵廣州市文化館欣賞畫展後，就近到海珠湖畔午膳閒聊，下午帶著休閒飄逸的心，轉到六榕寺弘法堂，蜻蜓點水式的聽法師講座，試著讓自己於現實的日子裡，能夠螺旋向上的自我提昇，儘管無法一次覺悟，至少沉澱炎熱浮躁煩累之心，最後在一副漢俳游戲中，建立了大家與中文詩詞美學的鏈接，感受滿是健康的正能量，如祁門紅茶般淡淡的香醇，又有風韻十足存留迴盪。末尾附上馬老師（泓悅）專注傾聽外子的回應，用心學習的摘要，個人僅略微梳理，簡約每個主題重點為結如下：

（一）關於祁門紅茶和好茶：好茶不一定只是海拔高，而是要配合陽光，雲霧，工藝綜合來看，臺灣茶以冬茶為貴，因生長的速度較慢，產量較少，臺灣的茶品種較少，中國茶種較多，像祁門紅茶，僅以春茶為主，一般海拔 800～1000 米，被譽為紅茶中的貴族。

（二）關於茶館的建議：如何把茶與文化結合？

1. 每次茶席，須要有一個主題，而且都須要有思想，茶空間更須要有一個大的主題。

2. 從藝術、思想、形式的搭配出茶席設計。

3. 茶空間無論是書畫、茶、香道、花道、音樂，在不同文化中，即要看到相同處，即所有的文化元素，都要配合一個共同的主題，如書畫掛於茶室也要與茶和主題相關，同時也要理解不同文化元素之間的差異性，才能更好地融合顯出特色。

4. 茶要從縱橫兩個維度去理解，橫向要去理解各種茶類，茶性，縱向得深度去理解是每一種茶，甚至可進行專研。茶的課程也可分為普及和深度課程來設計。

5. 茶館，是可以聚人氣的舉行讀書會，但三個臭皮匠永遠頂不了一個諸葛亮，三個小學生永遠不可能成為一個大學生，觀點如果是不正確的，會誤導他人，所以茶館，平時的聚會和交流是必要的，但2～3個月可考慮邀請專家和高人，進行高維度的分享和引領。

(三) 如何正確的看書？

1. 書分兩種：有用的書，用來讀的是增加自己的知識，另一種是對自己價值觀有影響的書，比如學佛學或儒家，那麼就堅持專注研究這方面的書，並非什麼書都看。

2. 一本書如果超過3年都不看，就不用再看了，表示也不會再看，可以分享出去。

3. 關於讀佛經，並不是量的積累就可以理解的，而是悟，所以好好的讀懂一本即可，其他的佛經所陳述的也是佛理，一通則百通，重點在於力行實踐。

4. 不能只用聰明來理解智慧。

(四) 關於如何正確的看待孩子的教育？

1. 一個孩子在自力和他力的結合下，比較容易成就，大部份的孩子都是須要扶持的，得依靠他力，因此父母的陪伴很重要。

2. 媽媽不一定需要文化很高，有愛更重要。

3. 男孩子不要留給他無聊的時光，不要把他變成一個無聊的人，孩子成績不好，可以去學鋼琴或運動，從鋼琴或運動上，學習專注與禮儀的基本應對態度。

4. 天賦和努力是有區別，天賦是先天，努力是後天，沒有天賦的孩子學鋼琴，也可以通過努力考過8級，但有天賦的孩子再加上努力，才能成為像貝多芬一樣的鋼琴家。

5. 進學校繼續升學念書與否，最大的區別，在於思維方式會不一樣，學校的每一門學科，都是一種思維能力的訓練。

6. 對於孩子，正確學習的態度引導，從學生的本分，以及社會環境的變化著手，讓孩子正確的對待學習與面對問題。能學會發覺自己的天賦和優勢，充分結合融入工作事業中，尋得一兩個突破口，以此來謀事，謀生。不用多，專注一兩件事，就可以發揮自己的長處。畢竟人的精力非常有限，做斜槓青年，朝三暮四，只會浪費自己的精力。

(五) 關於太極

1. 太極的動作是否到位很重要。

2. 正確的邏輯是：開始時痠疼，但堅持一段時候，應沒有痠疼感，如果一段時間後，仍有痠疼感，則說明姿勢不對，須要調整，《黃帝內經》說：「法於陰陽，和於術數，飲食有節，起居有常。」專心致志，盡可能保

持高效率。真正厲害的人，從陰陽平衡中獲取力量。從個人核心中，保持陰陽的平衡，無論是健康、工作、生活、事業、情感，各個方面，都是相通的，一通則百通，事事游刃有餘。

(六) 關於感情經營

1. 一段感情如果無法實現愛情轉化成感情，則無法長久。

2. 結婚與否主要取決於兩人是否和諧的相處，而並非結婚有了孩子，就一定會有給彼此安全感。

3. 相處的內容大於形式，徒託空言，不如見之於行事深切著明也。

(七) 教授和師母的其他建議

1. 將每一次成功的泡茶（每一次不同的茶）。進行記錄，水溫、時間、口感，進行總結。

2. 茶館事業做好充分的準備再開始。

吾印

Spring Chen 2023/08/02 穗芳村

> 吾心即佛心
> 智愚原來是一人
> 佛我自難分
> ——林桑祿　俳 8/3

　　自荔灣河畔迎風過橋，漫步見河面微波粼粼的一片金光，映照一側是來穗暫居的高樓大廈，另一側則是被素雅的藤類爬滿，簡簡單單的小角樓，行走其中，須臾之間，有種穿越古今的時空隧道之感。不錯過美好時光，轉個彎鑽過橋下，天地自寬的尋尋覓覓，終於看到外子約莫於10年前寫的「吾印茶品」的招牌，打了招呼，進入喝了壺茶，因中午有約，即轉回紅醉館接待前后傳媒的黃總與 Cherry 的來到，商討講座的主題與書法展出空間陳列方式。

　　會後，黃總特邀 Cherry 之女前來餐聚，外子聚會時，通常保持著 "There was an owl, more it saw, less it spoke." 的態度，但黃總說她得「曬命」分享：「五年前，因林教授一席話，現於美國就讀大三的兒子受教實踐了，如今獲得美國教授的青睞與賞識，難得亞裔可成為教授身旁，惟一有薪的助理。剛到澳洲的小兒子，在中學求學過程，也應用林教授的傳授方式，獲得不少師長的眷顧，順利如願進入雪梨大學，真的非常感念！」因此，特請外子點撥時下 Cherry 之女，如何選取對象？外子簡

約回:「(1)對象,一定得不會令妳蒙羞的,(2)將來結婚之後,自己的經濟一定要獨立,(3)婚後,不要太快生孩子,新婚是有磨合期,更需要經營的,(4)理性談戀愛,念書期也可結婚,彼此還可省時共助共利,但要常常思考,才能向上提昇。」其實,喜樂參半的常態人生,充滿各種意外與驚喜,每次接觸到不同的人,外子總能言簡意賅地回應他們提出的問題。個人也因此一次次的積累文題,促使平淡的生活裡,解讀到不同面貌的人生階段,外子的每個簡單的回應,似乎都可產出一個深刻的道理。這些也成為我日常更清晰的體會,同時潛移默化影響著我的性格與生活態度。尤其須要慢的時代,學會不須以當下的心智和閱歷,來批判不同世代的人和事。

立秋契機

Spring Chen 2023/08/07 穗芳村

> 暑熱夢難成
> 窗前獨坐聽蟬鳴
> 盡是立秋聲
> ——林桑祿　俳 8/8

　　立秋了，尼采說：「生活中有件重要的事情，就是挖掘和管理自己的能量。」8月6日歷經驚魂，在冷氣房裡，滲出焦急的汗水，依然濕透了衣背。只因Word檔使用期限已至，於是，先降伏自己膠濁的心，志堅如約及時來救援，四兩撥千斤的一下子搞定筆電，穩住我數位恐懼症的慌亂之心，事過之後，個人似乎探出了點精華的契機！外子提及白玉蟾師的《玄關顯秘論》：「虛無生自然，自然生大道，大道生一氣，一氣分陰陽，陰陽為天地，天地生萬物，則是造化之根也。」自許應用個人生命能量，承載著自己使命寫作，盡本分圓融地學習身、心、靈的自然合一，就隨事件留點印記。

　　擁著有自己的寧靜，美好心情環扣上週末的白雲區，南湖社區淡雅之聚，於炎炎夏日，讓人彷彿置身於天籟之境，心情因而再次獲得淨化與放鬆。黃總（柔之）應用AI作的詩句，請外子和的四首詩如下：

（一）壁上觀流水
　　　渺渺浩波濤
　　　得共仙侶游
　　　情懷原不老

（二）松濤山谷響
　　　入壑水清幽
　　　水與山同樂
　　　吾心獨自遊

（三）花前別後又重逢
　　　相對凝看愛意濃
　　　一笑嫣然愁盡散
　　　歸家執手樂融融

（四）多年闊別情猶在
　　　往事於今總似煙
　　　舊雨交談齊說笑
　　　觥籌前後共歡宴

　　顯然「AI」的字庫容量的有限，且缺乏人的情意，更沒輕裝上陣的外子意境，歡喜的隨著外子，聽取與他人對談的內容，將之儲存為文，樂為「知識松鼠」，盡可能地將他的知識銘刻內化與實踐。

憩息紅醉

Spring Chen 2023/08/11 廣州紅醉館

名利何煎逼

鎮日奔勞亡憩息

心忍為形役

——林燊祿　俳 8/11

　　末伏，夏的暑氣還沒退盡，一向心緒安然面對秋意如許悠悠而來的外子，仍得臣服肉身的善意提醒，又幸老天賜予何老師體貼，細膩地用中醫來協助調理，適當讓體內眾生休養，才能再大筆一揮，氣定神閑而瀟灑寫出「情動於中而形於言」的俳句：「倚窗聽落花，揮毫隨意亂塗鴉，閑來且喫茶」，書寫出一紙令人陶醉，有的厚重，有的纖細，有的結尾帶鉤，有的淡如游絲的文字……就一筆，就是會給予對人生的寬闊與寧靜的感覺。如是，繼續將文化傳承的底色，不驕不傲，盡己之力能增添點人生厚度，勇於向前行走餘生……傳達具有生生不息的詩與文字，冀能多少激發讀者，在不同的世代，產生出不同的微薄影響力。

　　在這初秋有感地記下，紅醉館偉大的「大當家」，具有高度的情緒價值，善良的阿平，為了因貪吃而上火的我，連日來特地煲粥及降火除濕的湯品，溫飽我們的胃，降下了我的肝火之氣。月餘來，看她在檔口的日常，也待人真誠如外子一般，不會因多做一些事，生活變得擁堵，依然是笑容可掬地面對方方面面，真是令人敬佩難得的女士。儘管生活瑣瑣碎碎，見她總能平靜過得如此從容又美好，性格溫潤猶如祁門紅茶般的純粹。

妙有

Spring Chen 2023/08/14 廣州紅醉館

真空藏妙有

混沌如何生宇宙

誰能名裏就

——林桑祿　俳 8/14

　　8月12日（六）下午柔之，開車接我們來到位於荔灣區白鵝北岸，有「廣州小歐州」美譽之稱的沙面（Shaman）小島，像似掉進時光隧道，穿梭其間，簡直就是閱讀一座獨特的露天建築體，具有復古風情的中西合璧的「博物館」，著實見證了廣州近代史的變遷，欣賞有其厚度的歷史景點，相對地觀賞的同時，也想起洋人侵華歧視之情，不免勾出內心底的沉重負擔，真是一切有為法，如夢幻泡影啊。

　　8月13日（日）何老師（知舍谷茶禪堂）不辭假日，又特帶來永定土樓極寶貴食材來煲湯，並親自調理粥品給予暖胃，感念之心溢於言表，與外子商量後，僅就其禪堂裡書寫「永定土樓文化遺產」，聊以回報調理之情！

　　每次回看照片所定格的每一個瞬間，都是無法重返的時光。就依相片裡的記憶，從心所欲以文載之，沒有任何目的，回到自身的真實感謝，於穗遇到所有同頻的人，能朝著同一個文化藝術的方向邁步，儘管外子的步伐走得不快，但他走得挺穩，期許著，要能陪他走得更長遠，來個宇宙的真空生妙有啊。

事故

Spring Chen 2023/08/19 芳村紅醉館

> 暈眩頭欲破
>
> 都是三邪侵入禍
>
> 何醫須謝個
>
> ——林燊祿　俳 8/19

　　人生的故事，都是生活的事故，藉此事件節選有溫度的記下，歷經三天的調息的心境。看到大前天（8/16）晚膳後，被友人順手拍留下與外子的背影，就因當天針灸調理後，貪吃了友人帶來的西瓜，又不小心吹到風扇，一時冒犯了中醫的調整三大禁忌！瞬間，身體急轉直下的眩暈，生平第一次感到氣若游絲，緊急再次被何老師及時救回。算是事件後，不主動牽我的外子，給予附加的福利哈。二十多年來相處中，他總是讓我一步，磨掉一個角，砍掉一個邊，生活信念改變了，然後他就慢慢融合成，現在溫和橢圓的性情了。

　　因身體的異樣，晨醒來，耳目一新，有了不一樣的感受，躺著看天花板，思考事情發生的意義所在，上蒼定是有旨意的，不就是要好好吃飯，好好睡覺。由衷地感恩何老師的精心調理，以及阿平經由何老師親自指導，細心烹調的養生食療，身心的狀態因此獲得改善，最重要的是，自己身體內部節律，恢復正常有序了，才有精氣神寫此文。

人生，本來就充滿各種意外和不確定性，同時也充滿了各種的溫暖。因此，選擇讓自己接受嶄新的想法流淌全身，帶著喜悅消化生活中的每一段經歷，知道自己的餘命價值，可以重新輕鬆地完成我的使命，再步入自己創造的有趣生活。感謝身體以這種方式來提醒，讓身體頻率與生活節奏失調的我，藉此機會才得以改善，調整自己的生活方式及對食物的認知，再次深刻地體悟，生命還是得自律適時休養呵。

雅論前后

Spring Chen 2023/08/24 荔灣前后

塗鴉有雅思
誰來雅態比鴉姿
何鴉雅別之
　　——林桑祿　俳 8/22

　　8月22日依著淺秋微涼的徐風，望著搖曳頭上初黃間綠的葉片，心曠神怡，悠然地行至前后文化園區欣賞外子「鴉雅」佈展。採擷一枚秋葉，坐在園區的庭內歇息，先獨享氣爽多情有緻的景觀，再入展廳，喜愛晨陽穿透斜照的寫在硃砂紅紙上的「觀自在」（柔之收藏）。當下佇足，自在地享受片刻的從容與寧靜，停格當下緩緩的時刻，真是別有一番景色呢！

　　輕捻於穗走過蔥郁蓬勃的日子，跨越時間的長河，何其有幸與奇特得令人怦然心動，遇到一群純粹的喜愛文史有心人士，相互吸引生命的輝映，綻放出精彩有趣的對話！像一襲柔軟的紗衣，輕拂在外子的身上，溫溫柔柔地，彷彿來自昔日舊識的一個擁抱，從過去的王陽明，談到當今全球經濟狀況，原來，論壇也可以是一種看得見，摸得著的實際物質，在這輕柔婉約的淺秋，無形地檢拾一日的闌珊，就這樣，輕寫當時的心境，留下且慢的美好，溫溫地感受秋日的物語，甚好。

詩話 AI

Spring Chen 2023/08/25 荔灣前后

> 行中本有知
> 知之豈在未行時
> 行知合一之
> ——林桑祿　俳 8/25

　　季節變換交替中，最美的日子裡，且慢，一個轉身生活便得微甜。儘管，歲月在容顏上刻畫了註記，經常在空中飛的人，張總（皓翔）著陸如約而來，相識近十年了，每次入穗，再忙總會撥冗會見，這回又特地前來，聆聽外子的「詩話 AI」，隨著歲月的荏苒，更懂得珍惜學習機會，屏除一切的外務，讓我見識到成功人士的一種慣性，於其身上展現無遺！見其溢出眼眶的深情，伴隨著陣陣風雨行來，耳畔全是因記錯時間（以為是晚上），來遲的抱歉之聲，謙卑柔軟的身段，在在顯示其高貴之帥呵！最帥的男人，永遠常藏在細節裡哈。

　　秋雨中，外子擲地有聲，先吟一首點燈男孩，黃梓軒的俳詩：「堂前一盞燈，春風大雅播儒音，好鳥繞梁哼」，啟動餐敘詩話漫談之序，當 AI 產出一串文字有關王陽明「知行合一」詩後，外子句句真言，回應俳句對映之（如文首之俳），在場的與會者閱後，如飲水的感受便自知了。畢竟，人腦的詩作，優越就在於，有意境地喚起獨一無二的遐思，著實只能意會，難以文傳呵。餐聚詩話之後，意猶未盡移位茶桌續聊，前後左右漫談書法，隨後外子陪同續講，詮釋人稱別具風格的書法特色，表

示僅運用隸書的厚重,凝聚了莊嚴與典雅,結合篆書的象形意境,融入歲月洗練之經歷,自創寫出還可以的字體。

講座後記

Spring Chen 2023/08/29 荔灣區前后

> 佳書墻上依
> 開言立地破禪機
> 知行合是一
> ——林燊祿　8/28 潤自方寸茶席（馬老師）

有人說健康是人生的財富，那麼微恙就是人生的調味劑。

連續三天的講座，感念具有真、善、美的何老師，一直在身旁適時加以調理，使得外子座談非常順利，美好快樂的完成文化傳承之使命。一直陪同在旁聆聽的我，相當引以為榮，十分享受當下，溫心且熱絡的氛圍。見提問者頻頻點頭，露出滿意外子的回答之容，在座的聽眾，個個展現出幸福的微笑與掌聲。能在同一個展廳裡，各自領會不同的感受，形同每個攝影著的視角不同，拍出來的相片各有其景。正如佛說：「應觀法界性，一切唯心造。」

環視懸掛於展廳裡，外子所書的四條屏「一沙一世界，一念一如來，一水一明月，一心一鏡臺」，提醒著個人先修好自己的心念，保持良好狀態，才能像外子散發出正面的影響。好比處於「宇宙人生立體電腦」裡，投射出來的人生劇本，往往是來自心念波，而這控制鍵就在自己的本心。在朋友圈，看到善良熱心，常懷感恩之心的顏小英女史說：「每次見到林教授都如沐清風，他的洞見、幽默讓人明心見性，他的墨寶讓人喜樂自在、感到菩提清涼……」，正是顯現小英內心的自在，演出其人生的真實劇本，感受到她似天使般，所散發出滿滿的正能量呢！

8月29日的晨風，溫柔地環繞身傍，就像是愛心十足地給予生命的能量，徐行專注覺察自己的念頭，順然連結到馬老師提供，8月25日（五）於前后空間聚餐日誌，經外子補充後，個人濃縮精簡如下：

1. 關總（岳虹）提問：如何了斷生死與修行及實踐？

    (1) 人有肉身，所以會作業，有業則有報，有報則有輪迴，有輪迴則有生、老、病、死、苦。了斷生死先要了斷輪迴，沒有報應就沒有輪迴，若能生心而無所住，雖作業而能無果報，便沒有輪迴了。

    (2) 修行的目的是要了悟生死。悟有頓、漸。頓須從漸得，漸能否得悟，卻是沒有絕對的保證。

2. 張總（皓翔）提問：如何看待人生？美國的沒落，中國崛起的原因？

   (1) 人生本是無奈的，人須自我創造意義。如願以償則人生便可圓滿了。

   (2) 若從大國的興衰和經濟中心的轉移看，美國的沒落是必然的。中國自古是亞洲的大國和經濟的中心，因清末受到西方各國的侵凌，使中國暫時屈蟄，如今全球需要一個大市場，中國便由一個世界的工廠，進展成為世界的市場。中國的興起也就變成了必然！

3. 鄺小姐：人生的道路如何選擇，有點迷茫？

   如上所述，先要創造個人生命的目的，纔能有一個明確的人生方向，也因而尋出人生的道路。

4. 黃老師（卓英）提問：開悟是一種什麼樣的狀態？

   開悟是一種境界。達到這種境界的人，便心無罣礙、看到任何事物也自然無礙，便會得到大自在。

5. 馬老師（泓悅）提問：緣起性空是什麼？

   事、物因緣而起、因緣而滅。事、物既因緣而起、滅，故事、物本性為空。

6. 柔之提問：如何通過自己來影響孩子？

「言教則訟，身教則從。」要養成孩子的良好性格和習慣，須自幼開始，父母亦應以身作則。教育孩子須言出必行，賞罰分明。教而後罰，讓孩子可以有遷善改過的機會，即「一教、二罵、三罰」。

文末就以馬老師初次學習漢俳，當結語。

佳作牆上倚

一語道破禪珠璣

知與行合一

安然後記

Spring Chen 2023/09/02 荔灣區紅醉館

> 大地振禪音
> 問道無分淺與深
> 齊生歡喜心
> ——林燊祿　俳 9/3

秋意漸深，一番秋雨一番寒，下過雨的天地，瀰漫著清爽的氣息，思緒隨之開闊。想起《黃帝內經》：「以恬愉為務，以自得為功。」正如外子無論身置何處，似乎都能明心見性，以灑脫的性格，靜守一份明達從容的日子，過自己喜歡的樣貌，其實生活就是一個漸悟的過程，陪伴外子身旁聆聽與人對談，當下領悟到《菜根譚》：「不求非分之福，不貪無故之穫」。

與外子閒聊，問他於穗印象最深之日？淺笑安然地回：「8月26日（六）講座的那一天，因聽眾提問回應之後的滿意樣……」，想起每位與會者的相遇，均是一場場美麗的邂逅，著實佩服極了，外子幽默的回答，總是那麼令人震撼與折服啊！

當天會後，有人品賞外子理性樸實的書法之美，隨即訂下各自有感觸的文字，如同飲茶，韻味深長，這可是留給大家的命題呵。尤其，在《又哂集》與《哂三百》裡，看到將漢俳的韻律、意境、哲理、人情之美，娓娓寫出人生至深，至真，至純，縱看四季與橫看六情融入其中，品其詩即如品生活，無礙地暢所欲寫，誠如其座談時，淺顯的一語，便觸及人心的漣漪！猶如這一路行來，與形形色色的人交流碰撞的過程中，逐漸地豐富了閱歷，自然沉澱積累了不少善緣，形成無心插柳於穗，卻成蔭了呢！

　　9月2日的颱風過後，禪意微微，簡單細緻的品著紅醉之茶，又喝著何老師的特調烹煮的食療艇仔粥，看著外子與梓軒輕敲棋子，學習外文樣，閒適而靜謐的氛圍，最適合撫拭個人心中的「明鏡臺」哈！看能否修個《莊子》：「天地與我並生，萬物與我齊一」，來個以心交心，見微以知著，見本以知末呵。

前后善緣

Spring Chen 2023/09/06 荔灣區前后

筆走龍蛇勢
賦詠俳詩忘一切
何分真俗諦
——林榮祿　俳 9/7

恬靜的輕秋，如同個人來到初老，不再注重外表的雅俗，衣著的美陋，如今除了身體更專注於內心的修練，學習外子的舉手投足也能帶點風雅，感覺時光能緩，歲月能駐，故人能聚呵。見他與人對話不溫不火，不急不徐，眉梢眼裡藏著智慧，儘管與之對談的主題不一，在他的感知裡，似乎不會因此變得分散與破碎，尤其文史與哲學思想，一直有著他固有深刻且專一的注意力，心中永遠充滿陽光，總會散發出光彩奪目的氣場，接觸過的人，總說有如沐春風的親近感，而幸運如我，沉醉享受其中，雖無法完全清晰地記錄他的觀點或論點，但還是盡點心意摘要寫一下，當是留些微足跡。

9月4日前廣東社科院李慶新所長，現任中國海外交通史研究會會長、廣東歷史學會會長，蒞臨前后空間的展廳，欣賞外子的鴉雅書法個展，李會長聊及深藏不露的外子，不僅是中國經濟歷史的大學者，還是漢俳詩經典的創作者，更是獨特書法創意者。事實，不過是塗鴉，只是多了個歷史學者身分的博導！誠如外子：「無聊才念書，有人喜歡才寫字，寫詩是當鍛鍊腦子，生活就是將自己的生命運用到極致，就是過日子而已。」畢竟，能起舞的日子，就不負文化使命的傳承！

9月6日任教於黃岡師範學院的潘是輝教授，突圍颱風，自湖北搭飛機來到廣州，看外子的個展，受其師弟張智瑋教授之託，結下外子書寫的「喜樂」之緣，抵達紅醉館適逢何老師，正在幫外子鞏固身體，潘教授也受惠調理，當下即感到高手在民間，立馬加了微信，準備寒假再來個長期調理，何老師特別提醒其飲食與作息要先自律喔。其實，養生就像寫作一樣，用一顆簡簡單單的心，帶著傻傻的堅持與自娛，從善緣順流，文章便如是而生呵。

六榕蔭堂

Spring Chen 2023/09/10 廣州六榕寺

古剎振詩文
邀來德士與賢人
善道合相聞
——林燊祿　俳 9/11

　　一眨眼，日子來到二十四節氣裡，最具詩意的白露之後，秋雨清冷，迷濛濛中來，迷濛濛中去，在撲朔迷離之間，看看雨後，芳村大道是否還有來時的足跡……不是所有的記憶，都來得及紀錄；也不是所有的相遇，都來得及留下影像。驀然回首，自前后空間迂回曲折來到六榕寺，最後一場的公益講座，累積不少人已在榕蔭課堂處，等待與博學而多識，能詩文，工書法，善思辨的外子，來個「文字與詩」的對話交流。

　　會後，大夥意猶未盡地短暫續聚，自己的記憶卻一直在腦海裡「重播」，駐留在講座後的午間，美妙的畫面不斷浮現出，王導師特請求師父帶共修靜坐的那一幕，數十分鐘的止默憩，精氣神即招回的瞬間，迄今仍盈滿能量，也許是清淨自正，不求自得呵。

　　9月9日公益講座之日，如是許多個片刻，飄然如夢，又似幻象，9月10日再回到熟悉的生活軌跡，品一盞祁門「樂在其中」之茶，重新拾起筆電，淨化一下自己的性靈，把時間留給閒情，案上寫一篇自得之文，習外子隨時隨處，均能以閒雅之心，成就對自我生命的審視，再待外子詩情入文，人生樂足，

莫此為甚！

　　文末僅以放牛俳人如下的俳詩為結：

（一）初見林師母
　　　伉儷儒雅細細數
　　　教授善教書

（二）學文先解字
　　　一筆一畫藏深意
　　　六榕盡是詩

（三）盈聯亦無他
　　　對仗工整要反差
　　　妙趣天下誇

（四）潑墨便成書
　　　書中有畫自從容
　　　教授老頑童

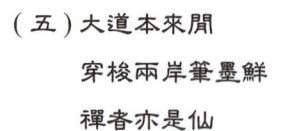

（五）大道本來閒
　　　穿梭兩岸筆墨鮮
　　　禪者亦是仙

緣繫前后

Spring Chen 2023/09/12 荔灣前后空間

> 緣來歡樂聚
> 聆琴品茗談詩句
> 呵呵真有趣
> ——林燊祿 俳 9/12

李叔同：「緣分本來就稀薄寡淡，相伴一程已是萬分感激，只要同行的時候是快樂的，就是好的相遇。」其實，只要因緣和合而遇，相處舒服愜意，就是最美的善緣，感恩來穗所遇者，戲劇終究會落幕，聚合終會散場，經歲月的疊加，都將在心間刻成一幅畫，但若彼此頻率相差太多，親疏隨緣來去，如此，心安無波，禮貌的目送，畫下完美的句點。

9月10日（日）下午應王師兄之邀，到雲深山房聆聽古琴音樂茶會後，由知識的瓦楞堆積而成的外子，臨時被請上前臺，貫穿古今、縱論萬物的分享詩曲，閒適雅集的生活，一般離不開文化的領域。而個人生活的樂趣，則是已然養成挖掘每一天的遇見，邊走邊寫故事，由內而外產生滿足感，這也是建構自己存在的意義。儘管，日子並非每日都泛著光，但可以選擇不負光陰，不負己的活法呵。

143

翌日，王師兄與董師兄，同往前后空間欣賞外子個展後，請教如何寫好書法？外子回：「一描（找喜歡的碑帖，去描紅，先跟著碑帖描，學習落筆及運筆），二臨（臨摹，跟著字帖臨），三讀（讀臨摹的字帖），四默（臨摹的字帖印在腦子裡，脫離字帖可以寫出來）」。

　　晚膳後，王師兄熱心的引領，再前往其改造的村野茶空間品老茶，80後的二代老闆聽聞外子的茶詩，「君有濃情我有茶」，馬上對應「寒夜客來茶當酒」（宋・杜來），著實感受到主人的溫馨與熱情，臨別贈予整大罐「大紅袍」，謙稱「口糧茶」，真的好「村野」呵！

回臺後記

Spring Chen 2023/09/17 斜陽外美學堂

> *愚痴我執迷*
> *明心見性向菩提*
> *法雨去淤泥*
> *——林燊祿　俳 9/18*

　　9月15日（五），風雨中離穗，首逢「貴人出門招風雨」來相送，飛機因而延遲1小時登機，又於機內靜坐半小時，待起飛的跑道梳理後，8點許，終於在煙波茫茫中起飛。默賞一部美人魚動漫片，配著耳機聆聽入扣心弦的樂音，不知不覺抵達臺灣，順利落地領取穗友們，留予滿滿祝福之禮品，步出機場，旋即打車，司機聽聞趕搭最後一班南下高鐵，立馬加速奔馳，如時完成使命！幸運買到票，及時入站，緩緩地踏上高鐵，安置好兩大一小行李箱，悠然回抵嘉義站，歐老師（志成）已候多時，順利接送回到「陋居」，凌晨一時多，就緒躺平，外子夢話連篇，彷彿同我一般魂繫穗誼呵！

　　充分休息一天，回想風雨路上，雖只是匆匆的過客，傾注過的情感，做為一個遠行者，歸來「斜陽外美學堂」裡，即便早已改換了時空，依舊有一顆踴躍盼再見故人的心，只因那些曾經遇見的人，皆是人生值得。於此，僅先記下三人，因書法結緣而稱外子為「人生導師」者，紀錄如下：

(一) 黃華鋒（紅醉館），6年前結識於馨蘭講座會後，邀約前往其茶葉館品茶，交流當下即付款結緣外子的茶詩九首，以及紅醉館對聯與招牌。今年展場標下「旭日東昇」留傳給孩子（黃梓軒），家財萬貫不如留「知識」的智慧傳承，真是好樣，值為人父之榜！

(二) 黃婉菁（前后傳媒公司），前后創始人，也是這次策展者，令個人見識到能將外子的作品布置得如此靜美、清寂、深遠，直抵內心的祥和與禪意，著實令人心生溫馨美好，配合空間的布展模式，應無人能出其右。於展出當天，即結緣首紅「觀自在」，她特央請坦誠、謙卑的外子給予取個字，為「柔之」，即稱外子為其人生導師，於是，且就將之編為「前后1號」呵！

(三) 「前后2號」關彩嬌（妙色琴行），八月初經黃卓英老師介紹相識，傾聽完樸實真誠的外子回應其提問後，頓時，由衷的感動，立即請示外子可否擔任其人生導師（公司顧問），其公司成立於2012年，是「以人為本，德藝雙馨」的藝術培訓機構。當時心想，或許只是她一時觸動其心的衝動罷了，並不以為意！

離穗前，暑期承辦全國古箏大賽，百忙而堅持不懈的她，特撥冗於 9 月 13 日（三）到前后空間，有心收藏「內觀」（時時覺察自己內心，戒除內心的浮躁，明白轉念自己的方向。）以結緣（當束脩哈），並隆重宴拜為師。外子提點《大學》：「知止而後有定，定而後能靜，靜而後能安，安而後能慮，慮而後能得。」勉其無事也能修養靜的本事，有事也能保持內心的安定，才能培養出淡定，有氣質的學生，用智慧來落實其機構的教育目標。

禪一穗憶

Spring Chen 2023/09/20 斜陽外美學堂

> 若問我心憂
> 望子成龍是所求
> 德業自行修
> ——林燊祿　俳 9/22

　　起床，照例運動接著吃早點。九時回到書桌前，啟動筆電盯著昨（9/19）下午的相片，將手指放在鍵盤上，歐志成老師蒞臨「陋室」與外子討論《哂藝集》的定稿後，約了晚間的洗塵宴。就近訂在「禪一」，當下自個兒開始如串珠子般將之連想成「素食館」哈，延續想像「靜」美超凡的「禪」食空間，進入找到適當的位置坐下，被極大聲的歡迎之聲，嚇好大一跳！無須贅言，想像與事實出入頗大，所幸美食不虛，音樂與空間擺設均符合年輕人之味，彷彿走入時空隧道，瞬間融入自當是年輕人，也是挺好！

　　特別喜歡縫在浪漫時光裡，輕輕地穿梭在季節的變化中，感覺舒服自在，斑駁的歲月，總有生命的靜好，似乎情懷還灑在「穗」日裡，穗時猶在眼前未消失，只是悄然轉而躲心裡。

不禁回顧微信裡，每個清晰的背影之影，盡是專注，聆聽著外子善於分析問題背後的邏輯。當時在外子的耳裡，聽者提問的事件與事件之間，似乎有著內在的關聯，彼此無形中互相牽連，引導聽者們，建議學習以遞減方式，循序漸斷生活中的「困擾」，外子提到《楞嚴經》：「理可頓悟，事須漸修」。事過境移，真正轉變人生應對的態度，並非普遍性淺顯易懂的道理，而是踏踏實實的積累良習，點滴而大成。尤其，人間親友之情，一直都是雙向的，適度剝離過度的關愛責任感，才能讓愛輕鬆滋養彼此。如今，在這秋陽樹影婆娑下，回紀於穗聚攏之憶，點點滴滴的暖意，再度湧上心頭。念想附上顏小英（9/9）女史，於六榕寺聽外子講座後，有感之俳：

　　漢俳意悠悠
　　燊祿賢士解心憂
　　虛空生妙有

妝點心思

Spring Chen 2023/09/22 斜陽外美學堂

聽罷理和禪

陽明六祖種心田

惱恨散雲煙

——林燊祿　俳 9/22

　　陋室裡，傾一杯咖啡之雅，任心馳神游於穗所遇，回見前後空間，那場「理和禪」講座的點燈傳承之火，見抱樸友人們，似乎已將「陽明與六祖」植入每顆飄浮的心，有些安定了下來，如是傳承之心更加篤定。一場講座真像一場共行，在外子講座中，有人表示正處在迷茫裡，喜遇良師之言的提點。在旁陪侍的我，也同有緣者，走了人生一小程。而今想演化當時之情，試圖自我馴化身上許多，與一般人相觝觸的想法，訴之文字的同時，儘可能運用接地氣而貼近時下之詞，感到自己有限的詞彙量，一直低於內在欲表達之境。

　　閒來無事，整理陋室前，僅荒廢兩個多月而已，發現恣生的蕨類植物，只用淺淺的根，攀住堅硬的花盆口，剛萌的芽，牢牢藏在最內部的深處，然後推擠糾結蜷曲著，形成一團盤根錯節的現象，已難梳理，猶如人心之雜念呵。在在顯示我「多念志散」的狀態，還得適時修梳才是。外子當頭：「生命裡發生的事，只有一成與自身相關，其餘的九成，都是自己回應事情的態度。」茅塞頓開地感到與遇事不糾結的外子，同行前十年，常口出狂言；爾後再行十年，漸不敢妄言；如今又行十年，開始沉默寡言哈！

寫啊寫的，頓時想起了，昨（9/21）陪外子到中山路的臺灣銀行處理瑣事，就近偷閒前往民族路上妝點化妝品公司，拍下多年前，姚老闆收藏外子寫的對子，「妝妝煥麗呈新貌，點點璀煌見美容」，秋分之日，妝點一下自己的心思，清歡地把自己，活成一部人間劇場，如是隨意且慢地記錄，屬於個人的內心戲。

享蔭堂息

Spring Chen 2023/09/24 斜陽外美學堂

> 享蔭六榕堂
> 講說詩文正作場
> 韻津細端詳
> ——林桑祿　俳 9/24

「滿天星」不知不覺地染了點秋天的色彩，順手修剪高樹周邊枯葉，下午出門徐行，晚膳回來，唯一的「高樹」招來鄰人除倒在地，乍見瞬間，腦海產出很大的震驚與不捨，更有許多沒必要的想法紛至沓來，穿梭在大腦有些無謂的思緒，不斷複製貼上。回首這些草木，只是一份怡情悅己，用來寫文豐富精神，造一個自己的基地，有著些許花木的滋養，心境不至荒蕪，有時驚見新芽嫩葉，還有會一絲絲的小竊喜呢！所幸9月23日留影可再回頭細看，只好速速轉念，外子提點老子：「靜生定，定生慧」，借運用昔日田徑場上拚搏的天生體能，加上自外子身上習得的運籌帷幄之力，快速找到了合適安置之處。

回臺後，雖說有了安居的家，有了穩定的日常，日日行過的前門，月月既定的體檢，但說不上無憂無慮，生活漸漸和地球的自轉與公轉，愈相合一，日子也依照牛頓定律以慣性運行，依然記錄具有洞觀歷史的外子之生活點滴，就當是紹繼悠悠的文化使命，也是實現年輕的寫作夢想，每天用電腦慢慢梳理自我預言，期待能像深海的鯨魚用

聲納找到久違的知音。儘管，文字信息微弱，總有人會懂得珍惜，就像於穗有些人，從前后空間聽到外子的講座後，懂得積極追求知識，繼續又到六榕寺的榕蔭課堂的講座，迄今仍應用著，自然產出知識的生活利息呵！

享受折服「嫦娥」俳人的回應：「林教授博古通今，知識淵博，語言恢諧有趣，為我們傳授了詩詞律韻的基本知識及應用方法，受益匪淺。感恩林教授的諄諄善誘、感謝林師母的辛勤付出！（也提及我哈）感謝王導師及師兄們的精心組織，以及各學友的分享，祝願榕蔭課堂成為大家至仁至善，自在歡喜的精神家園。」馬老師之子的俳「荷韻伴雨音，詩句潤澤凡人心，無意感金庭」，細讀她們回應，又喚起生活中久違的感動，得以柔軟心除障礙，接續寫文將身心調成飽滿的狀態，這也是榕蔭課堂最大的複利，更是個人幸福之源！

教師之樂

Spring Chen 2023/09/28 斜陽外美學堂

> 良朋齊聚首
> 只喝茶來不喝酒
> 味淡情誼久
> ——林燊祿　俳 9/28

用一杯香醇的咖啡，讓奔波的身體得到舒緩，9月26日北上，陪外子赴見40年的好朋友，臺灣師範大學的朱鴻教授及吳有能教授。他們的友誼，像水般清澈透明，聚在一起平安，快樂，健康，足矣！彼此尊重，各自守著自己的人生信條而以欣賞的目光看待對方，散發出高貴而又平和的氣息，真是值得讚嘆的情誼。

9月27日返北斗家商，探望老同事，校園裡遇見新任一年的楊校長，熱情邀請入校長室喝茶，沿途看到學生落實校長推行「三好」（存好心、說好話、做好事）活動，在旁備感尊榮，愉悅之心，油然而生！午時抵達餐廳，會見20年前外子指導的碩士生（褚塡正博士），特自臺北開車南下分享其碩士論文，嘉義縣文化局出版成冊的喜訊，真是外子在臺式微「教師節」前的最佳之禮！

9月28日再到嘉義市文化局商談《哂藝集》的美編細節後，確定明年1月發書記者會地點及作品展出空間，圖資科的王科長會同博物館鄧科長，一起勘查場地時，體悟對於布展空間的配置，並非追求「圓滿」，而是「釋然」，接受無法改變的實況，屆時再發揮藝文創作的精神，將創作的念頭思想，如同作品裡的留白，留給外子寥寥三句的漢俳，看能否再造神韻併出的哂藝佳境。

穗音縈繞

Spring Chen 2023/10/01 斜陽外美學堂

> 曲韻何清越
> 揮弦未竟人稱絕
> 餘音縈皓月
> ——林桑祿　俳 10/2

傍晚，看著唯美的落日和晚霞，頓覺，光陰真是匆匆，還沒看夠前小院的姹紫嫣紅，又得在蕭瑟深秋中，清掃門前的落花了。晚膳後賞著中秋 16 夜團圓的月色，雖同一個月亮高懸在天空，每人看見的心境各有不同，但依然匯聚著夢幻及捉摸不到的光影，各自賦予生命的節奏和遞遷感，多少往事已隨時間的流逝而淡忘，但仍有一些感動的鏡頭，令人難忘！

在這個高峰的日子裡，想將這皎潔月色補捉下來，試圖將時間凝固。聽到朋友圈，「采樂家族」古箏演奏曲「千里共嬋娟」，再回顧一個不太清晰影像，記憶深處自動停格，於穗之日（9/14），外子的學生楊志遠教授，搭三個多小時的車程抵達前后空間，欣賞外子的鴉雅書法個展後，請黃總陪同，一起前往白雲區參觀「芯弦箏樂」體驗店，迴盪在交流詩詞樂曲文化笑語之間，關總「一念一如來」地彈起她的「內觀」之後，其用心創作之曲韻，充盈著整個樂室，迄今餘音繚繞耳畔，心底仍是歡喜自在，抹上一絲絲的甜，日子就這樣連結，一個個瞬間的快樂，於深秋淺愁的此刻，似一束光照進心田裡呵。

生活的日常，有時難免會有迷茫困惑，問沉默寡言，閉目養神的外子，總能三言兩語點撥之後，猶如定海神針，才能披星戴月繼續堅持筆耕，自由寫我所愛的人、事、物。縱使如過眼雲煙短暫的生活小事，常是不復記憶，仍不自覺領略到閒情的趣味，當成富養自己的身心，故事就有了開頭，才有了生活隨筆的章節，而每一章節都會有一個自我感動的故事哈，偶爾回頭翻閱重拾記憶，如是平添些許生活的色彩。

順發樂道
Spring Chen 2023/10/03 斜陽外美學堂

聚散總無常
浮沉起伏且何傷
艖艖又一艖
——林燊祿　俳 10/3

　　暑氣漸淡，淺淺地靜品一壺頂級「祁眉」紅茶，緩緩地生活，才有足夠的放鬆與自省的時間。駐足過往順境順緣的人生「教室」，自我訓練，將那些所經過的悲喜，轉化成生命旅程中，一段曾經的歷程！時移事往，過去的碎日，似乎還活在一個繁忙的航空塔臺裡，於今總算為穿梭天空的各種思緒，協助找到了各自平安的降落點！終於，選擇輕輕地與往事和解退散，對於逝去的親人，看淡了一點，不再糾結遺憾，身心因而輕鬆，才又遇見更好的未來。

　　10月1日（日）開車載著4位姐姐回娘家，探望獨守家園，堅強而偉大的姪媳（呂淑女），望著外子書寫高掛於牆上的對子：「順心樂事千年好；發業興家百世昌」，昔日白亮的宣紙，

如今已讓斑駁歲月駐留了泛黃之色，無罣礙的小姪子於 2022 年已成了天使，腦海浮出過往，一起成長的點點滴滴，漾起心中層層的漣漪。人到了一定年紀，領悟關係之間，親疏還是有度，很多話語，只能淺談，雖與小姪子的緣分較稀薄與寡淡，仍是感恩上天安排姪媳的到來，感念她用心近 30 年的守護陳家老（祖父母、公婆、先夫）小（三個孩子）！回程，天空依舊湛藍，深秋的風，依然是那麼的輕柔，走出離別之痛的姪媳，回眸揮別之影，仍舊瞇眼微笑，安然目送一車間。

庸常日子，盼所念之人皆平平安安，外子就近「樂道」的張醫師（寶雅中醫診所）保養身體，想起於穗似家庭醫師的何老師，經常保持著溫柔淺笑，安靜少言地陪同外子，在前後空間會見李慶新教授時，會點讓大家安心具有食療之餐，真叫人懷念！因此，計畫明年再個展之邀，儘早再過去相聚。畢竟，有限的人生起沉浮落，此生的旅程山高水長，一路相遇，一路失散，在這即將入冬的轉變之間，陪同於兩岸四地（陸港澳臺）過盡千帆的外子，對於「順發」，有了更深刻的「樂道」！

秋颱穗思

Spring Chen 2023/10/05 斜陽外美學堂

> 秋颱風雨急
> 齒頰茶香情自得
> 平平平仄仄
> ——林燊祿　俳 10/5

　　秋颱（小犬）起，一懷深遠的秋思，又開始在心底婉轉低徊！再顧於穗個展亮麗的歷史場景，憶起外子於前后空間講座：「知識可以傳授，智慧只能靠自悟。」畢竟，生活像天氣般的瞬息萬變，過著過著，難免有時，就像每次颱風帶來風雨兼程，跌撞起伏。只能自渡，他人也愛莫能助，有些事，想留也留不住；有些情，想守也守不得。一直穿梭在大風中，陋屋的前庭後院，翻飛的落葉，傲霜的黃花，隨處都是秋。掃著掃著，慶幸自己可以調節心態，不然慢慢老去，易腰痠背疼的身子，晃著晃著，就到了白髮遲暮。上樓寫著寫著，一份份真情化進文裡，道不盡纏綣的所念之人，僅給頻詢問安的友人捎報「平安！」

　　個人既不是智者，也不是禪人，悟不透人生，也無能詮釋塵世，只能安穩地棲息陋屋，初心不變地寫文，保持生命熱度，但心情也不可能一直平靜如水，出門走著走著，自然會遇到急風驟雨，一路檢拾些許如絮零碎的確幸，來不及駐足回眸，更顧不得梳理顏面，恍恍惚惚眼紋已橫皺，怎一眨眼就是半天，好像一回頭便是大半年，居家學習外子的精神不老，詩意不絕，拓展人生的寬度與精度，尤其見他無論步入人生哪個階段，總能「包容」不同的年齡，欣賞時下年少者，朝氣蓬勃飽滿之精神，也接受老有老者的優雅靜好，不浮不躁，隨緣而為，隨喜而行，隨自在而活，他人生真似「也無風雨也無晴」呵！

念念穗語

Spring Chen 2023/10/06 斜陽外美學堂

楓林如火艷
旅穗情懷驚復現
詩書禪理辨
　——林桑祿　俳 10/6

　　一個人靜靜地佇立，細吸晨風送來沁人肺腑的樹蘭凝香，遙想著有人閱畢近日之文提醒：「頻頻回首，可能會錯過迎面而來的幸福。」然而看到那些熟悉的白板背景，仍惦記著值得眷念的友人們聆聽情境，終究是美妙的，每當回放之時，也是另一種幸福！最重要的是能將蘊積於肺腑的思念，藉由文字註解出圖像之意，幫助自己找到念念不忘的源頭，像是自我深談與釐清的過程，也是刻意訓練自我思維的模式，從中找出關鍵的如幻現象，再精進朝階梯式的方向前行，將往事留在文字裡，終會似雲淡風清拂過心湖呵。

　　個人寫文之鑰，運用「回顧」式，也是以一種「啟」動的方式之一，如實觸動內心的即興取悅自己，有時也會精雕細琢思忖良久，考慮如何切入，腦海裡並無文學的概念，開門見山是山，故事便有了開始、再不斷改善、經不停編輯，順循眼前喜歡的樣貌。有時中途臨時有事耽擱，只好從頭修改再調整，偶爾也會有「見山不是山」之感，便再次沉游群組裡，欣賞散落的圖語，喜見顏小英（9/24）的俳「匆匆聚又散，灌頂醍醐潤心間，氣定漸神閒。」看到舒服美好之語，是理解與共鳴，也

是自我內心的投射罷了！其實，文體模式與漢俳應有各自特色和處理方式，主要知行合一，實踐才是檢視佳作的準則。雖寫的隨文似乎微用，至少可給自己的人生加點味哈！就當是傳文訊息，伴著彼此一起慢慢變老呵。

　　將尋常而微不足道的事情隨筆成文，主因喜樂於觀察人生風情，沒預期的與有緣人偶然邂逅，更無欲望與要求，無事就專注於聆聽與欣賞他人優點，借以提昇自己的內涵，放下過去學習的執著，用快樂的心情迎接每一天，用淡定的態度送別暮陽，攥住身旁穩穩真實的幸福。一年四季，管他書架灰塵飄落，生活就要將秋果採擷陳放，即可增一室生香而風雅，便有了詩文和樂趣哈！

寒露餘瀋

Spring Chen 2023/10/08 斜陽外美學堂

> 黃君瓷畫絕
> 漫寫僧伽皆朴拙
> 不繪風花月
> ——林桑祿　俳 10/9

秋颱過後，連三日下午天雨不絕，10月7日閒來沖壺紅茶，記憶猶如茶香淡去，安靜而遙遠，垂看外子為彼岸八旬多的老友（葉顯恩教授），書寫「學思餘瀋」，當其新書名封面之用，細細品賞，思及如何將外子的「餘瀋」，也能如我所願，2025年也來個「哂八十」之作！

彈指一揮，隱約記起20多年前第一次隨外子，前入廣州拜會中山大學退休的葉教授，當時以為老去是很遙遠的事，而今驚覺，原來自己年輕時代，已經是很久遠的事了哈。特別與外子相守濡沫的光陰真似箭，沒有風花，沒有雪月，有的只是柴米油鹽醬醋茶的煙火，但與外子生活以來，印證了 *"Excellence is a habit."*（優秀是一種習慣）。同他，閱遍人情，方知歷久彌新之珍，備嘗世味，始識人間舊情之可貴呵。

於寒氣漸生的今（寒露）晨，見外子精神依然矍鑠，氣定神閒的為剛完成的墨寶落印，順將七月到醴陵，會見湖南省株州的黃翼平老師，臨別時，他匆匆贈予其名章及題有外子之詩「一佛窗前坐，心魔彈指破，真空妙有藏，綠葉剛飄過」（《又哂詩集》）的大作。攜回臺迄今，順加蓋其章，從攪動八寶印泥到極力壓印，都是外子活絡筋骨，保持血液的流通的方式之一哈。

思學

Spring Chen 2023/10/09 斜陽外美學堂

國外勤攻讀
四載辛勞人折服
碩士登名錄
——林燊祿　俳 10/10

　　由於昨日浮生記下的篇章，翻閱書櫃找尋黃翼平老師畫裡，引用外子詩「雞啼，鴨叫，鵝鳴；田黃，海綠，天青；山吟，澗語，蟲聲；春花，夏日，冬冰；濃茶，濁酒，棋枰；澄心，淨思，忘形」的出處《一哂集》，意外看到自己於 2002 年，以教師帶職帶薪補助留學英國時，所購買的原文書，想起當年晝夜不停的念呀念，只因指導教授 DR.Richard Kiely：*"You have the capability to filter your inputs. Input more, output better."* 如是常伴我入夢又伴我矇醒的書，在臺多次移居，依舊伴隨了 20 多年，可真注入不少濃情於其中呢！

　　自 22 歲大學畢業執教高職，15 年後留英國讀碩士。自家政學到外文教育再到生活美學，不知不覺竟已步入初老，歲月濾去了執著的浮躁，增添了理性的沉著，逐漸釐清明白了自己。退休後，之所以寫文，緣起於臺灣文學館，有意出版外子的傳記，潛規則是等其作古後哈。於是，起心動念拾起筆電，一指神功，慢慢鍵入外子瑣碎而不經意的日常，開始每寫完一篇，只請外子校正錯字，又驅使外子來首漢俳，剛好配合王導師的著作「于斯靜，如是修」，也好協助六榕寺推廣俳詩。每次進

一步就有一步的喜悅成就感,為文一再有人誤以為是外子執筆呵!殊不知個人中文程度,在臺還曾被誤為中文系哈,甚至在英也被老師誤會英文作業是抄襲,同學更誤論文是外子代筆喔!如今該是喜悅多人的一致誤解哈!

　　自許"I have to view the world through the lens of my purpose."(得以個人角度來觀看這世界),有朝作古,留下外子的詩集與字和其故事之書,或許有助一些人的生活觀念,學會將閱讀成為習慣,保持身心處於平衡狀態,從悅中讀起,藉以提昇生活日常。

紙墨遇知

Spring Chen 2023/10/21 斜陽外美學堂

閒來試月桃

筆走龍蛇意氣豪

此紙洛陽無

──林燊祿　俳 10/21

　　10月20日到嘉義大學，參觀「紙墨相發」展，欣賞陳政見（書法）與熱愛於研發的夏滄琪（月桃葉鞘研製修護用手工紙）兩位教授之聯展，展出的內容，宛若一本厚厚精彩的天書，兩人均是原創者，夏教授特留一刀鳳梨葉研製手工紙相贈，期待外子能寫出留傳百世大作，書出讓人心於不暢時，可得淡定，或覺得有些苦，看一看漢俳字，惋爾一笑就釋懷了呵。尤其是現代人常在手機的信息傳播中，一直關注自己喜歡的視頻，久而久之，就會像蠶寶寶一樣，將自己捲在自我編織的繭房裡，不常走出去，若能在辦公室或居家，賞讀著書法之勉語，也是挺好！

　　同日欣遇臺灣師範大學文物保護中心的張元鳳主任，帶領24位研究生，南下研習「檔案蟻蟲菌防治」的活動，以及蔡見遙與文惠櫻賢伉儷。私下與主任閒聊，據她所示，當代的藝術家，

在其當學生時代,常常喜歡追求創新的畫風,作品運用充滿實驗性的媒材效果,因此,目前臺師大典藏的歷屆美術系師生作品,雖屬近代藏品,但已出現褐斑、畫紙或畫布脆化、泛黃破損的情形,所以藉由這批作品的修護,開設相關課程或講座,讓學生在學習過程中,以化學原理思考,用創作的本質去體驗,日後能更謹慎地選擇、正確使用創作材料,可以延長作品的生命,這也是學院派藝術家應具備的基本實力。可真受教了!

繼而於行政大樓,巧遇 22 年前的舊識,意志堅強的劉馨珺教授,簡單互傾彼此身體近況,有感於日漸式微的教育體系中,仍得積極、樂觀,才能看到教育界美好的那一面,互動中見她言行間,已蛻去年輕時的銳勢,轉換帶著一股恰適的溫柔……

因外子而有幸,有機緣能跟各專業領域的教授們聊天,進而與時俱進的更新自己的知識,並拓寬自己內涵的深廣度,經由接觸各種專業知識作為寫文的階梯,才能扒著自設的井沿,跳出原有的井底,因而特別珍惜每次的相遇與難得可貴的相聚。

霜降之後

Spring Chen 2023/10/25 斜陽外美學堂

秋暮寒霜降
綠柳紅花何景況
襌衣箱裏放
　——林燊祿　俳 10/26

　　秋季來到最後一個霜降節氣之後，溫一壺茶，看著 10 月 23 日陪五姊送雞蛋回娘家的路上，見道路兩旁的樹，不僅有黃色的葉、紅褐色的臺灣欒樹花果，顯現出深深淺淺的紅褐黃綠，真是秋色滿溢，還有那一抹懸浮於天際的夕陽餘暉，流動的瞬間，抓拍擦肩而過的匆匆，珍惜眼前風景的同時，提醒耳順的自己，不要忘了每回啟程的初心啊！

　　10 月 24 日返中正大學活動中心，取訂購的筆電，途經校園裡道樹的枝幹交錯，步行其間，秋風一吹，頂上一簇簇花瓣如雨般，一片片地飄落，彷彿間又似翩翩起舞的蝴蝶，在秋光的照射下撒著彩粉，恨不得把這可遇不可求的情境，想收入一張相片裡，儘管，已打開手機的全景功能，始終，無法將久違的悸動全然攝進，惟靜靜地享受每個令自己感動的細微之景，回到陋室利用零星時間回看，閉目回想碎片式的記憶，趕緊靈活地落筆為文。

晨間對我而言，利用最佳的兩小時喚醒自己的思緒，全心全意專注投入，也是靜心重要時刻，於時間的洪流裡，自然地浮出湖畔咖啡的老闆（郎靜山之子）郎先生，只因從書頁中，緩緩滑落不僅一片乾得幾乎透明，但仍保有綽約風姿的極美鳳凰花瓣，記不得是何時夾在外子的四本詩集裡，更不知哪年夏天的畢業季，就是時不時地，從外子闡述人間一切，盡是虛空的詩集裡，翩然落地的須臾間，又穿越時空回到過去……神遊文學院的後方草坪，通往圖書館的小路旁，多年前流星花園（F4及大S）拍攝片頭之地，好像呼喚我也要為她們記上一筆。

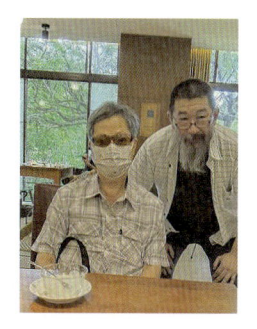

金石之交

Spring Chen 2023/10/30 斜陽外美學堂

悠然中壽至
摯友親朋申賀意
伏櫪猶存志
　　——林桑祿　俳 10/31

　　10月28日（六）搭高鐵上臺北，同外子於北市先是走了一萬多步，抵大稻埕的民生西路，與我多年前亦師亦友的學生（許瑀頻）會面，不會喝酒的她，不僅是劉恆裕行的第三代洋酒接班人之媳，自己同時也經營代理法國的紅酒，還有日本清酒，更是每回在我急需（住院手術）用錢的資助者哈！

　　午膳後，留外子在該商行處休息，獨自走走停停於迪化街上，來回尋尋覓覓大學時期，假日常宿的同學之家，記憶裡有著天井且既深長的屋狀，至於幾號門牌完全沒印象！因此無功而返回商行，便接外子逛到北門捷運站，輾轉來到板橋的稻鄉出版社。無處可憩，只好先找明仁師喝茶去，他開門見到我們

甚是詫異,不像「一板一眼」行事有則的外子之行為,熟悉他無事不會北上,更不會無約而來,只好倒果為因,說是來看我的學生,順道見見他這位老朋友,閒聊時總是小心翼翼,深怕慣性直言的自己,說溜了嘴喔!因其遠嫁日本華僑的千金特地回臺,祕密地籌邀其父金石之交的老友們,同祝其父「人生70才開始」之壽宴,因此,我倆還刻意提早與之告辭,不諳餐廳路線的我們,像無頭蒼蠅,近距離又攔不到計程車,再次步行約萬步,請人來引領才順利到達就位。等待被蒙在鼓裡的壽星來到,開席已是7時許,匆匆祝賀稍用幾道菜,便提早離席趕往車站,搭9點多的高鐵回彰化,回抵北斗一哂別室,已被兩萬多步操練的外子沐浴之後,約莫凌晨許,倒頭入睡的鼾聲即刻淹沒屋外的犬吠聲!

　　週日上午去保健調理操勞過度的身體,當師傅按壓到小腿及腳盤時,抑不住地發出痠疼哀嚎之聲,可是一日行兩萬多步後的回饋「大禮」呵!午間返嘉義市到三姊家草草完膳,再回陋室,體力大不如前的我,須庚躺平即入夢鄉,醒來不覺已近四時,喝下果汁當晚餐,出門晃社區一圈,不到八點又犯睏,再次躺下休息,似乎僅是淺淺的南柯一夢,醒來竟已是翌日七時許啊!靜心記下外子在臺金石之友聚,如是隨意紀錄成文。

怡然淨化
Spring Chen 2023/10/31 斜陽外美學堂

師兄約泡茶
閒談普洱及瑜伽
卓絕一專家
——林燊祿　俳 11/1

　　清爽的早晨，怡然發揮個人寫作愛好，啟動充實生命的質地，激起對生活的熱情，一直從事自己想做的事情，自然就遇見更開闊的寫作題材，因而饒富生活趣味，往往路過散發光芒的壁畫，特別吸睛的塗鴉之牆，總會貼近拍下，培養出善於專注心中喜愛之事物，沉醉其間，樂而為文，同時也能與外子分享生活之樂趣，自覺充實愉悅，是可以靠自己堅持創造與延伸呵。

　　閱讀寫作至 10 時，騎單車運動當休息，晃到嘉義公園步入樹木園，徐步調息近半小時後，轉抵餐廳與外子及五姊會聚用膳，人潮漸盛之際，櫃臺服務員動作聲響越來越誇大，不知何事牽動其情緒了，究竟是跟人事有關，還是跟她自己過不去，或許堅持了無須堅持的短暫人生之過程，自我糾纏罷了。客人

喧嘩之聲中斷個人無聊的臆測，選擇專心用完餐，即回陋室讓早起的身體休息，充分休息後，再前往王師兄處，因緣未足，兩人自然擦身而過！

緣起於10月30日傍晚時分，臨時起意前往友人介紹而識的王師兄，抵其瑜珈教室喝茶，一見如故地交流至七點多，洽聊些許小事，溝通的過程總會飄忽不定，顯然無法立即取得共識，倒不如凡事皆隨心順流，隨不了心便隨緣，隨不了緣，便隨釋然而隨喜自在。於辭別前，斜視陽臺，轉望向阿里山，驚見柔和又載滿希望的月光，與燈火通明的街景，讚美驚豔連連，師兄表示人於淨化後的心眼，所見事務便會皆美，那麼，我是一直沉浸在淨化裡哈！

夜遠眺灰暗色的天空裡，僅將涼涼的秋風化為低沉的呼喚，引導自己內心歸於平靜與淡泊，當下，若用任何詞彙形容都覺得言過其實，浮雜的能量因而自動關閉，自身以最美的心境，結束了半天初遇，心中淺淺地等待，緣續於明日午後之約，回程輾轉的小路上，感悟學識淵博的外子：「世事洞明皆學問，人情練達即文章。」

談木都心

Spring Chen 2023/11/03 斜陽外美學堂

事事皆如意
柿子顆顆含祝語
福祿悠然至
——林燊祿 俳 11/4

　　舊的筆電真的壽終正寢了，新購的筆電置放於北斗，便悠悠地與外子品一壺茶，盤坐在陋室裡放空，無所是事地望著戶外的被秋風吹動的落葉，如此坦然地成全它自己的圓滿，成就了這一季的浪漫，而沒筆電可用的我，竟失去熱情的生活，失去了精彩，像似車子沒有了油一般，自然是動力不足，無法向前奔跑⋯⋯不知不覺中陷入自以為是的淨化裡，於是起身，漫無目的地蹓躂屋前的社區公園，去撿一枚落葉當供盤，尋滿地清香的梔子花置放在葉上，加上外子指導的碩士生（羅主任），剛自苗栗送來的柿柿如意特產，擺放在張望師的瓷盤上，集閒思感念於一盤，當成自我添加的油料，才得以重新燃起動力！

　　11月2日清早臨時起意，回北斗取筆電，順道將舊的送往中正大學維修，企圖營救，午膳便迺往郎先生（郎靜山之子）經營三十多年的店用餐，順購兩包咖啡豆，全然接受他推薦堅

持用心挑選的單品豆及食材，他或許得到信任與認同的喜悅，特回贈自製烘焙微甜品招待，並給予愉悅的折扣價，皆大歡喜地用餐，也是最佳的附加價值之餐呵！

　　旋即抵嘉義博物館，參與「市民 Bar 發想木都生活的座談會」，感動於都發局的吳垂楊科長報告時，提及其於 2002 年公費到英國考察半年學習到的心得：「人心的教育」。就教育界 37 年退休的我，深深認同，這也是最為艱難的教育課題啊！在通往木都推廣教育之路，不是教育腦子裡的一條條的規則，或是一次次口頭推廣而已，而是實踐力行的每一步，才能越過人心的一座山，有時立竿未必即時可見得其影喔。往事過境遷，像歷經世事的呂權豪師之分享，他昔日就學的經驗，如今明白，受到當年高中好的社團理念影響之深，於外地完成碩士學位，選擇回嘉服務，而就個人三次參與木都 3.0 座談之淺見，以及私人微觀察的心得感受：「每次即便使用各自的方言溝通有歧見時，也要學會尊重官方的論壇場域，應用大眾的共通之語，更要包容立場相左者，如果發想要『讓木都當成嘉義市的母語』之前，似乎得先立基石的共同語彙，才行得通吧！」

寒衣節

Spring Chen 2023/11/13 斜陽外美學堂

> 閨婦製寒衣
> 寒上征人闕可知
> 途迢怎致之
> ——林燊祿 俳 11/15

　　寒衣節（農曆十月初一），溫度明顯斷崖式的下降，提醒著真的要添加衣物以禦嚴寒的冬天。晨起，即輕輕啟動熱水瓶，卸除風扇，換上暖氣機，點上一炷沉香，喝杯熱茶，翻看上週的搬離因工作需求，約莫7年前，購置於任職學校側門的「一晒別室」，雙子座的人生，果然常常變幻莫測，有些事開始是在情理之中，卻又結束在意料之外。回臺後，一念想將之出租給有緣人看管，託房屋仲介協助處理，拗不過仲介者請求，給予機會試售，沒想竟不到一個月，悵然若失地屋主即將更換新主人了！倚著屋旁的路口，聆聽室前公園風吹草浪，喃喃細語的婆娑之聲，彷彿錦瑟無端演奏最後一次的曲目，憶起28載於北斗教育界的風華。生涯計畫來不及變化，唯有不斷地調整自己的心態，與自己簽訂和平條約，才能擁有平穩的生活狀態。

　　回到嘉義的陋室裡，寒風吹皺容顏，心底的流年歲月依舊飄盪起伏，於是不再蹉跎，騎單車穿梭安靜的小巷弄，就在最

恰當的時機，又有個美麗的邂逅，遇見不會無緣無故，出現定有其意義，因而 11 月 11 日毫無懸念地簽下有契機的「再哂別室」。如果說人生像似一首歌曲，或許曲的旋律早已由老天安排，那麼我的詞便是自己用心與智慧來填寫，不用複刻過往，不囿眼前的方寸天地，把能夠讓自己幸福的事物，都請進個人生命裡，譜出悅人悅己的樂章，可真是人生一大幸事！

溫馨的午後，再次前往巡視「再哂別室」後方，又見另一幅生動而美麗的畫面，原來是嘉大附小的游泳池牆，期待來年的夏天不須揚帆遠去，在嘉增添一間有趣而確定的小小幸福之屋！

天真原在

Spring Chen 2023/11/18 斜陽外美學堂

稚子彎腰笑
片片烏雲都散了
天真確是妙
　　——林燊祿　俳 11/20

　　季節更迭，溫度起落急遽的時光裡，靜靜暖暖和和地與陋屋相伴，集結散落的許多心緒，規律地坐在筆電前，燒一壺水，看一縷縷沉香煙霧翻騰，啜一口綿醇的香茶，將在這一季冬，構思改修珍稀老屋，再次實踐體驗一場「非我所有，確為我所用」的舊屋整理，準備以老化後所需生活方式，成為無障礙實際的空間，而心就像是攝影機，思索時呈現出內在的狀態，自然投射如外子書的「真」得大自在之樂呵。

　　11月17日雖是個陰天，初冬冷風吹拂在臉上，倒也神清氣爽，下午再次前往「再哂別室」確定前門的面寬，好整以暇回報工程班。回程步經嘉義大學附設的幼兒園，適逢放學時段，看見一個天真友善的孩童，開心對著同學們一直笑到側彎著頭，同學也笑呵呵地，回以同樣側彎之姿，嘎嘎哈哈此起彼落的笑聲，就這樣充溢於校門口蔓延開來，家長們個個也跟著笑開懷了。路過的我，當然也受到無邪之樂的氛圍感召，當下享受著這群純真的小朋友們，自自然然與天地間連結的原在快樂，嘴角不自覺的上揚，靜待在該處一會兒，默默地留記這一幕天真快樂的原在。

小雪筆話

Spring Chen 2023/11/22 斜陽外美學堂

依依別舊居
六載光陰如過駒
聚散恨斯須
　　——林桑祿　俳 11/23

　　節氣來到了小雪，喝壺熱氣騰騰，具有散寒濕的茂名「化橘紅」茶，品著清清淺淺的苦澀，想著濃濃淡淡近日搬家之事。人生真是一場奇妙的旅居，因工作在北斗將暫居 3 年的舊屋，莫名換了新建的房子，住了近 7 年又因緣盡而售出。雖當下有些許的失落，個把月的整理期間，一邊打包東西的同時，懷著感念多年來的給予安居之樂，上上下下，來來回回巡視一次又一次，才慢慢釋懷，曾投入佈置的每個細節與過程的情感。於此格外的感念老同事們，一再協助，爬上爬下打洞釘牆，裝置學校汰舊的臺灣老檜木抽屜，當成壁櫃置放日用品，堅持完成個人自以為是的生活美學。除了青展老師贈的衣櫥，搬走轉贈三姊家之需外，留下那些點點滴滴的同事們搬不走的情，濃濃的記憶，一時半會兒化不掉，曾一度想將圖書館魏延超主任贈與的窗簾，全部拆除攜走珍藏，但允諾新屋主留給他們繼續使用，分享此番情愫，盼新屋主也能感受這份深意的濃情，融入其家庭經營出更精彩的生活。

因不想陷入信息繭房裡，更不想沈淪於「短視頻」視聽中，靜心閱讀，藉以提昇自我優化，才能深度思考，每天騰出一點時間寫段文，已是目前生活的定海神針，日積月累，內心之核因而更加穩定，堅定的思維猶如強大的磁鐵般，發現每天嶄新且不一樣的自己。閱讀及寫作了大半天，腰部總會像鬧鐘一樣，自動提醒：「該休息」，無論想寫的故事多跼躅或急馳，還是得停下來，翻耕盆栽，植種友人送來的桂花樹，將之置於得陽光與風露偏寵的地方，因而長得挺舒展，香氣頻仍的樹蘭之旁，順將前屋主送的古老單車，當小院的陳設佈置，真意天光，喜悅舒朗。

　　上樓將這一連串零碎美好的記憶，總和寫入文裡之時，郵差適巧送來比劃比畫美術館的「嘉義美術再發現 - 林臥雲醫師與青辰美術協會」展，開幕茶會時，請外子與談之講座的邀請函，屆時可「筆話比話」一番喔！

感恩節

Spring Chen 2023/11/24 斜陽外美學堂

閒思注事多
苦辣甜酸記得麼
都應感恩喔
——林燊祿　俳 11/25

　　與外子聊著今日行程，時而輕啜一口咖啡，是寒意晨間最為溫潤的時刻，這個充滿溫情的日子，感恩歲月裡的每一份饋贈。無論昨天過得如何，都得與之道別，那些往事有些曾給予磨難和成長，才讓我收穫了當前的財富和安樂，至今完成教育的使命後，將藏在記憶一角，不免俗於「感恩節」，由衷表述感念之意。

　　11月23日返回北斗處理點雜事，順道返校匆匆走到運動場旁，用遠視鏡頭留下一張育賢樓之影，過往於學校裡，暖心的一幕幕湧現，感恩之情油然而生。記得有一回外子居家，突感不適來電告知，得知的同仁們，頗理解我的難處，本科的老師（阿丹）及時主動協助代課，方便緊急陪同外子就醫。疫情爆發得視訊教學的期間，對於電腦操作不太熟練之處，育賢樓有不少高手的同事們，樂意花時間耐心傳授講解，或有培訓機會也會馬上互通有無，精進不少視訊授課的實力。於兼任行政職的時期，有時個人的工作狀態不佳，主管（曹 sir）

也沒因此責怪,反而詢問是否需要幫助。這些微小的舉動與善意,總讓人在不經意間,獲得滿滿的幸福和感動。這一程與同事的關係退場後,翻開過往的問心無愧的教育扉頁,書寫點曾流過眉上的汗水,以及眼下感動的淚水終章,如今都已化為甘甜的記憶。

　　將「一哂別室」部分家具移回朴子娘家寄放,回想原生家庭裡,點點滴滴的愛、細細碎碎的情,感恩流著相同血緣的兄姊們,有著共同的根源,迄今她們永遠是我最堅強的後盾,同時感恩獨居於鄉下的姪媳,嫁入陳家一直默默守護著我們的原生之家。最後,感謝外子給予滿滿無言的愛,包容平凡得不值一提的我,從不忘初心,可以落落大方、胡言自信地寫作。又因嘉義市文化局的委託外子的文案《哂藝集》,才會有此機緣,路過往阿里山的北門火車站,看見這麼獨特的美好!

雜學實證

Spring Chen 2023/11/30 斜陽外美學堂

木鐸振弘音

程門擁雪立多人

禮義恥廉仁

——林燊祿　俳 12/1

　　晨間，在微寒的淺冬，只要有陽光，就會感到溫暖，好好梳理週日外探學習的知識，置頂自己最重要的身體健康，堅持太極拳的鍛鍊後，再到嘉博館聽林千翔博士「臺灣的鯊魚眾生相」的講座：「臺灣西海岸百萬年前，可是有大白鯊之類的多種軟骨魚類生存。軟骨魚類鯊魚的全身，只有牙齒最可能成為化石」，據知民間竟將魚的耳石當成中藥材使用，真讓我獲取寶貴的新知識。

　　11月26日下午繼續參加「城市文化論壇－市民 BAR 討論會成果發表」，這是日前連續三週空間設計專業知識的議題，結集各議題系列場次的討論，集思共議的成果，市府主責議題業務的相關局處代表蒞臨現場，藉由詢答的方式和與談的來賓及市民，暢談討論會的成果將如何落實在政策上的願景。會後，回家與外子分享。發想在嘉義可稱：「以嘉義小而美的地理環境資源，可稱幸福（Happiness）、健康（Health）、慢品（Slow-eating）、慢遊（Slow-traveling）為核心元素的『2H2S』旅遊之都」呵。

冬暖如春的週二與妝點老闆前往員林家商,參與一年一度的會餐後,同員林家商校長及北斗家商傑出校友夫妻等,彼此「無齡感」的交流。雖不常聯繫,溫情依舊暖暖,感受到人和人相交,最好的感情關係是遠近相安,走過生命的不同階段,歡喜每個階段的美好。

　　個人無憾地完成任教期間,那一階段該完成培訓各項選手參賽的職責,體悟到教育最精彩的,並非選手參加競賽,獲得總冠軍或是金手獎的瞬間,而是傾注精力,心無旁騖,堅持不懈的每一個細膩過程。當時總能致心一處、身於一境,完成自己每一個微不足道的教育的微理想。不僅系統化授與學生們的學科知識與技能訓練,更重要是教育了他們能面對危機的應變能力。尤其,畢業後,看到他們的發展,無論是工作或事業經營相當風生水起,婚姻家庭也經營和順平安,實證了與黃宜純老師(臺中科技大學)及林淑菁老師(嶺東科大)合著「家政學」與「家政概論」(侯素琴老師合著)的傳承成功呵。

選擇

Spring Chen 2023/12/01 斜陽外美學堂

> 閒情化作文
> 啼聲一試便驚人
> 是可若浮雲
> ——林燊祿　俳 12/1

在寫作中，看著那些早已絕版的照片，又復怦然，真是不可思議的找到心的力量，最美的不是照片本身，而是它幫我留住的記憶，配上外子的俳：「樹綠落霞紅，征人背影漸朦朧，峻嶺瞥飛鴻」，那是一張退休前於北家留下的問候圖。依稀記得那是 2022 年 5 月中放學後日落時刻，總愛走走操場，看看青青的草坪，望向藍藍的天空，特別喜歡佇於辦公室前臺階上，似處在劇院裡的貴賓臺，欣賞日落劇的演出。落日是一天時間裡的刻度，將晚霞當是生命的計時器，也是與同事之間的人生線條交叉點。往後，不知何時再有機會同處一個時空下？同年 6 月初在校園中，正整理好行囊與思緒，準備退休奔赴人生的下半場。於中旬接到姪兒離肉身苦，升天去會見其思念的姐姐了。因此經常一個人於酷熱的暑期，幾乎天天藉由為同事種的椒樹澆水，順採已轉紅的辣椒，得以釋放憋念之淚，思及他也曾種椒以貼補家計。

如今回首又體現了心理學家羅利‧布坎南（Laurie Buchanan）：" Whatever you are not changing, you are choosing."（無論你有沒有改變，你一直在做選擇）。對於周身之事物，漸學會選擇

以自身為時間軸,使用放大鏡和望遠鏡兩個視點,等到轉角的光線,對焦看清近物和遠物的結合能力,因而不再囫圇吞棗地全盤接受傳媒上的內容,而是稍微拉距,瞥了一眼,知悉當今時下世局發生了什麼事情就好。也因此沒注意,閒時將這些無精細構建的養心之文,第一次投稿在「桃城物語」,即獲入選的通知,輾轉從群組得知,再翻閱信箱,選擇將此悅事記下,將來好為憶呵!

龍飛兔隱

Spring Chen 2024/01/02 斜陽外美學堂

煙花除舊歲

龍飛兔隱迎新趣

福種心田裡

──林榮祿　俳 1/1

應顏小英俳句如下：「煙花辭舊曆，龍馬精神迎新年，感恩種福田」

喜歡唐代大詩人白居易，〈負冬日〉：「杲杲冬日出，照我屋南隅。負暄閉目坐，和氣生肌膚。……曠然忘所在，心與虛空俱。」閱讀這首詩時，也能感受到一絲寧靜與放鬆，體會到大自然的美妙與力量。猶如 2023 年末的週日晨間，在公園等待練太極拳的景象，陽光灑在背部的溫暖舒適，站著享受溫陽就令人感到身心舒暢！今在幽靜的陋室裡，坐著看到當時拍下的場景，描繪此情此景之時，彷彿有股陽光依然在脊的愉悅和放鬆的心境，更像進入了一個極其虛靜的世界呵。

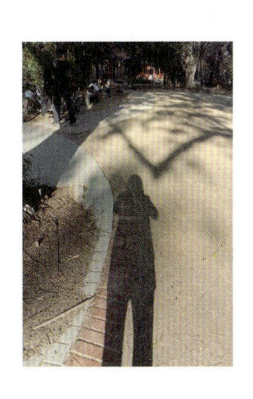

當天邀請教授及師兄們，參觀未來的「好宅」後，就近品嘗各種手沖黑咖啡。午間，浸在安靜的陽光灑落入內的店裡，讓自己獨坐片刻的同時，就不自覺又「坐忘」了。從落地窗向外看到亮麗清新的變葉木，又進入了 2024 年，將創建整修的「好宅別室」美妙大夢。儘管有些僅能自得其樂的想像，或許難以

貼近務實的生活層面,但至少還可以擁有寫作靈魂的活水源頭哈。在新一場只能有進無回的單程來年,盼個人能呈現像螞蟻雄兵一般,自自然然地寫出無論好壞之文,皆能引起共鳴而助於讀者們。

　　元旦,避開人潮,臨時開車上梅山,請託王文志老師,繼續協助實現「化腐屋為神奇」的美夢。進入藝術家之家,看到多年前,外子所寫的「山靈」,配上他特長的空間裝置,著實撼動,給予擁有抵禦寒冬的溫暖力量,好像已然超越了浩瀚宇宙的構圖。於其淺山的家中,似乎就有了股佳氣靈動,浸潤其中,幾乎忘記此趟行來之目的哈。

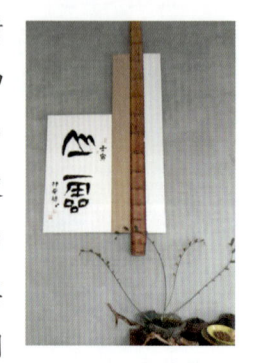

　　下山,像是還在夢中穿行之時,得知日本又發生7點多級的地震海嘯,想起張曉風:「樹在、山在、大地在、歲月在、我在,你還要怎樣更好的世界?」認同:「平安是福,平穩聚福,平平安安,平生就是幸福!」

本來無有

Spring Chen 2024/02/16 斜陽外美學堂

妙有即真空
善惡同存一夢中
愛恨去無終
　　——林榮祿　俳 2/17

今天是正月初七，人日節，在安靜中沏一壺紅茶，靜靜地坐在筆電前，與自己的靈魂促膝長談，打開大腦的「電子郵箱」，看見自己經歷大大小小的事情，大部分自然都會得到適當的解決，但有一些小小部分會在身邊伴隨著，就像藤蔓一樣緊緊纏繞，於是讓自己的腦內進入「收件匣為零」的狀態，這種感覺特別奇妙，想起英國詩人約翰‧彌爾頓（John Milton）：「心靈是自主之處，一念，地獄成天堂，天堂成地獄」"The mind is its own place, and in itself can make a heaven of hell, a hell of heaven."，就持續關注美好、做好感恩的分享，敞開心胸，讓自己常保持在陽光笑語中，充滿正能量！

年初五遇上西洋情人節（2/14），夜幕低垂，街上變幻流轉的點點光彩，璀璨奪目，路過民生南路拍了張應景行銷的花店，隨興也給自己浪漫一下，知足而堅定地認為，人生應輕鬆把時間花在值得的人和事物之上。於傍晚時分，奇妙地在附近

一間不知名的義大利麵店，巧遇曾為彼此生命中好友與同事（仿君），趁年假的最後一天與家人來到嘉義，上午正還猶豫著：「明有事到北斗，忙碌的開學日，連絡她否？」沒想到立即出現眼前，邀請她們順緣就近蒞陋室走走，瞧瞧退休後，始終充滿著熱愛的老屋空間，在昏暗的燈光下，令她嗟嘆感覺滿是藝術氣息呵。

　　翌日上午，順著柔柔的風蕩啊蕩，開著笨重的休旅車晃啊晃，午前抵達北斗家商，先將《哂藝集》贈送校長，隨同校長到禮堂，參加新春聯誼餐會，以珍惜且愉悅的心，這一次見到許多老同事時，那些曾經以為無法淡忘的事，或是無法放下的芥蒂，如今，都已成為一件件不值一提的小事，真的無須和不重要的人，計較任何的事，更沒必要和身邊重要的人，計較不重要的事啊。在所有的不確定的人生中，可確定的是當下的自己，修養好自己身心靈，就有了基石。日復一日，年復一年的人生歷程，就不是一趟無序的奔波冒進，而是一場有意識的返本歸源之行──「去其本來所無，復其本來所有」吧！

樂成濟眾

Spring Chen 2024/02/21 斜陽外美學堂

治病首療心
德術兼懷濟眾生
溫言勝藥鍼
——林燊祿 俳 2/22

　　2月20日午後，按下奔波的暫停鍵，輕衣薄履帶著棉質「樂成」之心，到「濟眾」中醫診所探春去，款款地送上祝福，同他們一起樂享其成之喜悅。請楊醫師與外子書寫，以類似「金雞獨立」式的「博施濟眾」墨寶下留影，這可是多神奇的畫面，楊醫師駕輕就熟地運用太極拳的真諦，有備而來的頂頭懸上了「獨立」的金雞，不忘本心，選擇把太極的一切根植於醫術，並以此來推動醫學的方方面面，這便是人生最大的價值所在，而那些曾經歷過的風風雨雨，以及坎坎坷坷的重整裝修過程，練就了少幾分的執著，卻多了幾分的釋然與明媚，自從認識楊醫師近兩年多來，見他總能心平氣和地面對瑣碎，所以就一直保持著穩「重」的大局哈。

　　年後，進出醫院檢查後回看報告，曾動過大刀的我，大腦裡就是會不時浮現：「置之死地而後生」，只因認定「出生」就是一個不爭的事實，而「死亡」便成一個必然的歸屬，然而，面對依然談笑風生的外子之體檢報告，個人似乎就沒那麼輕鬆與豁達，每回看著步履日漸蹣跚的背影，心仍是緊緊的被繫著，心底層層疊疊的顫動，一股濃得化不開，重得往下沉的暮氣低

壓著……如今細細想著，在健康的天平上，很難一下子就找到適宜的砝碼，也因不停嘗試錯誤的結果，使得一顆心變得焦躁，但平安的心，真不在別處，就在於自我轉化內心深處，那股無明煩惑之處！

於是，再次經由寫作，透過自己與自己的對話，找到了安放自己的內心和靈魂的「坑」，轉換了自己生活的序，從中找到了自我壓抑不言的含蓄，釋放出顧左盼右的遮掩，始得再次滋養自己的身心，與自己和解，才能舒心準備，赴下午的太極讀書會，看看黃海棠是否依樣亮麗如昨！

慮始關鍵

Spring Chen 2024/02/27 斜陽外美學堂

> 慮始樂其成
> 萬里之途起步行
> 九仞亦能平
> ——林燊祿　俳 2/28

　　寒冷的天，都知道運動有著種種好處，更是磨練意志的最佳磨刀石，2月26日晚卻依然被「懶惰」拖了許久。而痛苦的不是運動本身，而是如外子寫的「慮始」這一刻，要不要去運動的過程，只有自己能幫助自己意志的訓練，為了維持自己的健康，生活才能夠保住基本品質。最後戰勝了懶惰，選擇進入社區「活血功」的運動，思緒才又開始自由流動，時而放空的狀態，切斷了與所有人的聯繫，預留出可迂迴的空間，時而感受到當下的真切，助我重新有了活力與生命力，同時帶來「元氣滿滿」的美好。及至運動後抵家，享受一種寧靜舒服的感覺時，腦海裡便浮現出馬可夫斯基（蘇聯的著名詩人──Маяковский），有一句經典語錄：「世界上沒有比結實的肌肉和美好肌膚更為美麗的衣裳」（"There is no clothes more beautiful than solid muscle and nice skin in the world."）

　　在十幾度的寒晨，為了讓自己能夠更快的靜心，燃點支多年前友人贈送的海南紅土沉香，喝了壺極品祁眉紅茶，去除身體之寒氣，好掌握時間的支配，或者說能有更好的思考，可以鋪陳寫作的簡單愛好，來個聚焦意識 "Think big, do small."（做

好當下，成就未來），創造自己「龍」來「茶禪一味」的心境！同時，保持著閱讀，因為沉浸在自己的閱讀世界裡時，會有一種專注帶來的輕鬆與快樂，除了提昇了自己的認知，搜索枯腸內找到新的寫作的方向，順時將以前讀得像散落般珍珠的點狀知識，串成完善的系統，進一步產生洞見與靈感，便斟字酌句地自創出「三胡」之文哈。

事實，有時跟著閱讀的資料，第一遍沒有看得太明白的地方，再次琢磨，一起爬梳一些必須深度思考的生命課題，不再是跟隨，而是靠自己不斷地探索，去感受目前的階段與狀態，才能恰如其分地跟著實體的生活層面，真正地產生聯結。雖然閱讀中，有時心底偶爾會有五味雜陳，但重新思慮自己正要面對生命的另一個去處時，會令自己更加明白，眼前的一切困惑，頓時不再那麼可怕，而無知的焦慮感也因此隨之消失，無形中有了更充足的勇氣，可繼續面對一切被迫更新的短暫體驗，畢竟，人生有著許多無可避免，不得不面臨的一些事務，惟不斷提昇面對問題的解決能力，才能翻轉人生的關鍵。

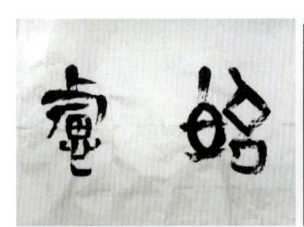

新陳

Spring Chen 2024/03/16 斜陽外美學堂

久也新成舊
服要新裝情重舊
思新還念舊
　　——林燊祿　俳 3/17

　　殫精在清理退休前，自辦公室搬回來的一推雜物裡，翻出塵封已久的出入境紀錄，是翻轉人生另一波的巔峰時期，清晰地記錄著 1998 年，代表全臺高職教育界，公費前往德國考察 20 天，回香港探視婆婆 3 次（1999～2001），便天人永隔，接著連 4 年的暑期（2002～2005），申請公費補助帶職帶薪，前往英國取得（2006）碩士（TESOL）學位，回臺盡義務兼任行政職務並教英文課 10 年。

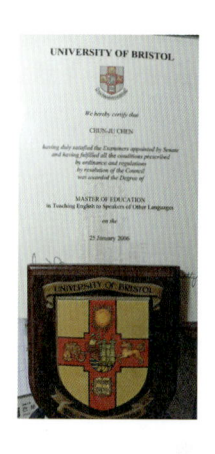

　　近午用心做一頓無法替代的中膳，無意間發現原本以為不好吃的菜，加上鵝肉及冬粉，還挺有滋有味的呢。膳後，繼續延伸自己生命的直覺寫作，只有如此，便擁有更多的生命力，沒有主題式的抒寫，在生活環境中的自然推動發想，如是賦予自己生命的方向與意義。雖然昨天都已經過去了，幸還能夠回憶起那幾年，獲得無與倫比的光耀感受，那些曾經傾盡全力做過的事蹟，依然有種源源不斷地得到穿越時空的榮譽呵。

3月14再到「好宅」，隔著剛整修完工的嘉大附小游泳池，拍攝唯一帶著滄桑厚重的墨黑色屋頂，與鄰居整修過的乳白色的鐵瓦形成對比。雖是最不起眼的那一戶，對我而言，卻是充滿著期待和希望的美好之屋。看著探著古舊的東西和木屋，總能激發起個人的文情詩意，想像著幸福就鑲嵌在「再曬別室」的細枝末節裡，也給平淡的日子，正如泳池外牆塗上一抹清新的色彩，心頭就是有種無以言喻的幸福感。

　　心血來潮，來個陋屋換季大掃除，就像人體須要新陳代謝，也是為生活帶來新的樣貌，同時審視著自己不需要的原木化妝桌時，回想當初購買的原因，仍是充滿記憶，憶起與它有關的種種場景，當初多次到臺南家具工廠，精心選購送至北斗的「一曬別室」，再從北斗運回陋室，如今將賦予它新的傳承價值，將贈與大哥的孫女。其實，在整理房間就是整理自己的心理狀態，藉由整理物件的過程，擺脫囤積的心結，檢視自己對「不必要之物」的執著，而打掃的過程，也有助於自我省思及安定的作用，同時為自己的心靈也起了微妙的變化。尤其打掃後，二樓地板變得乾淨又整齊，心情因而更加舒坦愉悅，讓人神清氣爽。

軌跡隨筆

Spring Chen 2024/03/23 斜陽外美學堂

歲月如車轍
深深淺淺無間歇
春花秋落葉
——林桑祿 俳 3/23

　　每一次遇見的人、事、物，都無法立即拼出其軌跡，總在回顧之時，才能串連出其存在的具體意義。於是，以一顆平常心，連接一場場與人相聚的場景，編織美妙奇遇的點點滴滴，感受到當下真善美的禮物。對待既可以互相關心，又可想吃的時候就有得吃，道道令人感到舒適的飲食，毫無疑問地是一件賞心的樂事。儘管有時決定前往與否，難免也會與內心深處的自己，有一場搏鬥，關鍵都是源於自己的懶得出門，不想把個人過多的感覺與論點，帶入與別人的相處裡，竊自認為快樂的人，核心的價值觀都是相似，幸福感是建構在每一個微小願望的達成之時，像似基因裡的鬧鈴，只不過鬧醒快樂的不是聲音，而是一種有關習慣的設定。好比在陋室裡，獨自將傢俱移動當大積木般，配合空間重新排列組合後，挑選每次回香港購得的歐洲棉麻布料，滿心歡喜地鋪上，不自覺有種微妙的小小成就感的喜悅上心頭呢！

處在個人情感寄托和釋放的陋室空間裡,與茶香交織在一起,有種獨特的氛圍油然而生,借由茶的清香因而甦醒我的思緒,讓我能更精準地捕捉到文字的精神傳達。於是,讓思緒自由飄蕩到煙火如常,一頓午飯後的甜點,有著怡萱前天用心備好的青梅凍,還有偉成現做的地瓜泥餅,以及麗玲獨創比例,特調的粉紅泡泡飲,皆帶著酸酸甜甜的戀愛滋味,幸福滋味就暗藏在其中!加上國銘現場的面相學分析與示範教學,打開了姐妹們的心扉,啟動暢談之欲,分享各有人生精彩的片段,聊及各自人生過往奮鬥事業的寫真歷史,無暇馳於空想的工作現況,也無好高騖遠的夢想,一路行來,就是抱著初心,踏踏實實的態度,認真做好份內所能及的事。但無論如何,互相提醒著,一定要記得先愛自己,每天塗抹屬於自己的生活色彩,這才是終身浪漫的開始。如是在這清新的春光裡,短暫地卸下工作的疲憊,安心地做真實的自己,時而回到美好記憶,時而選擇自然性的遺忘,心情就如同花開花落那般的坦然,當下的聆聽,也是種莫大的享受呵。

感恩不用再為了外在的事物而奔波勞累,感恩生活中身邊的人,感恩擁有每天生活的小美好。每完成的一篇小文,等待外子的俳詩,有種按捺不住的興奮,就像準備打開福袋一般,不知裡面會裝著那些幸運有趣之物哈。

虛實之間

Spring Chen 2024/03/25 斜陽外美學堂

> 虛心而實腹
> 平居里巷無激逐
> 不問誰清濁
> ——林桑祿　俳 3/25

個人最大的幸運，是在退休之後，無意地發現了自己的使命。剛開始時也曾猶豫過寫作，不刻意地寫意的或者寫實的表達，也可以有更多的可能性，意識可以穿梭到過去和未來，從一個區域可以穿越到另一個區域。但執筆一年多來，有約稿的就投，沒約稿的就自己編輯與親朋好友分享。每一段段的熙熙攘攘歲月中，偶爾也會有令人沮喪的事情發生。因事制宜而想方設法轉化成了勇氣，事後學會安頓自己，便成為寫作的一切養分，格外享受一件件微不足道的小事，隨著不同季節之風的搖曳，將之串寫成一點點的微閃星光，懸掛於文裡的某一隅，於散碎的時光隙縫裡，放下所有羈絆，心無旁騖地檢拾回顧，恣意在遼闊文字星海裡徜徉。恰時結合晴空的週日之晨，帶著移動式的咖啡磨豆兼具手沖機，提早到嘉大湖畔得先機，品賞其中樂味之餘，接著輕鬆隨意拍出有意境，個人頗為得意的飛雲之倒影，將之當早安問候圖，有趣探索拍攝的角度與過程令人愉悅。

太極拳讀書會裡，楊醫師拋磚引玉提問：「虛與實之間的運用。」師兄們各自解讀闡述個人心得，最後包容性極佳的林教授

（宏恩）提醒，要將學習太極拳的精神生活化，雖然每個人的運動方式與時間的分配不同，但可以在自律運動與舒適間，找到支持自己持續活動的平衡點。這是我參與過的讀書會，很值得參考應用的重點，開拓我的視野，也發掘了潛能，不用逼迫自己，給每個人充分反思的時間，回去各顯神通認真地練習剛柔並濟的生活哈。記得美國的社會學家霍奇‧柴爾德（Arlie R. Hochschild）提出「情緒勞動」（Emotional Labor），認為情緒管理不佳，將造成精力的消耗。因此平日盡量學習以「深層動作」（Deep Acting）調整日常的情緒勞動，節約下來的能量，用於腦力和體力勞動，將精力聚焦在真正重要的人事物上。曾經個人情緒表達與真實的情緒感受有落差，消耗了不少的能量和精力，因此要及時導正個人對事件的理性詮釋，才能節省力氣。

每天就像是在游樂園裡，玩得可開心和盡興。特別感恩每週日和一群學識活躍，興趣廣泛，兼顧讀、看、觀察和學習的同時，在不同年齡和健康的範圍內，運動上一點也不退縮的師兄們，真好！

匆促
Spring Chen 2024/03/28 斜陽外美學堂

歲月去匆匆
遲緩手腳態龍鍾
慢活倒輕鬆
──林桑稌　俳 3/28

　　生活像是一系列的短跑般匆促，3月25日（一）陪外子到文化局，參與舊木屋的東門派出所文化基地，林臥雲詩書的策展會議，醫院臨時通知外子3月26日得回診取藥，工務又於當天中午突然跑來搭建幾支鐵條。該日又是「房子被兩賣」案，於員林地方法院的開庭，頭腦簡單如我，著實無法周旋在林林總總的法條裡，只好委請林律師出席。修行不足，仍一時無法以平靜之心，來面對曾經信任過的建商，最後，不得不訴之以法。有時人生真如下棋，走著走著總會遇到困局，來日，唯有接受偶爾力不從心的自己，選擇多見見世面，把時間多花在自我成長上，要能活著成為自己的太陽。

　　3月27日轉換心情，來到形同家人，有種感知的聚會場所，欣賞人的專長，看看年輕人，擁有不一樣的青春律動。細嚼慢嚥他們精心準備的廚藝時，帶著一雙發現美的眼睛，看到了有人的茶碗，非常的精緻，但並不適合自己來端，就像有人的衣服及鞋子再漂亮，也未必適合自己的身材和腳呵。

餐後的下午，跟隨著業務高手的麗玲，陪她看預售房去，藉以學習了解最近新的建材，好應用到「好宅」的整修方案裡。沒想到一車五人，竟沒人知道預售的地點在哪哈，笑開了懷，有趣地獲得一份小小而確定的快樂，開心的在嘉義市區度過半日遊，真好。藍天如洗，白雲輕舞之日，空出一份留白的時間給自己，通過獨處有節奏地更新精力，才能再次得到心底的能量，回顧扮演既是生活舞臺上的演員，也自當是觀眾的角色來寫出，一場場不斷上演的生活戲劇，每一次都是個人心靈的觸碰與昇華。其中最具魅力的場次，還是看到周遭多數的友人，都具有善良的品德和教養，或許也是自己價值觀的投射呵。

　　每寫完一個小段落，就起來活動身體，準備午餐，走動走動，喝喝水，轉換一下思緒，讓大腦放鬆一下，剛好沉下心來思考，足夠提煉一個個記憶點。膳後，接著上午的思路，又動起手來繼續寫，順帶做一些修補和完善之時，屋外竟然斷斷續續下起春雨來了。

　　雨停，從窗外探去草坪上的植物，生機勃勃，處處春意縈繞，於是，選擇傾情演繹好自己每日的角色，盡興而活！就把剩餘的能量都釋放出去，看看自己的餘命到底還能做出些什麼。畢竟，*Time is limited, only live once. Do something, anything, if not now, when?*

震後清明

Spring Chen 2024/04/05 斜陽外美學堂

警鈴響不停
山崩路斷屋宇傾
處處報災情
　——林燊祿　俳 4/6

　　每一次都無法確定自己能寫出什麼有感的故事。儘管有些內容，有人沒看懂，只能說，每一個字都承載著個人滿滿的情感和記憶。清明節，好好「清」理一下自己對人生的迷惑，窮思希望能「明」白生命之理呵。身在俗世間浮浮沉沉，但隨著時光歲月流逝，內心存有底蘊，可以將既有的一種形式，轉化成另一種方式而呈現出來，也許可以輕描淡寫地，將突如其來留在身心的印記，順勢釋放。

　　4月3日（三）近8時的地震始，一直至10點，共發生28起餘震，不禁想起1999年的921大清晨於睡夢中被震醒。即便25年過去了，每當發生地震仍是餘悸猶存，以至於這次地震後的餘震，每以為是自己的「幻震」，不知餘震何時結束，就這樣處在驚恐的狀態下，焦慮感油然而生。也因擔心再次大震，處於高度戒備狀態，隨時準備「逃跑」的模式，對任何晃動聲響，導致神經繃緊，過度警覺性的生理反應，產生了暈眩的現像，只好乖乖到床上躺平。緩和近半小時後，精神仍然無法集中，於是出門參加每週的例

行餐會活動,經由彼此分享地震當下的感受和經歷,得到情感上的支持,有助於釋放自己的焦慮情緒。下午請乖巧的怡萱,幫頭昏腦脹及肩頸僵硬的我,簡易地紓壓放鬆一下,又於夕陽正好的傍晚,再到世賢路三段的步道,有一段近百尺的桃花心木樹下快步行走,將精神包袱拋諸腦後,促進有「快樂荷爾蒙」之稱的「內啡肽」（endorphins）激放。晚間靜坐,讓身體恢復到平衡狀態,然後以不憂不懼的姿態,身心終於得到了安頓。

今日攬清風入懷,回到春天的故事裡靜坐後,感恩前兩天的低能量之時,知行合一,確實做到了去提昇自己的事務,以提高自己的能量。如今,品起紅茶之時,有感於任何人和事,真的都會成為過去,不須要跟它過不去。畢竟,日子不是只有天災的陰霾,還有柴米油鹽的平淡,更可選擇自己有月有花的心境,才不枉人間浪漫的四月天呵。

方圓

Spring Chen 2024/04/07 斜陽外美學堂

圓方規矩定
富貴貧賤人各命
樂道心常靜
——林桑祿　俳 4/8

　　日復一日隨筆書寫，寫作的過程，完全忠於自己的本心，往往沒有太多理性的思考，已不在意寫得好不好，而是出於一種心願，將對周遭的當下真實有感的人、事、物「寫入」，大多是生活基底的事。在筆電的文章裡，遇見一個全新的、無拘無束的自己，也常常體驗到了心理學的「心流」，不知時間的流逝，甚至忘記自己的存在。完成時，內心充滿的成就感，真的會讓人「上癮」。在雞毛蒜皮生活中，總能看見一束光，給予療癒，無形中，心似乎也跟著既堅定又柔軟了，開心地發掘出自己快樂的園地。但在一次又一次的書寫中，慢慢地發現到自己獨一無二的自由表達方式，經常使用偏愛的心理學和哲學穿插其中。當出現了瓶頸，總能得到澹然而處寂的外子，指出我的迷津，提點於吃飯、聊天裡，找出「主題式」的方向，然後深入淺出地解說。

　　思及近來很多時候，與平時各自忙碌，又互相牽掛，不用刻意想起的好友，淑惠家吃飯時，席間與氣度寬闊而篤行的廖醫師閒聊時，值得推崇其診所特聘醫師給予高福利的駐診待遇，他自己便有充分休息時間，病人因此可擁有更好的醫療品質，

創造出多贏的局面的做法，再次開拓了自己有限的視界。每次閒聊都有不同的主題，也因此啟發書寫的路向。因彼此聊得舒服又放鬆，相處起來一點也不累，更沒有任何局促之感。因此，與他夫妻倆相約4月5日（五）午休後，一起到清淨純樸的皓月精舍，欣賞拋卻了幾分俗塵之味的雅緻蘭花，行過林樹蓊鬱，恁蘭香盈袖，不知不覺間，周身似被涼涼的風洗滌過了一翻，身體顯得更輕盈，心情也跟著更加明朗了。

　　4月6日特意到精忠國小的附近，探望與外子同年出生的許老師，適逢他伉儷要步行前往妙雲蘭若，於是陪同邊走邊聊近況。4月7日太極暖身後的讀書會，郭文吉醫師提出的「方與圓」拳法練習示範後，林教授（宏恩）分享他在奇美博物館，開講的「化石與隕石」的局部內容，因宥於時間，只能待下週繼續……

走心柏熹

Spring Chen 2024/04/09 斜陽外美學堂

柏木已森森
兒時伴我到如今
熹光透樹蔭
——林燊祿 俳 4/9

　　近來早晚淅淅瀝瀝下著雨，眨眼之間，一個月已然過去都渾然未覺，如果沒回顧自己隨筆之文，壓根想不起來，這一個月時光究竟做了些什麼。給自己片刻，聽一聽輕音樂，想像自己是一隻似無骨的海底浮游生物，自己的身體便逐漸放鬆。瞄一下，4月7日拍的相片，興許是清明節假期間，思起故友，便到他過去的工作室致意了一下。貼心的佳莉，或許看出我的心意，不經意地拿出「老闆」留下的托盤，特用昔日一起喝茶的青瓷杯及茶點招待。鑑賞一下眼前的文物，淺嚐友人的「水金龜」，不礙她們的交易談價，隨即告別。

　　步履輕快，刻意繞到延平街探望一下，充滿了療癒身心靈的「走心畫所」。一直惦記著大學畢業於生命關懷科系的她，因為透過畫畫的抒發，體驗繪畫的美好，才讓自己從多次生命垂危的情況走出來。她說開業「畫所」以來，身體有時過度勞累，心也跟著累，心一累，整個人似快被瓦解般，想到前期一點一滴用心的經營，都將功虧一簣，只好振作起來，提醒自己，這

一刻不能輕言放棄，下一刻才會有轉機，要樂觀轉念，好運才會相隨！凝望眼前這位可愛的生命鬥士，禁不住擁抱她這份不輕易放棄的勇氣，將之轉化成自我鼓勵的提點，走向心中，搜索那些令人肅然的信念，投入書寫一些如其所是，可為流傳的故事。終究，人生就是一場場的遇見與別離。

4月8日，再到深耕20多年的柏熹進口衛廚公司的新據點，欣賞「錯層結構」的門市新空間，打破了門市制式的陳列和動線，彷彿在展覽中觀賞藝術品，感受到喜新又戀舊的實踐美學之精髓，尤其是上樓右邊那面仿舊紅磚牆下，格外引我注目，細膩地藏著有趣的巧思。負責接待的子豪，秉持著公司創業精神「正心誠意‧品質服務」，細細地講解龍頭試水區的設計廊道時，就像跟著他一起閱讀，自歐洲一路貫穿到亞洲間的各個海峽名稱，串連起歐亞海洋地理文化，創造出另一種展示精品的趣味，傳達出深刻的渾厚文化。而樓上剛安裝的經典廚具與中島設計，更令人跳脫對日常的廚房想像，營造出別有衛廚美學的舒適氛圍，全然感受滿滿的幸福之味，希望未來能將之融入「再哂別室」呵。

四分之一

Spring Chen 2024/04/13 斜陽外美學堂

婚姻廿四年
柴米油鹽自必然
總是兩心連
——林燊祿　俳 4/13

　　四分之一世紀的結婚紀念日（4月9日），外子第一次欣然答應與我偽浪漫一下，先到一個很舒服的小森林，像處在世外桃源的「陶花源」，靜待養生土司的出爐。放下手捏作品的陶淑惠老師，忙裡偷閒上樓，特沖了壺有年份的東方美人茶招待，重情的蔡老師也擱下手邊的工作，與外子一起聚聊一會兒，短短1小時的靜品後，攜著土司充當蛋糕到淑惠家小聚。

　　因生命有限，吃一頓賺一頓的概念，於是，請剛下班的廖醫師下廚，煮他令我想念的高營養價值又美味的海鮮粥。他邊備料邊述說著，主要是食材的來源，應用當季食物的自然屬性，簡單烹調，就會激發出在味覺上的最佳狀態，這是隱藏在美味之後，正是對「自然」的遵循，很多時候可以從書中獲得知識，但更多時候，是須要透過生活與經歷，才可將理論與實踐結合，這才是真正品味生活的真諦。

　　飲食就是會把氣味相投的人，緊緊聯繫在一起，飯後喝咖啡的時候，歷史系畢業的淑惠與腹有詩書而氣自華的外子，探討起《易經》與人生，縱有千般不同的意見與想法，但胸藏文

墨虛懷若谷的外子，依然小心翼翼地點到為止，留餘地給予自行斟酌。畢竟，言有盡而意無窮，一念不繫，萬般自由呵。若思想和情感認知上，能相容相悅的是一樁幸事，如視角與理解不同也無不可，有些範疇和立場上看待的事情，多少夾雜著個人信念，尊重才能維繫細水長流的情誼。

4月11日（四）外子經歷突如其來的陣發性眩暈伴隨著嘔吐，長期飽受耳鳴所苦，據耳鼻喉科廖學儒醫師診斷後表示：「耳血液流動變差及淋巴循環不佳時，就會導致眩暈，判斷是梅爾氏症（Meniere's disease）」。於是，拿了止暈藥後，旋即轉往濟眾中醫診所，請楊醫師針灸及徒手調理，他不斷的叮嚀回家要自己多按摩耳部周圍的穴位。

回到家中，聊起前天下午去參加日光讀書會時，提醒自己要用什麼樣的態度來面對情緒的波瀾，突破任何困住我們的枷鎖與束縛，藉此次身體的不適，再次整理好自己內心的雜事，反思目前真正的需要，始終得感謝亂了節拍的身體，讓自己將想法轉成順流的思維模式，實踐「隨順法則」（Law of Allowing），接受隨順而活的狀態，才能重新找回生活的平衡點。

日省

Spring Chen 2024/04/14 斜陽外美學堂

日日省吾身
善惡言行且細分
後果有前因
——林燊祿　俳 4/14

　　連日來，束手無策陪著病懨懨的外子，內心如同一臺永不停歇的戲劇，一幕幕的自我不斷編劇地演出，引發不少焦躁的情緒。於是，回看自己寫的日常隨文以靜心，昔日的許多事好像都忘了，隨著回顧，才逐漸記憶起來。當初寫作常沒設定方向就下筆，真是大膽又草率，但還是自我安慰一下，開始動筆電寫的「胡文」，寫不好才是正常吧。尤其，自律性的寫作，無非是為了存放自己的熱情和精力，選擇性地把當天最具觸動的事，一點一滴的構思表達出來，然後拓展成一篇篇小小的短文，如此反覆，竟然也累積一百多篇了哈。

　　時常太專注又急於完成文章，而忘記適當的休息，有時身體失去的平衡，導致身體開始發出抗議的警訊，因此，特放自己一次的太極假，發現一年一度的蓮花又來報到了，欣賞大半天，雖找到了平衡，卻又失去了寫作的專注，寫文的心思似乎也跟著凋零了呵。

睜睜看著唯一的照片，想起當今影像的時代，選擇以寫作去呈現生活日常的時候，到底還能呈現什麼，想到手機攝影發明了，繪畫還不是存在，並沒有消失，甚至成為藝術，因此繪畫就不再僅是寫實，而是成為創作。那麼用文字去寫一段生活時，日子就在心裡喚起獨一無二的思意，何況無目的自由書寫，是很棒的自我對話方式，終極書寫的境界，是創造自己的人生，更可以文字作為媒介的優越感，寫出讓退休後的自己成為有價值的人。為了讓思源像活水般，能不斷湧現寫出像點樣之文，長期保持閱讀中，才發現人外有人，有時以為淺顯易懂的內容，竟發現還是別有洞天。於是，再次重新塑造自我的寫作風格，融合自認為有價值的真實生活，盼寫出能引起多數人共鳴的文章，而不僅僅是個人生活的裝飾品。

　　在這一趟的文章列車裡，紀錄中途，有些人走散了，也記錄了不少在追尋風景，不經意地發現了最本真的自我。意外遇見認識了不少新友人，通常初識時，會藉著共同喜好有了話題，然而能繼續相處交流下去，往往抽離自己的角度和認為，便有許多的契合點，雖未必與之事事相關，卻也成為日後偶而惦念者之一呵。

視覺心像

Spring Chen 2024/04/18 斜陽外美學堂

現象物之形
心中最要是眞誠
週三敘友情
——林燊祿　俳 4/19

4月17日（三）隨外子到就近的寶雅中醫診所保養身體，看到外子的「龍」字正在抬頭處，順手留個影。護士小姐說：「不少陪同患者的家屬都像我一樣，一進門被吸睛的『紅龍』引起拍照的意趣，有點像是的心情轉換的提醒表，病人也跟著舒眉展顏，病情穩定許多喔！」在此，真正體現出外子的書法，並非高不可攀或者曲高和寡，而是這麼接地氣呵。外子說：「文字、藝術也是視覺心像（visual images）的表達，「文字」能如漩渦般，收斂心性於一點，逐漸會令人集中精神，而達到放鬆自己、釋放壓力的效果。「藝術」在醫界更被視為是一種治療的工具（Art Psychotherapy），可以傳達無形的潛藏心理訊息，從中獲得自我的認知與轉化的力量」。其實，依個人淺見，能改變力量並不是來自治療本身，而是來自於「自己」，自己才是一切的源頭。

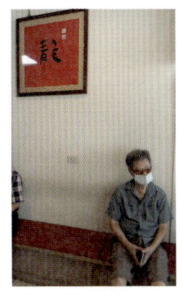

週三聚餐中，很高興又認識一位新朋友，剛好曾想過去上長照的課程，她就出現了。談到原生家庭影響一個人的視野與格局，擁有滿滿的正能量理念，營造一個自然對話的空間，每個人成為快樂的主角，分享生命的美麗故事，讓彼此生命更圓滿。

一週之始（4/15），不讓憂慮帶走有限的力氣，藉個不曾後悔自己的選擇，補個結婚紀念日的大餐。新菊的老闆親自掌廚，煙火升騰，同時慢慢地介紹，每樣的食材產地，除了豐富了視覺上的享受，感受著桌中一道道不同滋味，在舌尖交替舞動的饗宴，很是珍惜這個過程。而他的公子在旁，也特烘培了一個養生蛋糕贈予祝賀，添增不少幸福滋味。無論之前發生再大的事，到現在都成了只是小小的故事，有餐暖胃，有祝福暖心，就有多麼的溫馨！儘管，一路走來，仍少不了有風有雨，有陰有晴，生活可以質樸也可偶而奢華，感受不同的餐飲，可也是人生的一大享受啊！

德來一筆

Spring Chen 2024/04/23 斜陽外美學堂

七弟來相敍

歡言細數兒時趣

髮白如綿絮

——林燊祿　俳 4/25

　　4 月 22 日（一）與外子陪同來自香港的林德祿導演（外子七弟）與其女友 Teresa，到臺南的大仙寺，觀賞刻在三寶殿檜木柱子上，外子的墨寶，繼而又到會客室與外子的留字合照。用完素齋，旋即轉往梅山鄉三十六彎的太平雲梯，找朋友喝茶聊天。巧遇慈眉善目、精明能幹的嚴清雅村長，熱情地贈以紅茶，還不忘請導演攜回香港廣為宣傳。晚間逕抵剛榮獲「2024 世界竹先鋒獎」的王文志老師家。他熱情地以煎餃相待，座中結識了澳洲 Cave Urban 創辦人 Nici Long，初次見面，僅簡易交流一下，天黑了，即告別下山。玩了一天，早早休息，沒想到今晨 2 點多被地震的警報聲驚醒的小 B（林導演），住在 8 樓飯店的他，無法再入眠，徹夜準備逃難狀態。看到他堅強，似乎被地震逼了出來，更看到 Teresa 的韌性，可能就被他訓練而來呵。

　　4 月 23 日接他們到陋室參觀一會兒，又到「好宅」途經地藏庵，欣賞圍牆上外子的詩詞，午膳後轉到柏熹品個咖啡，即送他們到高鐵站，隨後與外子再到寶雅中醫診所，給相當具有

同理心的張寶源醫生把脈，脈象平穩，至於頭暈可能與地震有關，據知地震之夜，很多人似乎都沒睡好呵。

　　三天短暫接待，相處的每一刻都是美麗，看到血濃於水的兄弟倆，沿途於車內，時而鬥唱粵曲「一葉輕舟去……」，互相吐槽嘲弄的情景，時而很零碎而開心地聊及小時候種種有趣的生活。聽著外子的聲音越提越高，顯然身體的元氣逐漸復原，我的心情也跟著豁然許多。

　　第一天（4/21）林導演曾問我：「六嫂的隨筆之作，有何技巧？」個人僅是習慣在沒有喧囂的晨間或夜裡，閱讀外子的詩，時而溫柔，讓我陶醉；時而深具哲學的深邃，令我思索，字裡行間的智慧與情感開始流淌，如同沉香一般，沁入骨髓，陪伴著我走過一點又一點的時光。這些習慣隨著時光的流逝，喜愛讀詩的感受，愈發深厚，進而靜心地寫作，成為生活中不可或缺的一部分，如是找到了自己的位置，找到了心靈的歸宿罷了。事實，一直沒有一個完整的表達方式，僅用自己淺薄的閱歷和有限的儲備知識，依著個人能夠描述的情景，選擇認同的觀點，將耳聞目睹的故事梳理順了，興高采烈便下筆電，有時想要及時完結，急於分享給大家，仍有諸多無俚頭之語的產出。所幸，總能放下包袱，不被制式所束縛，更不被外在評斷所羈絆，就能繼續不斷地自我成長與突破，在寫作的過程中，不自覺會將深藏在內心的想法與感受進行外化（Externalization）表達，或者透過內

省，如此自然地帶來成就的喜悅感，猶如外子補充了對藝術的認知：「藝術是將個人的情感和思想，藉由媒材表達出來的作品」，而「胡文」便是將自己的情感和思想用文字表出而已啊。

境非境

Spring Chen 2024/04/27 斜陽外美學堂

>紅塵皆幻境
>百載人生如泡影
>無分甲乙丙
>——林桑祿 俳 4/27

　　春雨滌塵後的平淡日子，4月26日約了磁場頻率相同的淑惠，到全區植栽七百棵的落羽松，搭配九萬餘林灌木，法式莊園風情的泰勒瓦咖啡廳品茗。在凡常的嘉義市光景中，可以活在自己日常生活的豐富體驗裡，選擇感受到不一樣的微風與細雨，坐在唯我兩人的寬敞的廳內，沒有包袱累贅的負擔，自在地盤起雙腿，輕輕鬆鬆地聊聊，過往年少輕狂而不可思議的橫行日子，快樂的笑聲迴盪在空間，身心一直處於鬆弛狀態。整個下午就這樣聚在一起，浸潤在「無目的」清歡氛圍中，享受當下的美好時光，真是人生難得！

　　4月27日午間，雨後靜靜看著，陋室外於年前，從住雲林縣的同事蘭園裡，攜回來的蘭花，不受雨滴飄灑的影響，無聲息地再度綻放。須臾間，竟有種看花，不是花；看境，不是境，而是遇見了自己的心境呵。個人發現，因寫作之故，不自覺對環境和自己的內心，似乎都有了不錯的敏銳度，一次又一次驚艷這些微習慣帶來的喜悅。於是，將寧靜之姿留影，傳給微暈的外子當提神，好賦予一闋詩來。

想起日前，市府輔導員告知，盼整修「好宅」改造圖稍做微調，以符合嘉義市府的規範。對竹木情有獨鍾的王文志大師在百忙中，撥冗於4月25日再次趕來陋室，繪圖給寡聞的我去理解，既要具像表達出木都的建築，又要表現不僅是一座房子，而是一個「藝術品」的特色，如何將易朽之木屋結合異材質來鞏固，整修成了獨樹一格的風味，同時能消除地震之憂。沒有高高在上的理論，而是根植於他來自山裡的自然經驗，以及回溯他多年來，實踐獨一無二空間裝置藝術的融入。不厭其煩地一再協助，幫我釐清的瞬間，彷彿已扎實地整修出自然「再嗮」的美好空間，入微而靈動地開啟了以「藝術」為路徑，創造出舊屋的新表達方式喔。然而，在溝通之際，重新檢起碎片的印象記憶，試圖拼成有意像而精緻的轉述，還是有難度的勉強傳達予協助電腦繪圖的家華，最終提醒，創意美學之舉，還是得要讓舊屋為我所用，而非為藝術所累呵。

雨後

Spring Chen 2024/04/28 斜陽外美學堂

> 雨浚穿花逕
> 草潤苔鮮溪水淨
> 禪機心內證
> ──林桑祿　俳 4/29

　　堅持自己既定的節奏，例行週日戶外運動，雨後的嘉大校園特別清新，恰是成排海檬果樹的盛花期，看著白色帶紅心的花朵，在濃綠葉片的襯托下綻放，猶如點點繁星在夜空閃爍。被雨水打落在步道上的潔白花朵，捨不得踩踏，忍不住蹲下來，撿拾一些花兒，細賞花瓣竟向同一邊歪斜，就像旋轉中極為可愛的小風車，添加一抹搶眼的童趣。於是在樹下停留了片刻，瞬間有陣微風吹過，竟帶來落英繽紛的驚喜！思緒也隨那風乘著洋流，暢遊海外了呢！

　　循序漸進，穩步推進，環繞蘭潭的步道，鬆弛地調息走了一大圈，回到家，倒頭就睡了。醒來遂心無旁鶩的規律寫作，直觀地寫至文字一些量，積累到臨界點，再精簡較為有質字後，展現成文。今日這樣一動一靜的生活狀態，有點像一陽一陰之變，動與靜，就像二進制 0 和 1 之間的轉換，存在萬事萬物之中，「時行則行，時止則止」，都須要具有「適時」、「適位」與「適中」的判斷力與適應力，使事情自然的發展，結果自然的發生。

自己也像「飛蛾趨光」一樣，喜歡與正向快樂的人交往，4月27日晚間，帶外子「飛」到生活很有韻味的淑惠家，與廖醫師閒聊，簡潔的交流後，覺得自己有那麼一點點擔心外子的身子，不過是生命環節中的小插曲，沒什麼大不了的，從而得到好能量，學會轉移，把時間和精力用來投注自身，才能養好自己身體，過上好生活。正如柯克（Richard Koch）倡導一個觀念，整個人先放輕鬆，享受更多的生活，把時間花在那些有趣、有成就感，或是對好朋友有用的一些事情上，把注意力集中，在對個人最攸關重大而少數的事情上，成就會更大。也就是將80/20法則，延伸應用在個人生活層面，只要能專注個人生活滿意度較高的關鍵（健康）之事，自然能輕鬆地達成較為快樂和滿意的生活。

日光曬思

Spring Chen 2024/05/01 斜陽外美學堂

日出光山海

革舊維新思想改

知行為主宰

——林燊祿　俳 5/1

　　轉眼來到初夏的五月了，一年又過去了三分之一的時光。4 月 30 日雨後，趁天氣正好，午間與外子就近到路口用膳。一切事情的發生都是最好的安排，有了寫作的喜好，在興趣中獲得滋養，自導抓拍「實」像，體現即時性，玻璃的浮光掠影，意外映出另一「虛」的影像，隨著光線不斷變動—閃爍、明滅、突發，交錯的光與暗建構出美學的「虛、實」，反射出實中有虛，虛中有實的景象呵。腦海浮現出虛虛實實，很多是孜孜以求而得到的，到後來，只不過是一場虛無，也有不少是心心念念的願景，到頭來，就像是海市蜃樓。總是自編了幻起幻滅的人生劇場，頃刻間領悟到，自己往往只看到對方的不是，卻沒看到自己的不良習氣哈。

　　再到律師事務所，試著將自己置身「事」外，自我的期許、態度和信念決定放下個人情緒，畢竟當局者迷，容易錯過關鍵，商權民事和解之後，對方仍未履行契約的下一階段，委請專業的林德昇律師全權處理之。轉身回家，便把精力用在置頂，專

心投入未來整修「好宅」的目標上，與協助整建繪圖的家華，一起尋找一切可能運用的資源。睡前，瞬間，感悟到自己活在這世間，像似流星劃過，如果有人看到了，就像是一道閃電，沒人留意了，就只是人間的一個過程呵，但無妨，睡足！

　　晨起，聽屋外的細雨綿綿過後，慢條斯理地敲動筆電的鍵盤，感謝身邊的外子及無數的親友們，陪我體驗每一段不同的人生歷程，更成為文中的主角，同時感謝生命中真實（Reality）的每個瞬間，這都是生命賦予我的寫文的禮物。思及殷殷鍾情於4月29日（一）參加，讓自己成長而感到快樂的賽斯（Seth）讀書會，懷有純樸心內情懷的日光，輕輕述說著創業的過去，描繪著生活的清清淡淡，個人則默默享受著當下的提點，傾聽和吸納其他的信息，再次喚醒內心更好的信念和更大的力量。於是，準確地對焦生命的重點，慢慢地轉換人生的視角，靜靜地意識著未來，心靈得以淨化。此刻，回想的心情，依然寧靜，由衷感謝精神科醫師（日光）精準的導讀與分析，蕩滌雜念，平穩近日繁複的紛心。

鏡花

Spring Chen 2024/05/05 斜陽外美學堂

鏡內花兒俏

鏡外佳人輕展笑

花開人卻杳

——林榮祿　俳 5/5

　　清爽的晨間到嘉大湖畔，於樹蔭婆娑下，做完暖身操後，順手檢拾滿滿香氣撲鼻的雞蛋花置於桌上，靜坐一隅，清水一杯，神會一下南北朝的謝靈運：「首夏猶清和，芳草亦未歇」的風景，靜靜地感受，初夏的美意，感恩太極公園派的師兄，覓得適當的新場域，很能安定心神的空間，可以再次恣意地放飛自我呵。

　　思及 5 月 3 日傍晚，文心與 Franck 的藝緣一線牽，邀請旅居法國 40 多載的藝術家，毫無矯飾的陳奇相老師蒞臨陋室，誠摯地語言表達出他對藝術的純粹熱愛，一再提及「藝術創作要與生活探索及對生命感知作結合」，不斷與具有不同視野的外子酣暢交談，聊及「相對與絕對」、「偶然與必然」既相互聯繫又相互區別的兩重屬性，反映在藝術方面的哲學思維。

據知熱愛巴黎人文，娶了法國女子為妻的陳老師說，1956年生於臺灣屏東，1982年留學法國，從事藝術創作及研究的工作，出版了《巴黎藝術之旅》及《花都採花》，又以其近距離的觀點與實地之展覽影像，記錄闡明80年代歐洲的整體藝術，對當代藝術提供了獨特的見解，於2002年出版《歐洲後現代藝術》。

個人印象深刻於去年，驚賞到陳老師的〈鏡花水月〉作品，反映虛實的效果，讓鏡中映照成趣的虛實畫面，也讓水面映出鏡面的虛虛實實。陳老師：「在鏡子裡遇見自己，那誰是自己呢？離開鏡子，我在那兒」。外子回應：「唐代澄觀撰：欲達心源淨，須知我相空。形容何虛實，念慮本無從。豁爾靈明現，翛然世界通。」真令人喟嘆的對話！對於藝術哲學沒有相當水平的我，只能理解了一點點哈。

順流

Spring Chen 2024/05/07 斜陽外美學堂

> 扁舟放順流
> 不問前程任去留
> 浪湧幾沙鷗
> ——林燊祿　俳 5/7

　　4月6日上午，臨時為了伸展自己的機會區域，偶爾給大腦刺激一下，隨機順流的邀請睿智堅強而理性的外子，一起抽離陋室，及時趕到「好宅」旁的咖啡廳，捕捉到瞬間的「儒王與惠后」現實影像紀錄。總是會找樂子的廖醫師，覺得自己就像國王一般幸福，可以自在地享受皇宮的上午茶點，正在從事《明熹宗實錄》點校的外子，不疾不徐地回：「我們是比國王更自由幸福。」在旁喜歡聽他們簡單而富有哲理的生活對話外，同時也對保健實實在在的理解越多，就越能坦然面對老化的身體。剎那間，驗證了「應無所住而生其心」的奧妙呵。

　　午後再去參加日光讀書會。進門時，正論及我的隨意之文，其實，只為打發退休後的時間，透過寫作成為日常生活的一部分，不斷調整自己的認知與日常行為，無形中竟然填補了自己的心靈上的空隙，每天選擇設定一個小小的真實方向，只能寫些親身感受的人和事，用平常的思維情感去理解，以平鋪直述的方式寫出，如此一點一滴地完成自己的小目標，心中就會帶來愉悅感，這也算是自我實現的過程，更是在積累非文科班的個人能力，試試看可能實現自以為是的終極目標，能搭配上外子的俳詩出版哈。

入會所坐下，彼此有趣的自然交流，開心的吃著會友們用心種出來的木瓜，那可口香甜的滋味真是盈溢身心。在此不用把社交面具牢牢戴在臉上，不用費心去討好誰，不須要邏輯性的傾訴，不害怕泄露心事，但聊及個人的邊界利益被侵犯時，情緒仍有點激動，大家適時提醒，不要與犯錯的對方糾纏，才不會被二度傷害到自己。思緒齊飛的情緒，在此又得到一個心理的樹洞，真正獲得自由，不至於陷入深淵過久，整個下午，就這樣沉醉在輕鬆氛圍裡，過得特別舒服自在。

　　回家與外子分享，這是一個可以改變人生軌跡的讀書會，希望下週他能一起去學習。精力有限的外子指出，社會心理學家費斯廷格（*Leon Festinger*）：「生活中的10%，是由你發生在身上的事情組成，另外的90%，則是由你對所發生的事情如何反應所決定。」又強化了我的信念，不再被雞毛蒜皮的雜事所困，心才不會累。再次感謝日光及與一起充電的會友們，協助起起伏伏的心情，能快速切換而迅速獲得療癒的同時，鋪展出一顆更堅實的核心，提昇順流應對事務的能力。

母親節

Spring Chen 2024/05/12 斜陽外美學堂

孝子數曾參
鳥有烏鴉反哺恩
羔羊跪乳心
——林燊祿　俳 5/12

　　母親節，看到朋友圈各種關於對母親的讚美與祝福之語，一片溫馨美好的生活，就這般愉悅地迎面而來！沒有預留時間，更沒有太多的裝備，一早踩著單車，朝嘉大蘭潭校區方向前行，在市區沿途放鬆自己，將身心歸於自然，竟進入不知名的道路盡頭，又迷失了哈。眼球被大片的草原，以及蔚藍天空中，有著泛白的浮雲給迷住了。目睹那遠處美麗的地方，深吸一口氣，腦海一片清明的狀態，忍不住下車拍照。每一天的驚喜遇見，都是獨一無二的孤版，日子過得真是無法按下暫停鍵的快樂呵。

　　太極拳團練後，閒聊家人溝通模式，隊長師兄問：「在家會與先生談天？」家常在晚膳後，燈火可親的陋屋，與閱盡千帆的外子聊一小段，將每天所遇趣事的暢聊，不僅是情感的慰藉，也是彼此心靈的擁抱，心情總會讓人如沐春風般的舒適。還有透過隨筆的精神寄託之文，成為另類溝通的交流方式，除了能夠擁有一段和自己深度相處的時光，外子更是我的心靈最佳捕手呦，無形中墊高我的人生量度，更提昇了我的格局。

就在母親節日，分享小時候總覺得，母親無所不能的持家，後來才發現，她就是一直在盡自己所能，讓我們生活過得更好一些。有朝見到頭髮變白了，背身也彎了些許，反應也變得遲緩些，但即使偶而忘了自己，卻不會忘記繼續愛著我們。最幸運的是41歲才生下我，有生之年，欣慰看到我完成終身大事的美好瞬間。

　　又聊及5月11日，失約了原本有個慶祝母親節的餐會，主因是晨起卻一直打噴嚏流鼻水。於是就近看了醫師，10點多吃藥後，竟然全身乏力，嗜睡到下午近3時。不敢再繼續吃那些副作用對我產生頗大的藥品，卻又深怕病情惡化，只好硬著頭皮，再次麻煩淑惠，請教休假中的廖醫師，該如何是好？他們一如既往，仍舊懷著一腔熱誠，當下電話問診並為我備好藥品，令我相當感動！於精力和活力有限的情況下，趁記憶仍然猶新之際，順寫下這一幕交心的人生真味。

足矣

Spring Chen 2024/05/14 斜陽外美學堂

　　那管紅黃綠
　　但得花開心意足
　　門前且栽竹
　　　——林燊祿　俳 5/16

　　原本想把陽光正好，微風不燥的 5 月 13 日，過得像詩篇，準備下午騎單車途經世賢路的腳踏車道，可以慢悠悠地抵達令人期待的日光讀書會場，卻因我的感冒病菌，傳染給術後未復原的外子，他發燒了。日子因而就變成了，靠不了的譜，又著不了調的一天呵。生活，就是會有不少的情非得已，也有在所難免的無可奈何，但依然要像路邊，那些長在濃密的大樹下的小草學習，韌性地破土而出，仍能分享到雨露，也能沐浴到陽光，才能恣意繼續生長著呵。

　　嘉基突然來電告知，外子身體檢查的日期可往前調，得立即先抽血去，旋即，開車送外子驅往醫院抽完血，再緊急轉往廖醫師診所打針，拿退燒藥後，將外子送回陋室休息，又以最快速的方式趕到讀書會場，竟已是 4 點半，喘個息，喝個水，感謝老天的厚愛，很是幸運地聽到最精華人際關係的篇章哈。

當下覺得人與人之間，最舒服的關係，就是在這個讀書會裡，可以短暫拋開生活的潮濕與沉重，不用躲在自己的角落裡，更不用刻意偽裝成別人喜歡的樣子，也不須假裝堅強，只須要做自己，便毫無顧忌且無意識的分享一些，自己真實的過往事件，沒想在場每位有趣的靈魂，一次又一次地開了懷大笑，瞬間，麻木的自己，也無由地跟著傻笑呢。

　　儘管自己最清楚身心的健康，唯有靠自己調整，但有著日光引導的讀書會，就像似多了一臺生命的發動機，不時提點順流，成為啟動生活的放鬆劑，才不致於偶發事件來時，困在一方的天地裡，就在這一刻間，豁然於結束前，真切地表達感謝淑惠熱心的引薦，更感激具有精神科專業底蘊豐厚的日光醫師夫妻，每週不辭路途之遙，這樣無償地自臺南到嘉義，一點一滴地細細的引讀與及時的回饋，有幸遇到這麼棒無私的貴人，人生足矣！

擺渡

Spring Chen 2024/05/24 斜陽外美學堂

擺渡無人問
舟橫菅豎黃昏近
衣單寒陣陣
——林桑祿 俳 5/24

又是一個愉快的早晨，正值五月中下旬之間，雨水欲來的天氣，微微地帶著絲絲的涼意，吃完早餐，沖壺古樹化橘紅茶，被咳嗽困擾一夜的外子，品完一壺茶後，再度安神夢遊去。偷偷留個影，見證術後三個月來的氣色，依然如昔的樣貌，沒費周遭親朋好友們的關照。飲食方面，除了三姊及姊夫每週六日的送餐，每週三友人不吝的固定給予提供，由專人掌廚，不惜重資，道道精品入味的午餐及茶點，還有時不時，淑惠的即時營養餐食及精力湯的補充，以及百忙中偷閒下廚的五姊，動不動就煮送過來的甜品或補湯，著實銘感五內。

5月23日參加嘉義舊監獄宿舍區的一部分，走讀維新路旁實驗木場，席地而坐聽著講師細膩的介紹，說明整修木建築設計上，尊重原本基地的紋理價值、與歷史建造的記憶，應用日式宿舍的基本屋架修建而成，此空間將作為木匠及木構建築的實驗場域。個人一直仰首望見落地窗外，對出去的火紅的鳳凰花景，看

著高處滾滾而來的勃勃生機，心思真的很難再牢牢地專注在講師的解說上哈。何況，鋪在戶外的石頭被近午的陽光照得閃閃發出的亮點，像似招喚著我出去玩耍呢。想到明年若順利搬來「好宅」，可就近參與木作相關課程的體驗活動，又可生活在這個深具廣度及深度的木都宿舍群旁，就感到快樂無比呵。

　　下午再到日光的讀書會，停下腳步，又是一場精神層面上的滿足和滋養，每次聽完日光的平和引導，總能撫平心頭上為俗事引起的所有褶皺。當下邊聽，不自覺向內自我探求，心情也因此逐漸變得平和放空，不會在瑣碎的雜事上，無謂地消耗與沉淪，自然有一股活水注入自己的精神世界，於是煥發生機，又有寫作的動力，思及 surrender（臣服）的能力，真正的接受，是一種對生命的深刻理解和體會，無形中具有強大的柔韌力量，又是一次自我信念的提昇。儘管生活並非一直風平浪靜，但在一次次讀書會後，學會自我擺渡與調節，能在現實忙碌中腳踏實地生活，同時能感受繁雜生活中的樂趣。心中滿滿的感動，感恩在生命中出現的每一個不可或缺的貴人。

萬法唯心

Spring Chen 2024/05/30 斜陽外美學堂

> 萬法本由心
> 廟宇莊嚴佛塑金
> 旦暮誦梵音
> ——林燊祿　俳 5/31

　　每次看到外子的字「竹雨松風皆是禪」，像蘊涵著一個美好的隱喻，好比他每一首詩的背後，都藏著一種見識與思想，沒有多愁善感的情意，更多的是心靈與智慧的啟發。他總會從我文裡，透視千姿百態的生活，感受到我的喜悅與感動，時而難過與傷懷，時而孤獨與隱忍，甚至有時窘迫與脆弱的狀態。隨著歲月的淬煉，靠自我內在的信念化為驅動力，推著自己學會越來越快速的把過往翻篇，因此不斷地重啟自己的生活態度，有時選擇像蒲公英的種子，生活隨風吹到哪裡，便在哪裡落地，堅韌的生命能生根就生吧。畢竟，日子就像手中的一支筆，可以認認真真地拿好了，從一筆一劃開始，工工整整的書寫，也可以歪歪扭扭的落筆，稀里糊塗地塗鴉也是一天，都是自己的選擇，無人可替代個人的昨天和今天。

　　5月28日（二）上午滂沱大雨傾盆而下，帶來了清涼，輕鬆地整裝好離臺的衣物。近午時分放晴，趕緊與外子看醫師（學儒），取些外出的藥品後，到關鍵時刻，總能及時給予溫暖與

力量的淑惠家用午膳。隨後即運用市府強大的輔導資源，感謝細膩體貼的權豪協助文案，完成一件重大之事，就是將「好宅」整修計劃書，歷經大半年的努力，如期送到市政府的都市更新科備審，心中如釋重負，用一天認真生活的必然，去遇見一瞬又一瞬，看似偶然的人生妙事，真是把日子過得相當充實而愉快。

5月27日（一）陪外子回中正大學還書，順到咖啡廳，品著郎先生的獨特咖啡，外子閒聊：「不斷的進修唸書，五年、十年之後，人生可能就會產生不一樣的結果，至少可獲得思維上有所改變的自己。」一直保持寫作的習慣，同時為了充電自己的有限性，也養成了閱讀，真的意外突破不少的固有思維，日子過得像是一部現實的戲劇，聚聚散散，吃吃喝喝，沒紀錄就無聲無息地過去了，回顧生活總是如此樂樂呵呵地精彩繽紛。縱使，有時仍難逃病一場，就省心地把它全然托付給上蒼，便沒有恐懼，養息靜待老天給予的提醒為何？進入自己的蟄伏期，唯用最寬的心，「接受」每次突襲的人生課題，任何事，都可以緩一緩，保健好身體，真的是刻不容緩啊！

覺醒

Spring Chen 2024/05/31 斜陽外美學堂

棄暗趨光明
惡念消除道義行
恆懷赤子情
——林燊祿　俳 6/2

離臺前，除了做好身體健康全面檢查外，當然也來檢查心理現況，因此5月30日請外子一起來到日光讀書會場，省察一下自己的情緒，調整自己的思維及浮光掠影的生活狀態。輕鬆喜悅的來到會場，一直覺得每個與會者，都洋溢著歡樂。原來是積極樂觀的我，自身內心的自我投射，與建構出的氛圍哈。

會中，生而帶著一盞光的日光，總是無償地細細導讀經典，濃縮高靈所傳達的智慧之語，即引起第一次與會的外子，聯想中西哲學的代表人物。聊及莊子：「一尺之棰，日取其半，萬世不竭」的名言，他進一步解析：「有限與無限的觀念」。還提及康德「物自身」的思想，說明超越於感知範圍的對象，康德稱之為「物自身」（Thing-in-itself），而人所感知的，只是物的表象而已。由物自身與人的認知功能，共同建構的對象，則稱「現象」（Apperance）。以杯子為例，人會看見杯子外在的現象，但杯子卻有其「自身」之物。

回程車中分享:「牟宗三先生寫成《智的直覺與中國哲學》一書,順著海德格的思路,釐清『現象』、『物自身』與『智的直覺』等幾個概念。牟先生以現象及物自身的區分,來完成儒家的道德形上學,補充了康德的不足。」

　　在短短2小時的會後,意猶未盡的外子,真是難得,願意繼續交心了一個多小時,感謝日光耐心地傾聽外子個把月來,述說不能自主的身心困惑,同時感謝小藍魚自身病痛的經驗分享。這些看似瑣碎的對話,正是在關鍵時刻,給睿智的外子很快的釐清,他自己應有的生活步調,當下便意識到,是該調整自己的生活習慣與研究的狀態,多點時間運動。應驗了亞里士多德(*Aristotle*):「人生最終的價值,在於覺醒和思考的能力,而不僅在於生存。」(*The ultimate value of life depends upon awareness and the power of contemplation rather than upon mere survival.*),誠然,具有磁性專業精神科醫師背景的日光之語,顯著的啟動了外子的覺醒,也是此行最佳成效呵。

　　會後,說到做到的外子就身體力行,立即自我更新行為,放下手邊研究資料,陪同我到中醫診所領完藥後,轉往友人處喝茶,當下即與曾有過梅尼爾氏暈眩之苦的友人,學習如何運動保健。回到陋室,看到外子已然積極地重拾,練起他喜愛的八卦拳活動,心喜安然於他內在的光,將成為黎明的太陽。總在對的時間,有機緣遇到對的人,適時喚醒身心靈,感激之意,著實溢於言表!

豐實

Spring Chen 2024/06/04 斜陽外美學堂

豐盛了心靈
幾路風霜幾路晴
莫阻我前行
——林燊祿　俳 6/5

　　近日，常有說來就來的暴雨，有時下得有點令人措手不及。6月2日（日）雨彈不停地炸下，但仍把心情調成靜音模式，按自己的生活節奏中安穩前行，早上攜著咖啡道具前往嘉大，先行運動暖身後，靜靜地聆聽著落在雨篷，滴滴答答時大時小和諧之聲，自身有股純粹的活力在流動，悠閒地等待師兄來手沖咖啡，同時，淡然獨自享受，這一份來自大自然饋贈之禮物。

　　6月1日（六），說走就走，開車上梅山買了些阿里山咖啡豆後，順路轉到，收藏不少外子墨寶的百福家具店喝茶。入門即見到30多年前舊識，清華山德源禪寺的住持（傳昱師父），因緣而聚的淺聊，以往有些沒再聯繫的人，沒留在腦子裡，時過境遷，那些曾經的影像已模糊了，隨著時光流逝早已翻篇，也許折疊在歲月的年輪裡，已然不復記憶了。如今僅能關注當下極為平凡的點滴日常，投入此時的心念，日子就是這般因情而暖。

6月3日恰逢自己喜愛的西方現代主義文學鼻祖——卡夫卡的百年忌日，上午到衛生所注射23價肺炎鏈球菌疫苗，又到臺灣銀行兌換港幣後，沿途走走停停，路經蘭井街「檜」之店家，進入打個招呼，逗留一下。沒想到，鳳琴得知我的生日，立即請鄰居休息日的店家（山腳甜食），特地為我烤個小乳酪慶生，其實，於前晚，淑惠已與早我一天出生的廖醫師，辦了慶生會。連吃兩日精緻的不同糕點，心頭一樣甜甜蜜蜜，享受這些有滋有味的甜點，以及有聲有趣的人情，感覺很棒！儘管曾經的青春早已走遠，有過的夢想早已淡忘，少了青春時期的活力與任性，依然格外珍惜，藉著生日之名的交集時刻，和她們愉快地相處，吃喝些讓身體感到開懷的食物，快樂油然加倍而生哈。

　　想著那些快樂的時光，帶著開心又來到日光讀書會場，彷彿到處都有微小的奇蹟，意外聽到外子談到寫書法心得，用專業的語彙和深邃的思想，巧妙地融合在一起開講，像珍珠般的詞句，不時地散落在他的書法作品中，如此無數的瞬間，見其精氣神似乎完全恢復的樣子，又建構了個人幸福之境。會後，感念逸萍又特意留下來，用半小時耐心地慢慢教外子呼吸調息大法，通過吸納內心的能量，來體驗並感受生命的律動，滿載有形與無形的豐盛之禮而歸，合十感恩。

前行

Spring Chen 2024/06/15 荔灣芳村

親人分兩地

今朝聚首何投契

但願常聯繫

——林燊祿 俳 6/16

短暫的晨間，慣例靜坐黃金時段，讓大腦放空。用畢早餐，回顧 6 月 8 日抵達香港的旺角，外子辦理完申請有關證件後，入住 Stanford Hotel。晚間會見五哥（梓祿）、嫂及其兩個孩子（湧健與韻詩）與細 B（德祿）夫妻。週六（6/9）新亞研究所學弟們的熱情接待，雖聽不懂他們粵語的對話內容，但可以感受到大家對談時的開心，尤其看到外子露出久違難得的笑容，舒心的片刻，我的心情像似多日陰雨中綻露出曙光，回想起離臺前外子身心不穩定的狀態，一直秉持深信親友們關心的力量，將成為注入不竭的前行動力。

6 月 11 日（一）抵穗後，因紅醉館黃總收藏外子的書法緣分，除了接受何老師的密集身體調理外，6 月 12 日到芳村茶葉城的真葉堂拜會，初次見面的堂弟（志成），大老遠見到身型，彷彿是 20 多年前的二哥（棟祿）瘦一點的體態，近距離一看，

神似大哥（柏祿）的樣貌。連三天的接觸與閒話家常，聽其慢條斯理的舒適談吐，漸漸明白時代背景下，林家的來龍去脈，更是見識到強大基因，性格近似外子慢燉的研究態度，習慣自學的志成，延伸自己的思維，體現在他茶文化的世界裡，果然是一家同路人呵，有著各自專業學識，同時又具有同頻共振的驚喜感呢！

6月14日到六榕寺，樂見百忙中的王導師，用過午齋後，沒想被他拍下匆匆離別的有趣背影，正愁想沒留影，菩薩就來幫我了哈，增添了平淡之文的悅目活色之景，僅將近日來所發生比奇幻電影還妙之事紀錄，感恩這一切最好的安排與遇見。

112 值得君度

Spring Chen 2024/06/19 穗荔灣

> 梁兄到穗來
> 聚也匆匆亦快哉
> 喜得仰君才
> ——林燊祿　俳 6/20

　　這次來穗，認親後又遇見志成堂弟的鄰居，剛自新疆旅遊回來，青春洋溢著活力的靈靈，熱情邀約招待弟媳（小雲）與我，6月17日（一）至其伊美會所，為我清除臉部陳年該脫掉的角質，用儀器改善多處不均的膚色，約莫一個多鐘頭起身留影，驚呼彷彿回到20多年前美妙的樣貌呵，瞬間的心情就這樣停駐在最美的年華，見識到其獨特的手技和依人不同肌膚的專業產品搭配保養療程之神奇，創造還原屬於個人亮麗的名片嘿，總算能與既白又嫩的外子搭配協調些了啊，真好。

　　6月15日（六）堂弟志成一家人宴請聚餐，吃得很是開心，尤其是席間，坐如鐘的外子，終於又被堂弟敲響了，一發不可收拾談起唐詩、宋詞、元曲……瞄到門外服務員頻頻探視餐房內的動靜，準備善後好生下班休息吧，我也時時盯著手機的時刻，於將近9時許，不得不掃興地喊聲：「下課了」，大家意猶未盡靜待下回繼續吧！

6月18日親和而接地氣的書畫大師，梁君度老師自香港來穗，特地請林總（方醒）撥冗，專程開車載他來到芳村探視外子，贈送一套澳門以其畫作印成的郵票為紀念，外子回贈《哂藝集》與《哂三百》兩書。梁老師意欲將《哂藝集》歐志成師的馬賽克畫作與外子的漢俳，親筆書寫後發表在報刊上作介紹，真是有心人啊。因早先與馬老師（泓悅）及黃老師（卓英）約午餐聚，便一同用餐後，梁老師須回港，而各人也都自有行程，於是互留微信便散席。囿於篇幅及精力，總是無法巨細靡遺地記錄，選擇聚焦個人內心有感之點，感恩所有無法言喻的緣起貴人之照亮，珍惜每一次如沐春風的因緣相聚，在在都是人生不可或缺的值得時光。

談天說地

Spring Chen 2024/06/21 穗芳村

說地與談天
亂語通通不著邊
那敢謂知言
——林燊祿　俳 6/22

　　每天似乎都從美夢裡醒來呵，就在日與夜的更替裡，一天又一天地過，與人之間也在聚與散的緣分裡，一程又一程交集而行，每一程都會遇見特殊的人與景色。經友人引薦認識了吳總，安排接待到其私人的「孔雀園」參觀後，又吃了當地的農家菜，心滿意足地離別，請其司機協助開車到老三多軒處理完私事，即送回芳村茶葉城。接著收到外子的母校（新亞研究所），儒學史研究中心詹主任邀請外子返港，分享「談歷史說天地」的海報，將之轉發給在港或可能會到港的親友報名。有人提問可有分享大綱？當然沒有哈，揣想外子應會從風華正茂之時，隨心所欲地純粹「談說」吧！在臺的學生希望透能過視訊學習，恐有困難，不在掌控之內，屆時唯能經由片段式的編寫紀錄看看了。

成長於港，具有宏觀視角與國際文化滋養的外子，平時就喜歡與人「談天說地」，看似一件小事，事雖小，但其開闊思維的口述，所折射出來的思想，似乎有股文化傳承的無形力量。午間，到真葉堂膳食後，喝茶談天，飄然而至，不期而遇三位（兩位醫師及陳先生），是志成堂弟的好友，與外子聊起書法、詩、世界經濟中心的轉移、農作物、人口與西方醫學、中國科技與陰陽五行等，一直聊到小說《紅樓夢》之研究及四大奇書⋯⋯範疇相當廣泛，恰似風起雲湧的激盪著記憶有限的腦容量。在旁機智的靈靈當下錄起視頻，隨即剪接成為兩小短片，即刻分享予好友們聆聽呵。

　　不忘感恩每日相遇的人與一切發生的事，總覺得宇宙不斷在給予使命和訊息，在能想、能寫、能行動的時候，學習外子將眼界拓展到自身喜愛的興趣與文化之外，接觸到其他領域的人與事之知識，而在眾多主題選擇中，謹守不忘初心，行有所止，言有所界，凡事有度地摘錄個人微量印象之人事。

六榕寶蓮

Spring Chen 2024/06/25 穗芳村

寶蓮供大雄

不染淤泥淨植容

香清溢六榕

——林燊祿 俳 6/28

    每次抵達六榕寺,都會不經意地遇到適合自己的美好,靜靜感受寺的美,體會寺的妙,總是會收穫到無盡的快樂和滿足。

    雖是盛夏,雨水頻密,而古剎的蓮花尚未全然綻放,但是亭亭的蓮葉,姿態依然曼妙地舒展,令人心清神怡,仍舊能幽靜在這可親可觸的綠美榕蔭園裡。環顧各殿堂,映入眼簾盡是寶蓮的圖騰雕繪,無論供案或拜墊,石板與欄杆,足見蓮花於佛教文學藝術中的重要象徵與意涵。據知,六榕寺近幾年來,在法量大和尚倡導之下,以佛教為本,融合其他傳統文化,致力開展一系列相關的文化活動。當中推廣「漢俳」,因緣具足的外子,也隨之在臺播苗植下根基,年初開出的苗芽《哂藝集》,就是以外子的俳為引,於臺首創了觀賞者對藝術文化的深入理解,並透過對漢俳的賞析,體現文化藝術的意境。

6月23日（日）約了對俳有興趣的泓悅到六榕寺，與忙中偷閒的王導師會面，將苗芽繼續散播，藉予鼓勵喜愛蓮花的她，報名參加六榕佛教文化研究院，將開設的「蓮花裡的詩意」漢俳公益課程，學習以俳詠蓮，也可以更進一步了解佛法的義理。會後，不知何時下起一陣不算小的雨，順勢悠悠地品茗，愜意地聽著滴滴答答的雨聲，以及聲聲入耳的誦經聲，身心真是享受了一場極致的盛會洗禮！

　　6月24日臨時邀請志成堂弟，一同將外子的詩集，送往六榕閱覽室留存，停車時，意外遇見在茶室空間代班的常樂，順緣進入品茶，再見的瞬間，諸多的感動凝結意欲抒懷，但囿於既定有限的行程，又不得不匆匆而別。隨後陪同堂弟進入伯母的牌位鞠躬後，聊及因其母親而與六榕寺結緣，在迷茫彷徨無助之時，或遇到人生重大挫折，總會來此隔絕煩囂，讓自己在菩提樹下，靜待虛無飄渺的思緒沉澱之後，才有能量再繼續向前走。印證了六榕寺是都市叢林裡，「無事心能定，有事心能靜」的好去處！

新亞聊聊

Spring Chen 2024/07/02 穗芳村

同窗歡聚首
相研學問談師友
注事君知否
—— 林燊祿　俳 7/4

　　晨起，喜歡抬頭看看天空，雨後總是會看到蔚藍和美麗，縱使出門時的地面，免不了會有附近工程車輾過，留下的泥濘和潮濕，還是要繼續前行，因為每次在行走的過程，就會有一場又一場的驚喜，像似四季裡，每季曾經花園上演過，一幕幕的繁花盛開樣，道別之後，一切又都將成了美麗的過往，唯有盡情地感受當下的每一次花開與花謝。日子過得實在太匆匆，惟偷點閒，隨心補記上週前往香港清歡之行。

　　6月27日（四）順利抵達香港，雖申請的證件未能如願領取，但當晚與陳潤家醫師及兩年沒見的菲力伉儷愉快聚餐。週五再次與外子林家五個男人集拍外，見到五哥一家人與七弟（林德祿導演），還是頗享受令人眷戀的歡聚時光。尤其，見到80歲的五哥脫下他的外衣，細膩地披在有點凍的外子身上，霎時，眼角濕潤的感受如家翁在側，感恩冥冥中遇見一種全然的溫馨與美好。

　　緣分微妙地於29日（六），淺淺地喜出陪著外子再次回到，銘刻於其心，而有史料學派之稱的新亞研究所，分享「談歷史

說天地」的講座，在具有優良學術研究的場域，自然會吸引了一些喜好文史哲的人聚集在一起，沒有年齡之差距，彼此都以最好的心態，面對舊時光的感懷，更懂得珍惜這次得來不易的機遇，畢竟，不是所有的人都能再相見，也不是所有的緣分都能再續，能再聚一起的時光，都將成為生命中珍貴的記憶。

　　首先李金強教授致謝，外子能回母校分享，引言對於過往的五大名師（牟宗三與全漢昇先生等）的懷念，還有對新亞研究所未來的規劃發展與理想。而受到學問底蘊甚為豐厚全先生薰陶下的外子，頃刻低眉沈思後，接著說起，揚名於海內外的全先生，當年研究符合時代特色的種種偉大事蹟，在在的深感與有榮焉。他又聊及與牟先生下圍棋的雅趣之事，與會聞言者莫不為之莞爾。最後在沒有華麗的詞藻，只有真誠而曼妙地談到「言之有理，持之有據」的合理詮釋之歷史，便引起在場聽眾的共鳴，更有人讚嘆外子清晰的思維與邏輯分析的明確性。外子感恩一路提攜者之情，溢於言表，這次的講座，或許匆匆，畢竟，情濃！

真葉避暑

Spring Chen 2024/07/09 穗芳村

皓日正當空
翔飛萬里荔枝紅
師母品嚐中
　　——張皓翔　俳 7/9　　林燊祿　修訂

　　時間無聲無息地過了小暑，驕陽依舊是酷熱似火。暑氣蒸騰的週日（7/7），約了何老師與曾先生，到堂弟的真葉堂喝茶避暑，閒聊 2016 年認識以來共有的記憶。同為教育界的何老師，提及現在的家長與學生們的思想和觀念與過去之差異，腦海裡搜尋自己曾經的教育歷程，竟像流星般畫過天際，有些則深深烙印在心底，那些教育過的學生，部分讓我學會了寬容與理解，歲月賦予了過往一些人和事特殊的意義，便成為人生歷練的一個印記。

　　7 月 8 日又邀侄子（四姑之孫）一起，繼續在真葉堂避暑喝茶。聚精會神的健明問及漢俳的源起，隨遇而聊的外子便即時回應，從趙樸初先生與日本的交流始，到無數文人墨客行吟於六榕寺的詩詞酬唱，由法量師父傳承與推廣發揚迄今，漫談一路與俳結緣的詩跡故事，並無壯闊的雄心，但不經意間，總是

會有很好的詩情,轉折因緣俱足便結成集了。因此良性循環又會遇到讀懂詩的共鳴者,順緣真誠與之探討詩境,偶爾碰撞出生命的激情與美好,共樂在其中,*He is the best artist of life!* 正如獨創的「燊」體字跡之書法,體現出其厚積薄發的學識涵養呵。

收到踏實有心的張總(皓翔),特選自增城寄送,剛一大早採摘的荔枝。憶及7月3日(三)與之會面時,迫不及待捧著《哂藝集》,當面不絕於耳的讀起外子的詩,讚嘆詩的妙與書法字的美,能此般與懂得欣賞外子才華的人,共進美好餐聚的時光,可真是一場有益身心的盛宴啊。

註:張總閱畢此文後,有趣的回應:「皓日正當空,翔飛萬里摘挂綠,師母知其味」,經外子修訂後如上俳,共賞之。

117 心寬之茗

Spring Chen 2024/07/11 穗芳村

車行期路暢
心寬得自勤修養
還須無我相
　　——林桑祿　俳 7/12

　　出入於全球茶葉交易市場的芳村，真正體會到「不可一日無茶」。極簡的泡在茶商檔鋪中，成為閒來無事尋逍遙的好去處。在這裡，品茶只是媒介，認識新朋友，談天說地是為目的。每到一處，就是一壺開水，各式茶葉，細細的聞，慢慢地品，與不同來來去去之友聚一起，演繹著各自獨有的人生故事。秉持著真誠而好奇的耐心傾聽，雖有時也會有無法全然感同身受，但至少可默默地聽，純粹的品茶，也是挺好。畢竟，不是所有的人和事都值得放入心裡呵。

　　7月9日（二）外子經何老師多日調理後，當天於穗首次開筆為新茗茶博士的王總，書寫「心寬路暢」之字，7月10日送抵該店與其夫妻倆合照，順告知字畫的收藏保存要項。這般任塵囂遠去，憶與其緣起於2023年9月回臺前，路經其檔口，先結識了妝容精緻且樂觀積極的老闆娘，後認識自信滿滿而熱心助人的老闆。深聊得知，他們對生活的品味與堅持，習慣不停的自我提昇，一直精進於不同領域的學習，也是其茶行的魅力所在，顯然又開啟對於茶商認識的新篇章了。

見識過許多看起來低調，但實際上很富有的人，懂得把大筆錢花在自己認同的藝術品上，知道它的價值，在於提昇自己的鑑賞能力，甚至在將來的某一天，印證了自我高超的眼光。相對地，也有部分的人，財力雖不是很寬裕，願意憑藉個人對藝術者的品德認同而收藏，當然，更有以投資的角度，等待時機者也不少呵。無論如何，對藝術的尊重，是個人最為激賞的格局。

喜得自在

Spring Chen 2024/07/18 穗芳村

言談何自在
無束無拘無窒礙
真情相對泠
——林燊祿　俳 7/20

　　週四（7/18）晨間，沖了杯普洱茶，望著落地窗外降臨的雨，時而滂沱如注，把樓下的喧囂與塵土隔絕在水氣裡；時而細雨如絲，阻擋住將要昇起的炙熱太陽。浪漫的情思憶起於穗的美好，穿梭茶葉城，習慣於目前節目安排不太滿的生活軌跡，有時還是忘了沒有迴旋與倒轉的日常，每天承載著不一樣的歡喜，順情寫些時光流逝時散落的真章小事，為平凡的生命留點細微印記，有朝還可追尋的痕跡。

　　7月17日（三）見著經世事歷練過後的潘是輝教授，特自湖北來芳村探望外子，師生喝喝茶，說說心裡貼近的話，盡是悠然和暢快。看著時日久遠的師生情，一直深信老天安排的事，往往比自己選擇的更加周到與合適，畢竟，每個人的生活節奏，就像似花期有著不一樣的開花之時，只要專注於適合自己的成長和發展，不必要盲目地比較，待時機成熟，自然開展如意。同時，感觸與人相處之道，給彼此留點立足的空間，細斟慢酌的交往過程中，不得已須轉向時，好讓自己可以保持平衡，而能從容轉身，在宏闊的世間，得以嶄新的心境，開啟每一個新的人生知遇，自會「喜得大自在」。

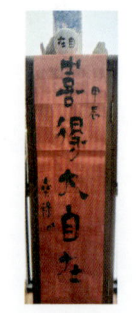

順穗之行
Spring Chen 2024/07/20 穗芳村

> 勇者宜無懼
> 赴穗於今猶順遂
> 毋作杞人慮
> ——林燊祿　俳 7/22

　　感謝妙不可言認親得來的堂弟與弟媳，不辭辛勞，一路耐心地陪伴外子處理了兩年來往返香港三回，仍未激活的帳戶，有著一份長久的感動。

　　7月19日（五）為了避開車潮，大早健仔即來接我們出門，順利於9點多抵達銀行。行長特來引導至專為境外人士辦理的窗口，展開漫長而繁瑣的三個所剩無幾銀兩的帳戶，化繁為簡合而為一。手續完成已到了午餐時分，終於鬆一口氣，志成堂弟輕鬆地駕著車駛進二沙島，勉強讓外子扮一次大老作東，大快朵頤後，回程個人先行下車，步抵住宿處，倒頭就睡補眠去。醒來竟已黃昏，留張夢幻之照，意外映出的燈，似日與月的交替，一天又匆匆而過，日子過得波瀾不驚，卻一點一滴的如願完成，此趟來穗之目的。

感謝身邊的親友真心助力，諸多的貴人不吝襄助，入穗之路得以順遂，格外銘記著2012年結識以來，持續不斷的關照，用心以待的紅嬰來接機並訂宿，於7月16日（二）與其家人聚會，喜見新成員的女婿（晉燊），衷心的送上祝賀之禮，贈予成家的美好，祝其終有個靈魂相依的人來撫慰，往後的人生之路，累了，有個溫柔的肩膀可以依靠；傷了，有個解人的知音可療，即使是默默的相望，也有一份無言的歡喜和溫暖，芸芸眾生中的兩個人，能在對的時間的結為連理，要交心經營有圓有缺的家，學習在磨合中修練自己，不計得失，彼此願意為對方付出，甚至補缺共築，家會因此變得越來越圓滿。畢竟，人生不是急行軍，總要歇歇，走走停停，看看沿途的樹木，每一片的葉子都以獨特的氣韻存在，人也要活出自己生命的從容趣味呵。

聊茶論字

Spring Chen 2024/07/22 穗芳村

聊茶兼論字

暢敘歡談言未已

日暮催歸矣

——林榮祿　俳 7/21

　　7月21日黃昏又落了點雨，晚風收了暑氣，邊備晚膳閒聊下午與年輕朋友們的茶敘心得。閒看窗外雲霞來去的外子，便賦俳一首。膳後即刻上傳朋友圈後便休息了。翌日晨，想到能借用沒有一般商人氣息的堂弟之空間，請其將茶文化的事物與周遭的朋友分享，是一件非常幸福快樂的事，又見日漸康復的外子，再次暢談書法論文字的演變，更是一件值得讓自己感到欣慰之事。

　　夏榮之際，寫文無法字字熱烈，但不負驕陽，無愧時光，依然逐光而行。總覺個人在外的活力，不僅能夠滋養自體，也可感染他人呵，心中就像不經意地輕晃有小冰塊的杯子，會發出沙沙那種獨特的聲音，懂得的人，自有體會的，常把這份真誠留給值得的朋友們，也是人生最好的減法之一。不必拘泥於卑微瑣碎，坦蕩地與志同道合的人品茶時，選擇的鏡頭只攝取美的人事物，其他種種，就當模糊的背景，在大暑下的心境亦是清涼。

　　尤其，虛擬不了的外子論談功夫，就是從時間和閱歷而來的內在魂魄，非常人的知識量體，在旁聽其與人交流的我，也跟著習得了不少知識，寫文的題材擴充的同時，也滋養了自己身心呵。

無礙

Spring Chen 2024/07/26 穗芳村

> 處處皆無礙
> 事事隨緣常自在
> 喜樂心中歡
> ──林桑祿　俳 7/26

　　外子於 7 月 23 日（二）再次開筆，通知同好者蒞臨現場觀摩，領略外子揮毫時，配上雄偉激昂的《十面埋伏》琵琶曲的氣勢，好像在此曲中可以得到了淋漓盡致地揮灑哈。當天接待完客戶的陳道宇先生，匆匆地趕到何老師平靜的工作室，連忙地拍錄外子，從起筆到落印的整個過程，隨即傳給我留存。我便順手轉給未能抵現場的紫薇妹妹。自小就喜歡文學藝術的她，於晚間，將她個人看到外子短視頻的心情感悟，剪輯分享到朋友圈及小紅書。翌晨，請其轉發無法在朋友圈按讚並回應的我，再分享給幾位親近好友，可藉此得知外子於穗的近況，引起不小的回應，也因此勾勒出一幅自我感動的載體，又演繹出平凡而溫馨的小故事，成為寫文的基石，更是情感的依附。

　　當天看到「無礙自在」的道宇，愛不釋手地表示欲結緣，情真意切地表述，曾遭遇過的意外與挫折的時刻，選擇讓了一步便無礙，換了個角度看待問題，才有了進一步自在的心境，調整好心態面對事

情，發現清晰的策略了。其實，生活原本就不複雜，複雜的是人心，把簡單純粹之事複雜化了。不諳商道又不拘泥於瑣屑的我，7月22日（一）微信被莫名的檢舉後，只剩能與個人私訊的功能，沒有足夠敏銳跟隨速變的人心，秉持無礙不執著於緣淺人事之心，很快翻篇了。畢竟，距回臺時日有限，珍惜感恩每次的相聚。

　　喜愛近日上午隨同堂弟接外子到真葉堂，跟拎著大早購買生鮮食材的賢惠的弟媳（小雲），一開門進入即用力吸取茶葉香，期待午間，歡喜享受她用心烹調的午膳。偶爾心血來潮，心境簡單的妯娌倆便品杯小酒。7月25日個人有些微醺的狀態下，顯露真實的自己，將於此感受日常暖暖孕育出的美好，細膩地發酵成柔柔清歡的同頻，開懷地與話語軟軟的小雲共情描繪，共築淡淡的新念，共商淺淺可行而雅雅的未來哈。

厚積人情

Spring Chen 2024/07/27 穗芳村

情誼湏厚積
良朋好友當珍惜
知音如拱璧
　　──林桑祿　俳 7/27

7月26日（五）晚與熱愛飲食文化的黃劍老師（廣州大學教授），以及體貼入微的溢歆來到荷香居一同用膳。坐在窗邊，望向整片被蓮葉簇擁而直抵人心的潔淨荷花，一時間湧現出一幕幕，自2012年與其等相識以來，相聚的點點滴滴。尤其，每次與外子從湖南的醴陵寫完瓷版，搭高鐵回到廣州南站，於高度混雜的車潮中，總是費時兜了好幾圈，才能對接到我們的艱困情境。一起歷經的往事，從模糊到清晰，許多情，從澎湃到平淡，憶著憶著又模糊了，見面聚餐，心生暖意，既可滋養深情，又可溫暖當今經濟的薄涼，如此，可算對社會的不負，也是對待厚積人情，再見的珍惜呵。

12年來，進出廣州的旅程中，感謝那些在困難時伸出援手的人，感謝每一個幫助過我們的人，一路走過無數的路，賞了無數的人生百態，根據自身的經驗與記憶，心依然懷著信念，感恩有緣遇見的片段，都是我們旅途中的寶貴財富。不錯過每次的感動，在個人有限的視角，儘我所能紀錄，將所見所聞所

感的每一個細節，與平凡的人生和諧相融，往后如能再來，願少一些糾結，謹祝大家都有一個健康的身體，保持樂觀的心態，在未來的時光裡，仍能微笑向暖。

　　於穗時光，總覺如花海，每年都有其獨特的韻味，經歷如春的生機、夏的熱情、秋的豐收和冬的寧靜，其中歷程也體驗到了生活的甘甜苦樂，但仍保持著欣賞每一天的日出，釋然每一天的日落，深信曾有過的遺憾，都會為日後驚喜的鋪墊。屢次與人交流和傳遞生活的希望，往往回傳來的是喜悅。因此得到更多薄發出的美好和幸福呵。

親人聚

Spring Chen 2024/07/29 穗芳村

> 親人歡聚會
> 入座無分前後輩
> 興未闌天晦
> ——林燊祿　俳 7/29

7月28日（日）晚放慢步行回到住處，看到地面上深深淺淺的積水，倒影出天空中稀疏的雲，一點也不像這兩天驟雨來過的樣子。回想7月27日先到志成堂弟家，與來自香港的大嫂及其女兒會面，無法與他們用粵語暢聊，所幸有著奧運的電視轉播，化解個人的侷促。

回顧法國人熱情而肆意的開幕式，看似無序的背后，卻有著極其有序且穩定的精神內核。從悲慘世界到斷頭皇后，又從博物館失竊的名畫，到小黃人拯救了蒙娜麗莎，以及塞納河畔風雨中冉冉昇起的雕像，由此傳遞的精神力量相當具有感染力。這場開幕式如同流動的狂歡派對，既時尚又輕鬆，展現出浪漫而風情萬種的巴黎，又在時空交錯中，將不同時期的深刻歷史事件輪番登場，貫穿具有代表性的法國藝術作品有序上演。最後聽到席琳·迪翁帶著標誌性的歌聲出現時，看到她戰勝病魔的堅韌與不屈的精神，生命力盎然，真是令人肅然起敬。

寫文迄今,讓我學會更寬容地去理解這個世界,越能體察他人的處境,接納彼此的差異,進而培養更多的同理心。每個不期而遇的故事,寫著寫著,發現文章的字裡行間,或多或少有些隱藏著自己的影子哈,似乎故事的發生都是為我而來呵。每一天放慢腳步,體會到每一個感動的瞬間,總會有美感和靈動,順手紀錄身邊美好的生活,感恩所有的遇見,日子因此變得充實而飽滿。

六榕親遊

Spring Chen 2024/07/31 穗芳村

> 親朋遊古剎
> 瓦黑門紅牆堵白
> 寶殿參菩薩
> ——林燊祿　俳 8/1

7月30日短暫歇息後，難得獨自留在住處，細細回想近個把月來的感動。每天看著志成堂弟，不辭辛苦地接送外子到茶城調理身體，弟媳（小雲）體貼入微地跟著照料午膳及熱中藥，這份溫馨的親情，如同茶葉在杯中舒展，慢慢浸潤了心田。

依稀記得6月11日初認親時，彼此都帶著些許的拘謹。慢慢接觸熟悉，相處時日漸多，逐漸瞭解彼此性格，愈發敞開心扉深談，得知堂弟總是願意為重要的家人，騰出時間陪同。7月29日一向重視親情的堂弟，放下店鋪生意，帶大嫂一家人來到鬧中取靜的古剎，參觀富含歷史文化感極厚重的六榕寺，適逢蓮花爭相競放之際，看到不少攝影愛好者，專注地抓拍打卡，應許是準備參加「綠美寶蓮，詩意六榕」的活動創作比賽吧。轉完千年屹立不倒，磚木結構之八個檐角九重巍峨聳立的高塔後，沿著莊嚴神聖的藏經閣前的階梯拾級而上，繞到靜謐的圖書館，等待外子簽名結束，感謝何躍進老師邀約共進素齋，讓香港入穗旅遊的大嫂一家人，畫下完美的句點。

離開時，再回首看到門前的對子寫著「一塔有碑留博士，六榕無樹記東坡」，外子道出：「博士，是指初唐四傑之首的王勃」，頓開多次進出六榕寺的疑惑哈。據知寺中有王勃遺文，蘇東坡留字，這兩大文豪留下的印記，相當清晰，正是文化傳承的力量。於寺裡充盈文化詩意的每一刻，又有寶蓮清香相伴，心底一直沉浸在那份寧靜與美好，念想縈繞迄今，甚好。

真葉轉運

Spring Chen 2024/08/03 穗芳村

莫怨外時乖
心寬念善好運來
自有命安排
——林桑祿　俳 8/3

　　時光輕輕來到的八月裡，志成堂弟除了對茶的有獨到的見解外，近來也開始與外子切磋起詩來了。找出他多年前寫的，頗有意境尋茶之詩：「縱有祈求心所思，人生尋得茗香時。難忘數日崎嶇路，樂得群賢盡笑靨。早見春來花放日，滿山竟展嫩芽枝。這邊正賞嶺南雨，且賦夕陽布朗詩。」賞著詩，品著茶，娓娓道出尋茶與人生的哲學，與外子沒有年齡的差距，交流分享彼此的感悟，那一刻，感受到美妙的認親看似偶然，實則是命中注定的機緣必然呢。

　　8月1日（四）與外子及道宇和紫薇，一同回訪友人的茶空間，之前因時間倉促，話匣子未打開便匆匆告別。於是，週五（8/2）道宇意猶未盡，喜歡品茶的他，放下繁忙，騰出時間，再到心靈棲息之處的茶城，純粹請教外子對「知行合一」的論點。頻頻表示他在大難過後，幸運遇見難得的外子，開拓了他的思維，重新審視自己往後十年，開啟其人生重要的

方向指標。其實,在這信息爆炸的世代,看他還這般真誠樂意與人在一起,提昇面對面交流的溫度,就已是再轉運了呀。

上午帶著咖啡豆到茶城三樓,與近日結識而投緣的敏敏分享。聽她柔和緩慢地細述其茶文案的經驗,便自然聊起一些個人寫日常文之心得。平時習慣就是從容在安靜的生活裡,隨著各有其景的四季,將有感的每一瞬間,寫成一段段的凝固的小故事來呈現,也是自我沉澱的方式,有時沒頭沒尾,相當能自得其樂,即使絕處也可逢生自癒哈。儘管,寫出來就是一般的俗事與瑣碎芝麻細事,但不會無中生有,更不會違心而寫。個性使然,所有文章的盡頭,自會出現想表達的一個核心信念呵。

相對價值

Spring Chen 2024/08/05 穗芳村

從來無絕對
沒醜焉能呈現帥
我醒他人醉
——林桑祿　俳 8/5

　　8月4日（日）等待堂弟的車來接的空檔，不經意見到清風無聲掠過外子鬢角的幾縷白髮，心頭留下淡淡的漣漪，轉眼間，一晃就老，曾經的憧憬與夢想，彷彿還在昨日，如今意識到，個人也將邁入隨心所欲之年，誠如尼采說的，該「重估一切價值」呵。而人與人之間存在的價值，似乎隱藏在真誠的交流之中，往往剔除繁瑣之後便能體會，更能發現彼此存在的「相對價值」哈。

　　午間，道宇抓緊時間，利用週休來真葉堂品茶。堂弟打從醒茶的那一刻開始，他的「憶茶山行」心緒就像壺底的茶葉，隨著在熱水中，慢慢地舒展：「沐浴晨曦掃院庭，夢中畫面眼浮現；茶山霧裡笑聲語，暖暖情懷伴我眠；未表深心君去矣，醒來怕見綠楊枝；他朝歡聚再相約，畫內群賢你可依。」浮現其趣地與外子交流，靜靜地感受其等產生微妙的共鳴。庸庸碌碌的生活裡，發覺在這樣的氛圍中，最美的時光，真的不在別處，就在閒閒適適的當下，舒舒服服地享受此刻，一切盡在不言中。

品茗，是一種文化，更是一種生活方式，尤其與志同道合的人，慢慢共品一壺苦盡甘來的好茶，每天在茶的陪伴下，日子因此顯得更加從容。縱使面對快節奏的工作時，再怎麼忙碌也得偷個閒，清歡地品上幾口茶，頓可提振些許精神，自自然然的事半而功倍喔。

立秋回味

Spring Chen 2024/08/08 穗芳村

暑熱未全消
秋風漸起帳花凋
他朝落木飄
——林燊祿　俳 8/8

　　暑盡秋來之晨（8/7），舒展一下身體，欣然步行到河畔，感受溪風吹過耳際絲絲的秋意，而映入眼前已是一片生機委然的景象。藍天如洗，地上的落葉與未凋的花叢，交織成立秋的序曲，跟隨在後探出無法入鏡的小狗，更添幾分早起的生動與趣味，也許在尋求能豢養牠的人呵，也可能感受到我的善意吧。於陽光正好的上午十時，感到時光悠悠，迎著拂面而來的清風，步行過橋到茶城沿途，並未見太多的秋色，或許此時，暑氣尚不肯全然退場呵。

　　午膳時，堂弟滿是掛念地聊起於英國就學的兒子，曾寫過一首詩贈其兒：「夜航萬里求真知，吾子逆行親慮思；漠漠征途曙色現，展翅雛鷹飛藍天；經歷滄桑攻讀苦，博學沉潛方可仕；今日邁步從頭起，風光無限群嶺巔；英島待兒冠冕日，闔家團聚歡慶時。」勾起本人於英國期間的種種苦澀中，熬出論文的記憶，在英國就讀的波瀾中，心情常是起伏，每天與外子的視

訊，便是能讓我情緒短暫停靠的港灣，但挫折還是要自己去面對，尤其幾乎每週無可避免的與指導教授的 *Meeting!* 難以抑制的緊張程度，導致胃潰瘍兩次，真是意志的磨練啊。回首往事，如今像極了真葉堂的單株茶葉，盡是回甘和馥郁的滋味呵。

　　午後，*Tina* 與女兒及女婿一起再度來到茶城同外子聊天。與外子聊得相當有經驗的靜雯，備了本有關哲學的口袋書，有趣的給其夫婿當籤書，隨手一翻當頁（宗教是人民的鴉片），就題請教外子的觀點。晚間，來到荔灣湖公園旁，門口掛滿紅色燈籠處的餐廳用餐，晉燊好奇詢問外子就學歷程。吃飽後元氣十足的外子，宏鐘響起，再次滔滔敘說碩博緣由，最終是全漢昇先生的鼎力推薦，才有殊緣到了臺灣中正大學任教。

去蔓記恩

Spring Chen 2024/08/11 穗芳村

> 斬斷蔓纏心
> 弟媳恩情似海深
> 若玉復如金
> ——林燊祿　俳 8/12

　　晨起，發現自己的心智有些錯亂，立即切換，不再消耗自己，告別耿耿於懷之人事，喝碗輕柔滑順的蛋花湯，撫平了心中的褶皺，靜心調節，賦予文字的方式，表達出個人內在的思想。想起近月餘來，置於真葉堂裡，自成一格的「空、色」，不時觸動心中微妙漣漪，外子的文字就是有其獨特的魅力，引人走向更深層的思維。隨手拍下的影像畫面，細緻入鏡地閃映出，對面擺放在架上各「色」各樣，等待有緣者來請走的「空」杯。瞬間，腦海浮現出，不動如山穩佇於供桌上，滿是笑臉迎人的彌勒佛，似乎隱喻提醒著要自悟呵。

　　七夕（8/10）之日，深情和外子攜手來到葉顯恩老師安排聚會的餐廳，大家看到狀態日漸平穩，氣色極佳的外子，在臺久伴的我，堅定陪其入穗進行調理，格外的開心。除了要感謝何老師悉心由外而內的精細的調理，還得感謝志成堂弟夫妻兩人，特別是小雲弟媳，每天為了準備外子的新鮮的食材，操盡了心，甚至扭到了腳踝，著實感懷於心，不知如何回報。而今個人心情又開始像一只自由的鳥，不失既定的方向，不囿於事，

大事顧好健康,小事遵循原則,不困於念,繼續籌備明年的「哂八十」之作。因而更有堅韌的動力,持續採擷每天經歷的情境,寫一些生活零星拾遺,將一天真實所遇所聞所感的外在人事,存於內在轉化後,再用個人習慣的隨筆遣詞,將之造句組成短文,藉由這種方式,與人之間搭起一座溝通的橋樑外,對於自我修養更是裨益良多,尤其去除枝枝蔓蔓的牽掛,心無旁鶩地全神貫注在當下,放慢速度回顧生活的狀態,日日不隨外境轉動的周遭世界,總覺煥然一新。

果然,8月11日又有新的局面開展,隨著泓悅的安排,來到荊鴻藝術館拜會姚娃老師,得知於香港有圖書印刷公司,便互留微信之後,就這樣平平淡淡地紀錄,待機緣成熟時再出版,感恩如是的心想事成又添一樁哈。

復感恩

Spring Chen 2024/08/15 穗芳村

恩深無以報
轉瞬歸程又已到
離情難盡告
——林燊祿　俳 8/15

初秋時節，早起外出步行，撲面而來的涼氣令人精神一振，索性小步慢跑起來，短短 2 分鐘，身體細胞似乎全然活絡甦醒了，銹住的腦子也因此被激活了，利用清晨時段，回臺前紀錄一下於穗期間，不負期待與深刻而持久的幸福相遇。尤其 6 月 11 日認親後，外子在志成堂弟真葉堂的平凡時日裡，因為有了他們夫妻的飲食與出入的細心關照，每天都變得精神飽滿。有時一起談論家常瑣事，分享彼此的喜怒哀樂，給予支持；有時興趣盎然地與外子一起探討吟詩作對的意境。這樣有他們在的地方，彷彿得到了一個堅若鋼鐵的後盾，更無後顧之憂，個人更加有力量前行。

心喜理智地推辭一些不必要的社交餐會，按照個人的價值，而完善了自己合理的認知系統，掌控自由支配的時間變多，生活的滿意度因而顯著提昇。看到武之林的吳澤南館長傳來 8 月 11 日（日），外子於其館內示範太極拳的英姿，格外令人振奮，特感念何老師無所求的佛心調理，外子僅以「佛仏」之字回贈，聊表感謝之意。

近日沒有刻意的安排，單純就在茶城裡等候與外子辭行著，隨性見見一些聊得來的舊識熟人，無論相識多久，或走動的親疏，沒有物質的堆砌，更沒有太多語言的承諾，主要是當下彼此能互相滋養，成為互助共好的貴人。回住處整理，打包每一份滿滿祝福的珍貴伴手禮，都能感受每個人那份深藏的關懷與溫暖，每一個行囊裝滿被理解的幸福。此趟入穗，淋漓盡致地圓滿了自我建構的意識，於實踐行動的過程，屢次提昇對潛意識刻劃正能量的敬佩，深感幸福的定義，不在於擁有生活的物質性，而在於自我價值與個人使命的實現。再次感恩復感恩，所有於香江與穗遇見不可或缺的親友們！

松風煮茗

Spring Chen 2024/08/18 斜陽外美學堂

> 松風入戶來
> 煮茗西窗自品裁
> 惜我乏詩才
> ——林榮祿　俳 8/18

　　回臺後第一天（8/16）極難靜得下來，上午準備清洗衣服時，置放外面的洗衣機，被搭建遮雨篷的廠商移動後，機內滿水排不出去，也啟動不了。燥熱的午間，可能憋屈了兩個月的鄰居再來投訴，廠商未盡工程善後污物的處理。同時間，又收到市政府寄來，整修「好宅」第二次審查結果通知函，當下很是衝擊，躊躇著是否補件，考慮放棄之際，自我提醒先靜心，保持忙而不「茫」的狀態。午後，悠悠沖好遠方真葉堂「想念滋味」的柑普茶與龍珠，心無期待地等待著「嘉有木屋」計畫專案的輔導員到來。

　　茶香瀰漫，輕嘗一口杯中茶，感受著自己沒掌握好時間，泡出帶點苦澀後還是回甘之味，注水時望著沉浮的茶葉，像是心情的起伏，此刻，就在品茶中找到了平衡。一邊積極傾聽其真誠傳達匯報兩次審查時，當時嘉義市府委員們與委託人雙方緊密溝通的情況，時而思緒飄蕩，在在領受到兩方各盡其職的腦力激盪，權豪也一直竭盡所能協助完成輔導之責。聆聽其轉敘後，決定選擇不放棄地再接再厲，畢竟，未來的空間不僅是

要生活，還得能真實做自己，能繼續恣意地發想更好與人分享之隨文呢。

經歷前天瑣碎繁雜的事件，8月17日興起與外子喝著霸氣十足的柑普茶，讓一陣陣熟悉又遙遠的味道淹沒了自己，待疲憊的身心被茶撫慰後，心也安寧了，靜靜看著透明杯中舞動的茶葉，像似看到志成堂弟夫妻的倩影，便發送個影像傳達思想致意，得到回應也正在共剪西窗，千里相隔兩地，品著同款茶，遙想思念著彼此啊。

連日堂弟說他都在喝柑普生茶，因這段時間生茶的口感轉化得很大，提醒於沖泡時候得拿捏住要點：「壺先要熱燙足夠才把水倒出，再把柑普茶放入壺內，利用壺的熱度充份搖晃醒茶，注水時要沿壺邊緩慢加注，出湯要快，不可浸泡茶。」每日得趣跟進其要點，泡出的柑普生茶，口感就是香甜、柔滑與飽滿呵。

真空

Spring Chen 2024/08/20 斜陽外美學堂

妙有蘊真空

因緣起滅在其中

智者笑愚公

——林燊祿 俳 8/21

  8月19日靜坐屋內，水沸沖泡志成堂弟贈與的熟普茶，淡淡的茶香裊裊昇起，瀰漫整個空間，讓自己沉浸在茶香中，不僅僅是味覺的享受，更是靜心寫作的一種儀式。然後將日光讀書會碎片化的印象鏈結，在會中簡要與會友們分享這回香港行，及入廣州奇妙認親心得，增強了身心的韌性，更多的是感謝，於兩個多月前走過慌慮無助的心情，是日光給予極大的鼓勵與會友們情感的支持。當時深陷彷徨的時候，學會換個視角與心境，真的就會柳暗花明地一片清靜，理出了這個點，再大的事，也都成了芝麻小事，動一動手指，就會把它彈掉了。日子當然不會一直雲淡風輕，生活難免會有波瀾，讀書會的提點：「別對自我否定與批判，學習順應自然，把心態擺平才能隨緣了事，自得樂果。」

  午後時分，到寶雅中醫診所調理回程，又突然下起了大雨，澆滅地上的所有熱氣，隨之而來的是絲絲涼意。到家欣

賞著歐志成老師傳來「隨景順境」的訪談映片，表明他這幾年心境上的改變，映照在作品上。而近期作品中的描寫，表象上是「景」的鋪陳，實際則是蘊藏其內心的「境」，將馬賽克藝術表現延續其雕塑、繪畫底蘊，表現心靈之美，從傳統拼貼工藝及公共空間裝飾附屬層次提昇至純藝術創作。看到視頻裡的展場，展出作品配上外子的「真空、妙有」之字，格外顯眼又吸睛，請其轉傳該張相片，置入為文寫進故事。細細回想他與外子結緣以來的軌跡，發現他那份對人難能可貴的尊重與貼心，從來都是笑瞇瞇，乍見就是歡喜，細水流長的相處，就是幽默得人舒心，一段跨越年齡的綿密交流，更是一曲藝術文化的禮讚。

悟空

Spring Chen 2024/08/25 斜陽外美學堂

> 行思法悟空
>
> 不把妖魔放眼中
>
> 所願必成功
>
> ——林燊祿　俳 8/25

　　炎夏已過，金秋悄然而至。天氣依然呈現著炎夏的餘威，抬頭看看高遠的天空，上午觀賞恬淡的雲，每到下午靜靜聆聽動人的雨聲，心情也就豁達了。8月24日（六）出門取藥，外子順到多年未見的 Steve 那裡，遇見正要回法國與義大利的兩位外國朋友擦肩，短暫交會宛如流星劃過夜空般璀璨。不經意地聽 Steve 與他們態若自如交流的那一刻，心底悄然昇起竊喜著外語的聽力還沒退化呵，就如同在山間，巧遇綻放的野薑花一般的雀躍，於是，暗自投下再精進自己英語之念想。

　　8月25日例行回到太極公園派，跟著師兄們練習基本功時，重新打開全身上下卡卡的關節後，在旁歇息看著他們互相推手，心中一直俳徊停筆的念頭上，瓶頸是既不想前進，也不想後退，似乎全然被卡住，沒了熱情。回到家，請外子協助目前的困境，如何保持細水長流的生活。外子提點了訂定好自己的大方向，選擇有興趣的專長項目，蒐集資料，大量閱讀累積知識量，自

然有效解決現階段的難題。閱品歷史典籍,可領悟萬事的運行規律,或看一些與時俱進,例如最近取材《西遊記》的動畫,令人驚豔的角色扮演遊戲大作,迅速席捲全球玩家《黑神話:悟空》的報導,及時了解目前的現況,藉此豐富自己的頭腦,拓展閱讀的邊界,都將成為寫作的臺階,有助於躍昇到更高階的文章。

　　於是,悠悠地重拾筆電,讀讀近日最新的訊息,因而不被外在的事物裹挾,精神又再次豐盈,內核又找回了重心,還是先緩緩地隨心記之。靜靜地體悟真正能撼動自己心靈的,永遠不是語文,而是付出如一的真誠寫作之行動呵。畢竟,無意識的寫作能增進了解自我的關係,文隨心動,不擔心詞藻是否精煉華麗,字字釋放壓抑的自己,逐漸浮現映出那些個人未知的潛意識,終於,破繭而出,神話般的又完成自認的最佳抉擇之作哈。

133 唯心

Spring Chen 2024/08/27 斜陽外美學堂

> 萬法唯心起
> 悟道修行憑自己
> 念念生歡喜
> ——林燊祿　俳 8/28

推門而出，濕熱的空氣裡，彷彿能將汗擰出一把來。氣壓將情緒也壓得低低的，低到不太能大口喘息，輕聲地提醒再次來施工的朋友，善後定要處理好。因 8 月 26 日又接受到鄰人再次的投訴，所幸準備前往日光讀書會，立刻轉念，換個角度，換個思路，不受他人躁動的語言影響，心情也就豁然開朗。輕快地騎著單車峰迴路轉中，見到路邊藏雜草中，又冒出頭各種小花。抵達會場時，又驚見蒲公英自秘密基地摘來清香的野薑花，經儀芳隨手一插，桌布一擺，像極了一群翩翩起舞群聚在野薑旁的白蝴蝶。我的心似乎也跟著飛舞，直到日光提到「萬法唯心」，心才沉靜了些，生活周遭的境，真的沒有好壞，確實唯心所造。無論生活發生了什麼，選擇以最好解構方式去回應，煩惱就會快速消除了喔！

會後頂著大大的太陽，跟著對待生活與他人均具有很強包容度的淑惠回家，一同與不糾結，不內耗的學儒一起吃飯，隨意的聊著讀書會的心得分享，喜歡如此不用相互遷就，不用裝模作樣，平淡真實簡單的相處模式。朋友圈子在精不在寬，最

為可貴的是，不用耗費精神經營關係，懂得照顧彼此的情緒，相處起來讓人輕鬆愉快，這樣的感情才能歷久彌新。

　　8月27日陪著工程進行的同時，重啟文件夾裡，擱了好久未完成的文章，繼續將平常累積零碎的知識梳理一下，再次滋潤自己，同時釐清了寫作的熱愛程度，有時須要深度自我剖析，內心當然會有幽暗的一面，但始終保持自己的優秀與善良，最後都會變成是一種生活的享受。根據自己的實際情況，隨時調整自己的想法，把寫作融入日常生活，尤其進入寫作過程的專注，不看成果，既能創造自我的價值，還可令自己身心愉悅，發現真實的存在感。也是挺好的！

向死而生

Spring Chen 2024/08/31 斜陽外美學堂

> 畏死每貪生
> 焉知死後不如生
> 循環是死生
> ——林燊祿 俳 8/31

　　8月30日傍晚，秋風托起霞光，映照在天空的一端，由橙黃到橘紅，穿射在未完工程的玻璃進到陋室內，最後變成一抹灰黑色西沉而去。篩選一週內印象中，一些點點滴滴的美好，真摯的零零碎碎，想寫的時候就寫，不想寫之時也不惦記的心態，斷斷續續的去填補日誌的空缺呵。

　　8月27日（二）暴熱的下午時光，到郵局辦完雜事，回程買了瓶保存期限，只有短短的18天，喝起來帶點清香的臺灣生啤酒，允許自己在一些無事可做的時間裡，是一份對生活的重視，獨自品酒，感受一個人的時光，享受一份對自己的滋養，在獨處時，管理好自己的身、口、意，想念一份對堂弟媳的小雲與道宇的在乎。於廣州時，一樣的熱天下午，口乾舌燥的我，路過商店，隨道買了啤酒，一拉開即顯示1元加購一瓶，開心帶到茶城與其倆分享，百般滋味成了思念的啤酒之友哈，這份生活樂趣，不需要排場，也不用奢侈的物品，又可在寫作上添加了一筆呵。

8 月 28 日早上六時許，靜謐的晨曦日出初照，光芒溫柔地灑在我的背後，曙光輕淺，感受到了前所未有的溫暖與希望，彷彿所有的困難與挑戰都變得微不足道，只留下堅定的與外子的相依。一步一安然地走到戶外澆水，秋風輕拂，晨間的氣息，瀰漫著淡淡的樹蘭清新，一抹綠意盎然，似乎也在為離臺兩個多月餘的歸來而歡舞，細膩的如同歡迎儀式，也是對我陪同術後未穩定的外子，勇敢前行的最佳鼓勵。而那隻慵懶地躺在地上的野貓，瞇起眼睛，用那洞察人心方式肢體語言：「回來了，一切都會變得越來越美好」呦！

　　回臺兩週，調息已然規律，適度的運動，不再去想亂七八糟的煩心事，及時關注自己的身心，參加太極拳讀書月會，循序漸進的保持身心輕盈，試圖改變自己的慣性視角，培養跟進師兄們有默契的練習。因事遲到，坐定之後，聽聞：「朝聞道，夕死可矣！」令我聯想到海德格（*Martin Heidegger*），提出「倒計時法」來看待生命，從而覺醒「向死而生」（*Being-towards-death.*）。於是，那些重要的人生未竟之事，無論是該碰面或道謝的人，甚至該撥出時間好好相處的人，是時候就即時把握喔！

調理

Spring Chen 2024/09/03 斜陽外美學堂

> 身心調理好
> 莫道英雄今遲暮
> 須知情未老
> ——林燊祿　俳 9/4

　　醒來，充滿期待的一天，日常生活可以像度假一樣，等待有緣的文心蒞臨替外子調理一下身體。9月2日日光讀書會後，當我上車坐定時，想像自己就是一顆行星正在浩瀚的太空裡運行，然後提醒自己，不參與自己大腦神經質的誇張人間劇情，一切的煩擾不安就此停頓，順流接受周遭一切人事物，瞬間，自然感到諸事皆好。養生，還是得從「心」開始調理呵。

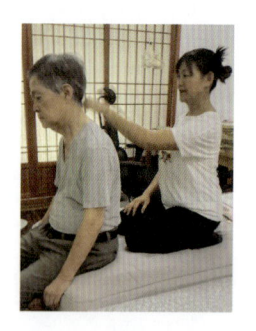

　　一轉身，秋天成了一幅風景掛在眼簾，為了鍛煉個人的意志力，還是堅持到公園，確實去學習有焦點的太極拳。有序的體驗過後，微微地自察，仔細的做一點點改善與調整，這樣斷斷續續也參與年餘，基本功雖未學好，心底還是有萌了點芽，偶爾在旁觀察師兄的互相對練，也會從中創造出自己充滿生機的暇思樂趣呵。

一回眸,年近八旬因長期伏案,而含胸駝背且白了頭的外子,又要到監理所更換駕照了。憶起相識到結婚以來的點滴,風雨同舟地從青絲到白髮過程中,經歷了生活上有些無以掌控的酸甜苦辣,有黯淡也有精彩,有薄涼也有溫暖,有失落也有希望,心裡湧動著滿是感激與珍惜。儘管,他一直不肯說那句美麗的誓言,但總是情緒穩定地展現出尊重、包容和理解的態度。自己也因此慢慢變得較輕鬆,每天也養成讀讀文章,曬曬太陽,散散步,晚間社區運動後,就仰頭看看星光。想起莎士比亞:「時間會刺破青春表面的彩飾,會在美人的額頭上掘深溝淺槽……什麼都逃不過它那橫掃的鐮刀。」雖然時光會帶走青春容顏,但也會帶來智慧,對人生能更深刻的理解,同時多多少少也積累了不少經驗,自然對世界也會有更透徹的感悟。

小院之遇

Spring Chen 2024/09/12 斜陽外美學堂

> 相逢信有緣
> 飲盡千杯話不完
> 轉閣闚嬋娟
> ——林桑祿　俳 9/13

　　近日的風雨侵襲，樹蘭下的日日春，雖然幾經劫難，依然傲然挺立，繼續綻放著屬於它的光彩，悠然見證了生命的力量。在這簡靜安然無恙的日子，虔誠將滲透著煙火的日常，喜歡用圖像與文字妥善呈現，讓記憶漫透心際，偶會留下清朗的音符。

　　9月9日（一）寧靜的午間，與外子邀約旅居法國的藝術與藝評家陳奇相老師，以及大提琴家 Frank 與善良的文心一同到陋室附近，新開的半夏小院聚餐。席間奇相老師聊及三十多年來，在海內外個聯展四十多次，而創作核心一直都環繞著「境」及「相」之「鏡像」效應，用來比喻生命的虛實幻滅。有幸能與藝術家同桌而聚，Frank 不時請教外子書法藝術與哲學，外子時而英語夾雜中文，時而請奇相老師用法語翻譯，看他們聊得也挺愉快。在旁飯後犯睏的我，便藉由上洗手間，起身選擇到前桌短暫的休憩呵。

日子，不驚不擾，平淡如水。沒有特定的目的，帶著真葉堂的柑普茶與龍珠，來到閒適溫馨的近鄰之店，與蒞臨之友們分享，品著品著，一些人來了，一些人走了，分分合合，聚聚散散，一切的因緣與巧遇，都是最好的安排，少了任何一個角色，寫作的故事都不會完整呵。9月11日又遇到舊識的小娟與打扮精致的美琪。最為開心的事，靚麗的美琪終於幫我開通微信的基本功能，欣喜跟著她們「年輕化」，快樂指標因此直直上昇嘿。於是，保持一顆「不老心」與眾人互加聯繫，洋溢著歡心合照，就是這樣與建立良好關係而回春的哈。個人認為年齡，只是記錄人們在地球上度過的一個數字，用來度量生命的長度，而真正影響生活質量的是心態，因每個人的信念不同，對人生注解自然會有差異，生活也因此產生截然不同的寬度和深度。

一指・野狐

Spring Chen 2024/09/14 斜陽外美學堂

世事存因果

何能不落何能躲

不昧方稱可

　　——林燊祿　俳 9/14

　　9月13日搭乘妝點老闆的車，回北斗家商參加中秋烤肉聯歡會，看到一些新進人員來了，而我已然是過客，更是匆匆的過客。總覺得自己所開的生命列車，每站的停留和路過，都是途經的必然，少了任何一站，人生的風景就無法串連。欣見到一些老同事，來回穿梭在行政大樓前，踏在細欖仁落葉鋪就的路徑上，每一步都伴隨著腳下細碎的沙沙聲，彷彿聽到季節更迭的低語。沒多久，斷斷續續飄起了細雨，雨珠沿著樓遮棚，輕輕滴落，發出悅耳的聲響，與大樓前姚老闆高歌對唱的旋律，交織成一首悠揚的樂章，沒有刻意尋找快樂，快樂悄然而至呵。尤其，意外遇見20多年前一起同遊紐西蘭及澳洲的佳人，坐下來之後，彼此聊及記憶深刻的旅遊過往，共同的回憶如一串串的珍珠，串聯想起，昔日一起前往的同事俊玲："*No beer, no fun.*" 於是，當下自個兒開一瓶 Beer，*Fun* 起來呵。

約了翁佳音老師到北家碰面，順手拿了瓶 Fun 給剛自彰化師大上完課的他解渴。引領其與楊校長打個招呼，逕帶至朋友裱褙行與外子會面。年初預定的「靜觀」終於交到他手上了。其中外子的一枚印章「一指野狐」，自覺像沙彌的歐志成老師，欲用「一指禪」的典故來創作，外子便賦了一首詩：

沙彌叩座師
佛祖東來意
其師不一言
唯豎掌中指
師問小沙彌
佛祖東來意
他豎掌中指
為師砍斷矣

9月10日（二）外子又以一首（如下左）的俳句，成為另類的詮釋方式。而另一俳（如下右）則為「野狐禪」而作。

佛祖東來意　　　　　世事存因果
禪師斫斷沙彌指　　　何能不落何能躲
誰能明所示　　　　　不昧知其可

中秋之夜

Spring Chen 2024/09/18 斜陽外美學堂

嫦娥舞月中
伐桂吳剛藥兔舂
后羿枉張弓
——林燊祿　俳 9/19

　　九月已過半，看到自己的影子，正偷偷從臥室的門縫間溜走。若不出門，家就是我的世界，出了家門，嘉義市就是我的家哈。週二（9/17）充盈圓美的中秋夜，皎潔明亮的月光下，帶著些許的涼意，以及幾分的秋色，路過半夏小院，適逢 Claire 一家人停車準備入內用餐。見蕭先生似曾相識的感覺。果然約莫10年前，一次服務利他的餐聚會過面，當時被地藏庵董事們，其父輩80歲開外等超人的喝酒能力，驚嚇過的經驗，至今歷歷在目。蕭先生邀請外子過來一起品茶，聊起共同已成仙的王錦堂老師，深情款款，隔空對月寄予思念之情，年輕時與王老師喝過的酒，早已稀釋在光陰的流水裡。

　　餐後，彩妃沖泡兩壺好茶，席間外子精彩聊及極簡思想的禪宗「無與有」與生活哲學。蕭先生談及孝道之行為，思緒縝密的外子即刻回應真正力行的孝道，使得蕭先生當下表示，猶如坐在針氈上，又如芒刺在背，幾次想逃離現場，外出吞雲吐霧放鬆一下。最後其妻以含情脈脈視之，他才勉為其難聽完真是會叫的「野獸」之言呵。意猶未盡，邀其續臨陋室參訪。回程懷著清透的心情，簡單自持的從容，不自覺再抬頭看月亮，卻不再只是一道風景，而是遙念起了遠方的故人啊！

小院故事

Spring Chen 2024/09/21 斜陽外美學堂

> 小院確清幽
> 忙時這裡把閒偷
> 茶香俗慮休
> ──林燊祿　俳 9/22

　　看著陋室增建工程，費了近一年的時間才完工的曬衣陽臺，外觀終於完善了。欣賞每個極細小的工程，都蘊含著不小的能量。尤其，室內貼上自英國（Bath）攜回的餐桌布，用來遮陽，望著濃濃的秋色，陽光溫柔地灑落，給地板披上了淡淡的金輝。此時的秋風，竟勾起將於明年英國行的準備呵。

　　坐在桌前，沖壺想念堂弟的柑普茶，裊裊的茶香，伴隨著檀木清雅氣息緩緩瀰漫開來，心頭縈繞著，夏天於真葉堂的所有溫馨故事，而今已成了一個藏在深處的記憶。在這裡，重新審視自己的初心，內心依然深藏著對最初夢想的追求和向往。雖然回到原點，發覺個人的熱情逐漸在消退，沒想修飾鋪陳發生的人與事，而連通補綴的寫作能力，似乎也漸漸枯竭，甚至一絲的意趣亦快化為烏有。但並不意味著放棄，只是不想把生活侷限的小圈子，當成唯一的中心，思考如何充實內涵，才能在日後寫作的道路上走得更遠、更穩。

等待垃圾車的空檔，總會順路來到寂靜的半夏小院，悄悄變成一個滋養個人身心的好去處呵。看著彩妃通過電影或視頻方式，感受著不同文化的魅力，逐漸理解她自海南島嫁來臺灣20多年的生活軌跡，傾聽她說得比我還溜的閩南語言，順暢平緩地道出其生活上的點滴，融入個人出生的生活經驗和時代的影子，燈火闌珊的小院，藏著無數引我入勝的故事，因而調養了自己的情志，沒讓想像力錯置了地方。務實與喜愛美食的她，分享在新鮮的食材變化中，因此觸發我大腦裡各種概念，快樂地回家也試圖烹調出，屬於自己掂量的幸福滋味哈。

動養身

Spring Chen 2024/09/28 斜陽外美學堂

靜動養心身

太極拳操要認真

禪修悟果因

　　——林榮祿　俳 10/2

　　9月26日（四）前往傳統菜市場，途經半夏小院門前，看到燦爛鮮明的牽牛花，綻放美麗姿態給予元氣與力量，因午後便會逐漸枯萎，於是停下單車喀嚓一下，留影紀錄短暫的夢幻感，當成點綴寫作的日常，傍晚足堪回憶的再來就已經凋零了。不揣淺陋地聯想它是否也領悟了「朝聞道，夕死可矣。」哈。

　　每個月底的太極拳讀書會，林宏恩教授會來提點練拳「細微之處見真章」的目標。更多的是要深入一種舊有既成的習慣，有時細節要有所更新，深入就又帶來新的更新。養生性的習拳沒有輸贏，不須針峰相對，習得沒有一點火氣，好好打磨靜水深流的脾性，好好修一顆寧靜的心，值得好好去探索，靜守於細水長流的練習，感受身心被招喚的健康快樂呵。真正體悟到「動能養身，學能養識，靜能養心」的精髓。

除了太極拳，為了在提高肌肉的力量和耐力，週五預約了健身房的教練，一對一的肌力與阻力訓練，喜歡環境是大片落地窗旁，讓自然採光微微透入下，教練鉅細靡遺地示範與指導，從橋式練習、深蹲、跪姿撐地、平衡測試到呼吸的調節，近1小時的課程裡，學習運動時能轉換到阻力上，因而得到增強肌肉力量的訓練。想進一步提高肌肉的最大收縮力，於是報名參加健康講座，以及團體課程的體驗。

提煉
Spring Chen 2024/10/01 斜陽外美學堂

烈火煉真金
翠玉雕磋巧匠心
鐵杵磨成針
——林燊祿　俳 10/2

手沖著咖啡，聞著熱水注入咖啡粉所散發出的濕香味，品一口香濃醇厚的寫文儀式，啟動每天帶著開拆巧克力口味的心情。參與每一次的活動，當作自己的精神食糧外，也是寫作和探索過程中，保持個人專注和毅力的體現。

9月30日（一）不快不慢地來到舒服的日光讀書會場，有好友們相伴左右，跟著如煦日的日光讀賽斯會後，留下來繼續參加逸萍帶領的喜馬拉雅瑜珈課程的初體驗。平心靜氣，不急不徐地回到最簡單的呼吸，慢慢放鬆，學會身展體位時，保持深層的覺知，持續不斷的自我觀察，漸漸馴服身體的慣性與習氣，然後靜坐，達到身心靈平和的美妙感覺。藉此提煉自己的精氣神，否則寫的文，似乎越來越虛弱無力哈。這像似投資自己未來的生活品質與健康，畢竟「動則不衰，用則不退」呵。

9月29日（日）聽取臺南藝術大學龔卓軍老師的「鄒獵徑、獵人帶路」講座，看著回饋的贈品「曾文溪縮小比例尺製作的流域圖」，上面標示著曾文溪流經不同區域的

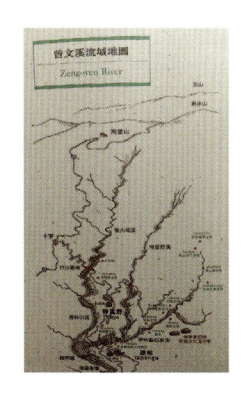

名字。據說2025年，將會增加更多跟農食相關的點，這張地圖也會更豐富，屆時會讓觀者以不同視角參與，體驗地圖裡每個角落的生活，畢竟有人的情感與自然和諧的感應，才是藝術美的韻律。

　　當天的講座，龔老師以「2022 *Mattauw* 大地藝術季—曾文溪的一千個名字」為例，身為總召的他，目的很單純，只希望能更接近曾文溪流域「真實」的樣子。在原住民朋友帶領下，花了3年時間，一次次沿著曾文溪往上溯，以腳、以眼、以全身感官，重新認識這條貫穿嘉南平原的母親之河，從而打破行政區域的藩籬，規劃出以整個溪流為本的藝術節。因而創下許多紀錄，於2023年獲得日本 *GOOD DESIGN AWARD* 的金獎，成為震撼我心的藝術活動。

隙頂之行

Spring Chen 2024/10/07 斜陽外美學堂

　　朋邀遊隙頂

　　落木飛花騷客影

　　直是清涼境

　　　　——林燊祿　俳 10/8

　　微涼的晨間，捧起一杯溫熱的水，啜一小口，讓溫暖從齒頰間流淌至全身。坐在電腦前，看著志成堂弟週三（10/3）傳來的相片，望著小雲的身影，思緒如秋葉般紛飛，頓覺，這光陰，實在是太匆匆了，還沒喝夠那泛著白沫的生啤酒，時序已來到深秋。離別後的感情不是分散，而是思念的擴張，芳村茶城的真葉堂檔舖移動，香港還有銷售的分店，需求的服務依然沒息喔！

　　10月5日（六）洗漱後，出門前稍有涼意，套件薄外衣，踩著單車迎著清爽的風，慣性繞到「好宅」觀望一下，順沿著地檢處後面的幽靜小徑，四處蔓延迷人的淡紫藍色花，很好看，是極少見的種類，於是發到群組詢問，成功大學退休教授的河伯立即回應：「大鄧伯花」，隨即再度搜尋相關來源，原來又俗稱「山牽牛」，又長見識了。

九點抵淑惠家，與其夫妻會合，前往阿里山半山腰的「隙頂」，海拔約 1000～1500 公尺。我們從加油站步道入口，沒有人潮，沿著階梯可以寧靜享受茶園風景。短短 20 分的路程，就到了最高的平臺，雖然流了一身汗，但眺望遠處的層層疊疊的山，盡收眼底的美，著實令人心曠神怡，自個兒先行下到較低處，再回頭拍個照留影為念。回程再選擇走不一樣的產業道路，途中總會有陣陣的小山嵐瀰漫而來，總是迷迷濛濛，特別有一番詩情畫意之風呢。午間，因颱風過後的山上，沒有餐可食，只好到阿榮的店吃泡麵止飢，看著山嵐仍緩緩飄動，忽濃忽淡，空氣裡漂浮著清寒的水氣，精神為之一振，讓人變得更加樂觀，似乎可以掌控一切的生活之感哈。

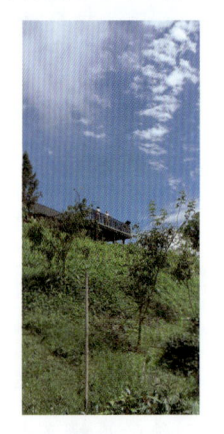

　　9 月 7 日午后，趁精神尚好，又臨時起意，開車載著外子與淑惠，再度上山，半途下起毛毛細雨，抵達隙頂約莫十分鐘雨歇後，攜著雨傘當助杖，同淑惠隨機走上霧茶步道，走走停停，耗了近 2 小時，才到停車處。回抵陋室，門上的風鈴輕輕晃動，清越悠長的聲音，不斷低回盤桓，百轉的淺吟低訴，彷彿進到心底，趕緊上樓啟動筆電，速用文字存儲殘留的記憶，才不至於輕易被歲月帶走呵。

定格山間

Spring Chen 2024/10/09 斜陽外美學堂

幽途頻定格
奇峰秀嶺迷山客
嵐飄林染白
——林燊祿　俳 10/10

　　有時候寫作會覺得像是水龍頭，所有內容就會一直噴湧而出，找到開關的模式，就是不斷地寫，感覺不對，就再換一段，隨筆的過程，便會發現核心的構築故事。為了要顧及閱讀者，可以理解個人彈跳式的文句，因此得保持閱讀別人的文學作品，沉浸在文章裡暢游時，學習貫通轉化到自己的真實生活，很幸運，總能順暢地融入個人獨特的文章裡哈。偶爾遇到瓶頸與外子聊上幾句，他就是我的文學的充電器，便能立即復活呵。尤其是表達個人思想，應用詞彙的精準度，確實是須要形同活字典的外子之協助校對喔。尤其，面對自己不懂的東西，還是要心懷敬畏地求證，小心翼翼地書寫。因此之故，時常被誤以為本科是中文系哈。

　　所寫的文，多半是生活小美好的清靜，或自我修身養性的隨筆，也是日常習慣的選擇。因而無所事事，便寄情於山裡，在山間往返，看到石牆像生鏽般，長出青苔的耳朵，就像似靠得住的老朋友，自然而然停下腳步，定格在這一刻，將無盡的花草樹木，在秋雨中盡情的

留下閨蜜影像。與她歡喜在山裡蒼穹下，抬頭仰望萬里的晴空，看著看著，有時烏雲一轉眼就飄了過來，一下子就傾盆大雨，但雨後瞬間又天晴了。於是，從一片混沌氣候中，用個人最佳視野，創造出眼前的美角。如是慢慢地紀錄將一去不返的細碎時光，待多年後，垂垂老矣，無疑也是一段曾經溫馨的浪漫呵。

　　生命的歷程，就像於上山迷了路，走了很久很久，看不清前面有什麼，時而是泥濘不堪的小道，時而是充滿刺激的彎路，但也會意外遇見彩虹，不因前路不明或意外的變數而驚慌失措，鬆弛一點，沿途若感疲憊，稍停休息，喘口氣，喝口水便是最佳的補給，深信只要路還在，就一定有出路，好好欣賞沿途的風景，就當是漫遊人間的一部分呵。

靜觀隨喜

Spring Chen 2024/10/12 斜陽外美學堂

> 靜處且觀心
> 鬼怪邪魔自不侵
> 道淺志何深
> ——林桑祿　俳 10/15

一盒優格，搭上酪梨，配上堅果，淋上蔓越莓醬，品嘗甜食美味的愉悅，再喝一杯手沖濃香的咖啡，想寫一段溫馨的晨間，一隻鳥兒清脆地歌唱，循聲望去，就在屋檐上，瞬間又飛離了，天天就像是一幅幅生動鮮活的畫面，感激小生靈的光顧，添增了喜悅。

退休僅兩年，全然不記得雙十（10/10）是假日，保養得宜且天真又浪漫的侯素琴老師（任教於員林家商），特來探望回臺的外子。隨手翻開摺疊十多年前的印象，她曾預訂過瓷板字留給其閨女。那天，再次收藏了兩張宣紙字「真」與「靜觀」。相識近20年來，歲月似乎不曾在她的身上留下任何痕跡，或許是常懷一顆雅量包容之心，面對一般老師無能為力的班級，總能耐心適時的引導外，也是力行實踐生活美學的身教者，不僅懂得欣賞藝術，還能尊重創作者的作品，足堪為當代收藏家們的典範啊！

10月11日（五）夏秋更替的午後，開著車前往東義路拜訪友人。途經嘉義公園的景觀樹旁，但見片片葉子一連串「旋轉」掉落的景象，像是盛開的鮮花，在秋日的陽光下，葉子的顏色愈發鮮豔，如同一群專業的芭蕾舞者，迎接光輝的10月份的演出，展示著另一種形式的美麗與絢爛。就在這樣微小而亮麗的瞬間，讓我意識到，人生如四季輪回，要接受生命的無常與自然的變化，每一個階段都有其獨特的魅力與存在價值，每一程都有不同的責任和使命。於是，萌發著將外子的書法，推上國際拍賣的願望。隨著那個自以為是的念想被點亮後，胸膛內竟有股微細地晃動，逐漸膨脹不可量化的舒暢感，因此，隨喜著每一次機遇的自然景物，感恩當中啟動內心的發想。

　　回來中山路上，面對著天空變幻的夕霞，忍不住想要吹口哨的心情，伴隨無以衡量的幸福指標。真好！

過往─如今─往後
Spring Chen 2024/10/15 斜陽外美學堂

> 過去雲烟渺
> 如今各事如今了
> 往後誰能料
> ──林燊祿　俳 25/6/26

　　回想過往，選擇自己高光的人生階段，於是，翻出塵封已久的出入境記錄（1998～2005），清晰地記錄著1998年代表全臺高職教育界，公費前往德國考察20天；回香港探視婆婆3次（1999～2001），便天人永隔；接著連4年的暑期（2002～2005），申請公費補助帶職帶薪，前往英國取得（2006）碩士（TESOL）學位；回臺盡義務兼任行政職務並教英文課10年。生活中難免也存在一些不如意，但依舊感恩。

　　如今退休後，可以慢悠悠為自己與外子，準備兩份營養豐盛的早餐。利用洗完餐盤水，到屋外澆花的同時，總會深吸一口氣，陶醉那迎面而來樹蘭香甜的味道，再備好午餐的食材入電鍋裡。然後上樓，一邊喝茶一邊閱讀，心無雜念而純粹品茗在當下。有時悠然以隨緣隨喜的心態，寫寫不具驚天動地的小文。簡單午膳帶來身體的滿足，平凡而真切地小憩一會後，又舒舒緩緩，騎著單車穿梭於尋常的市區巷弄。每每在斑駁的光影裡，遇見臉龐寫滿歲月的長者，於是進一步與之有所交集，傾聽他的過往時，都像是宇宙間微妙安排的奇蹟，彷彿在聽一個個不同的自己，講述著不同版本的人生，背後藏著美妙的故

事與深意,提醒著個人對於日常的安然與接納。讓我心生感恩與知足,這樣的日子,日復一日地過得像做菜一般,每天與鍋碗瓢盆碰撞,使用不同的調味方式,品出天天煙火裡,各自獨特的滋味,似乎還能鏈接到最好的生活模樣呵。

往後餘生,時時感恩,把身體照顧好,把心態安頓好,活在自己的熱愛裡,做自己所能做的事,悅己地寫文、閱讀、享受自己所能享受的旅行。執外子之手,繼續一起邁進,未來的每一個春、夏、秋和冬,足矣。

活動週記

Spring Chen 2024/10/19 斜陽外美學堂

　　莫可使心焦
　　研經寫作健身操
　　好夢到明朝
　　——林燊祿　俳 10/22

　　週末，不苛求完美的生活，有感於一週來的經歷，極其瑣屑的細微回憶：10月14日（一）日光讀書會後，依舊留下來學習瑜珈的拉伸，拉到淋漓盡致地冒汗，有種通透而舒暢的療愈。結束前的放鬆，小藍魚輕輕柔柔的引導，溫和了全身上下所有的小肌肉，因而心靈平靜，聽著聽著，不知不覺竟睡著了哈。甦醒後的身體因而變得更有韌性了，行動起來，有了更靈活的把握呵。而週二就把日子過得平凡，吃好、喝好、運動好，不負光陰不負己，更不能錯過時時刻刻的美好。

　　週三到地藏庵參加東區衛生局的健檢。第一次上樓參拜，隱約感應到，被一個初加入的群組約稿，雖然仍寫出如實〈過往—如今—往後〉之文，直覺就是有種不太對勁的感受，自動轉到順流，不勉強自己，毫無懸念及時便退出該群組，擺脫浮名的誘惑，回到自己的節奏，如是讓自己的圈變小，事也跟著少，手機安靜了，心更為沉定與專注，不再讓瑣事牽絆，靜守生活，挺好。

週四，約好好友一起去增強體能，選擇走向陋室附近的訓練中心。過程中，多做一個深蹲，不會背叛的肌肉，真切地變得更有力量，逐步找回「活躍」的自己，再次與人間實際地鏈接，身體明顯給予良好的回應。晚間在社區的活血功的運動，肩頸顯著地鬆弛了許多，真正帶來很不一樣的快樂喔！個人堅持適度的運動，只想擁有一個健康的身體，能給外子有所依，同時具有品質的晚年生活，更能不累及家人，才好。

　　週五備完午餐後，陪外子前往醫院做例行性的體檢，又順道驗車去，路過柏熹公司，沒有錯過的進入參觀並體驗一下，尋找適合未來安裝在「好宅」衛廚的尺寸，來來回回竟然也走了一萬多步。社區運動回來，充實地過完一天，躺在柔軟的枕上，想到自創一道烹飪，相當滿意具有英式風味的美食，味蕾還在沉醉享受間時，倒頭即進入美美的夢鄉，真好。

暮秋颱日

Spring Chen 2024/10/31 斜陽外美學堂

一口菜頭糕

味道能分美或糟

堪稱是老饕

——林燊祿　俳 11/1

　　涼颼颼的暮秋之晨，寒風徐來，手沖杯咖啡足以溫熱一下身心。再看一眼行事曆，在庸庸碌碌的日子，又來到十月的最後一天。退休似流水的光陰，不僅令人飽諳世故，更是磨掉了個人昔日職場上，慣性的不少稜稜角角，逐漸學會細膩、包容、遷就和感恩。將置頂的感受，思量與人相處的某一個細節意象、或者與人對話的某一段觸動，有一種內在的使命蠢動，敦促自己記錄一下。

　　10月30日（三）特撥冗會見，半年多未晤的陳董（捷雄），臨時又約了百忙中，自斗六趕來會聚的張董（志毓），與老饕的外子相見歡。閒語中聊及傳統飲食製作的秘笈功夫，從港式蘿蔔糕、魷魚蒸肉餅到粽子的米及葉子的細膩處理過程，聽起來就像似香水的製作，大半95%都是水，各家5%不同的秘方呵。而大部分人不也是一樣，接觸到的一般人95%基本相似，而有所成就者的差別，就在很關鍵性的5%，具體的思維、格局、眼界、見地等。

貼近見識到張董這般積極地對高質量知識與技術的追求，由衷佩服！他還一直叮囑不擅烹調的我，定要記錄外子的珍貴口授哈。其實，已有業界依循外子的配方改善其港式蘿蔔糕，實際的消費群接受度，才是王道吧。畢竟，在商則言商呵。

　　不讓世俗淹沒了生活的浪漫和熱情，選擇自己喜歡的一切事物，形成一個小小的局部宇宙。颱風天在家用最舒服的生活方式，依在窗前觀飛雨，聽聽戶外如鶴唳的風聲。靜觀窗外風雨中的美景也如畫，凝視有如世外桃源的剪影，彷彿又有種浮世繪之感。總得拉回筆電前，讀讀能和自己靈魂碰撞的文章、聽聽音樂、寫寫沒有企圖的小文，可以不斷地擴張自己內在的正能量，在這個信息傳播如光速的年代，說不準在什麼時候如同一陣狂風吹，席卷了整個嘉義市的大街小巷，帶動每一個角落，整出了無形的更好氣場哈。

人際小覷

Spring Chen 2024/11/04 斜陽外美學堂

冷暖見人情

良朋損友可分清

知心重在誠

——林榮祿　俳 11/6

　　迷戀這樣沒有鬧鐘的催促聲，喜愛這樣沒有繁忙的日程表，醒來只有愉悅而鬆弛的身心，看著 11 月 2 日（六）再度陪外子回中正大學還借書，不暖不寒的天氣，立於靜觀版上，無思無慮賞著一片恬靜的草坪，當下聆聽著各種不同的鳥兒婉轉鳴叫，彷彿構成一片歡騰的樂曲，有種「久在樊籠裡，復得返自然」的喜悅悄然湧現，風傳物語般不斷地搖著頭上的樹葉，停留於此一陣子，就是十分的美好。再漫步進入後山，踏著颱風吹下不少葉片的路徑上，迎面飄來落木的暗香，深深吸一口氣，肺腑迄今仍是清澈的啊！

　　當天順路，轉往百福家具，再次遇見清華山德源禪寺的住持，很懂得如何敲鐘的傳昱師父，一敲便撞擊外子心胸，使得外子這一次的對談像河水般，滔滔不絕地聊及近代敏感的歷史脈絡。晚間，在追求成功而不失生活樂趣的張董（志毓），派了司

機來接我們與陳董（捷雄）一起到中埔滿足口腹，就在這赤橙黃綠的阿里山口處，陪著張董喝了幾杯啤酒，不經意間，又撩動起心底思念的角落，等待目前正在澳洲的堂弟志成夫妻，有朝來臺一同陶醉呵。

　　就在與人一次次真誠善意的互動中，外子的知識量體，隨著時間的推移，似乎產生了小小社交的紅利哈，與此同時，像似也為彼此的關係添加新的「本金」，尤其以「複利」的思維，體現出持續的信任與價值的創造，更是人際關係不容小覷的喔！

行動

Spring Chen 2024/11/16 斜陽外美學堂

> 悲欣一念頭
> 得也何歡失不愁
> 濠水樂魚游
> ──林桑祿　俳 11/18

　　11月16日（六）颱風又來雨，打斷既定的行程。居家像現場直播，沒有拖拽的條碼可移動的日子。啟動筆電想寫文時，腦子竟是一片漿糊，為了避免成為思想上的巨人，行動上的小子，在不確定該往哪方向著手時，選擇先定心、定身後，再用簡單高效的方法，就是付諸敲鍵盤的動作，從無序的行動中發現有序，邊寫邊調整的方式，亦是我做事一以貫之的方法與態度。有點像在英國寫 Action Research（行動研究）的碩士論文之情境哈。

　　週一午間突然接到老家來電通知，去年自彰化搬回，暫置放於鄉下的家具得另謀寄處，因該屋已出租。感覺不是這一兩週能解決的事，月底前得完成的事情太多，無數情緒顆粒，瞬間被挑動而混亂，交織著思念已故親人的情感也被攪動了，糾纏在一起，當下幾乎要喪失生活的掌控權。所幸，是日下午抵達如焚化爐般的日光讀書會場，協助清理這些情緒垃圾，坐在身旁的蒲公英，很懂得適時撥水，速減情緒之火源。負面的情緒得以及時收拾，而不至於再添亂，否則就會像手機會越

來越卡而不順，身體也會被卡得產生無豁免權的病痛，人的意志因此變得羸弱。每回讀書會後，大腦就像植入新的神經迴路，回來持續的自我覺察和刻意練習，重新理解似不起眼的小事，感受到思維模式的重構，突破的自己的卡點後，狀態便由內而外更為鬆弛與平和，精神也隨之振奮復舒。

　　週三特前往舉辦「全國家事類技藝競賽」的嘉義家職，探望產學界的老友們，每個人都依舊按部就班地工作，只是時光的年輪使得大家悄然變老了呵。而出版界的友人：「退休後的老師，變年輕了。」應該是無事一身輕，又常和高能量的人相處，學會把一地雞毛的生活，順手拾起雞毛扎成撢子。在慢活宜居的嘉義市，經常沉浸在藝文活動的歡愉中，同時持續不斷地健身運動，腳力似生了風，步伐自帶輕快與灑脫，心態年齡就一直保持在 25 歲哈。

記憶之味
Spring Chen 2024/12/12 斜陽外美學堂

注事成追憶
逝者如斯駒過隙
鴻爪泥上跡
——林燊祿 俳 12/15

聽著凱文·柯恩（Kevin Kern）的綠鋼琴，身心多份靜謐，輕輕翻過日曆，每一天都承載不同的故事與期待。靜坐半晌逐漸理清寫文的脈絡，自我訓練出「逢山開路，遇水架橋」的順流本領呵。欣賞著越看越迷人的外子書法，寫出沒棱沒角的方塊字，竟然在外子筆走龍蛇的組合，會有那麼多變化，真是出神入化！經常聽人說「字如其人」，看一個人寫的字，就可知道他的性格。自古千百年來的傳統，大多從書品去看待人品，在外子身上似乎印證了，今時仍是有賢智者哈。

記憶跳回12月9日（一）讀書會的日光，保持均勻的速度，深入引導著賽斯文章，淺出回到現實，能專注跟著聽讀，是需要契機的，否則容易滑過去，就進入不了另一個存在的現象。後來聊及人生的修行，最終都是一種回歸，回到生命最初的本真狀態上。只因有人遇到瓶頸，就像站在十字路口，看著左右前後的方向，躊躇不進，猶如內心有著無數頭馬，各自朝不同方向的糾纏奔扯，以至於常常感到力不從心，甚麼事都沒有做，

就已身心俱疲,充滿了無奈。也有人,難免將所有生活細枝末節滯留胸間,足像開車時,一邊踩剎車,一邊又踩油門,一再內耗,而造成內耗的,往往不是事情本身,而是看待事情的態度,自己想像出來的煩惱居多哈。經日光醍醐灌頂的金句點撥,茅塞因而頓開,適當的傾訴是可保持健康的心態,精神肌肉因此越練越有力量呵。正如英國文學家狄更斯說:「有個好情緒的心態,比擁有一百種智慧都更有力量。」

　　緊接著,跟隨小藍魚練完瑜珈後,小敘於垂楊路的小吃店,話題自然落在吃食,吃遍嘉南好味的沈醫師(淑禎)分享,心心念念的撩撥著大家的胃。同時被舊時酸甜苦辣的情感,早已化作記憶之味,開始在腦海裡翻騰,想像著點點滴滴不可量化的誘人美味,似乎又埋下草蛇灰線的伏筆,僅能期待下週,再赴一場心靈的邀約。到蒲公英的「秘密基地」聚續,得以慢慢用自己歡喜的方式,重拾個人「記憶的味道」,屆時或許能滲透出些許人生的況味呵。

石中健

Spring Chen 2024/12/18 斜陽外美學堂

當恆常鍛鍊
自得心身安且健
活力隨時現
——林桑祿　俳 12/19

　　消逝的日子，無法改變縱橫交錯的過往，也沒法讓漸行漸遠的昔日可以暫停。歷經一屋被兩賣的提訴，基於暫時的某個視角，我的心，曾有過數次難以坦然，直到 12 月 17 日（二）千絲萬縷的偵查後，終於嘴角有了一抹淡然微揚，相信約翰・肖爾斯《許願樹》：「沒有不可治愈的傷痛，沒有不能結束的沉淪，所有失去的，會以另一種方式歸來。」

　　繼續記錄 12 月 15 日與會「美好人生」畫展時，欣然遇見久違的老朋友們，這是習油畫十年的劉婷瑟，師承王錦堂及莊玉明兩位老師，在短短數年間即嶄露頭角，榮獲臺陽美展、全國百號油畫大展等多項殊榮，傳承嘉義市「畫都」的藝術風華。這是她第十次個展，是以類印象派的寫意風格，捕捉生活中的細膩情感，筆觸自由而灑脫，作品中散發溫暖與詩意，令人感受到生命的美好。其新作「瓶中花語」系列，成為此展的亮點，據知透過鮮奶瓶與花卉元素的結合，傳遞其童年記憶與生活美好，運用明亮色彩，象徵豐富的人生。

12月16日日光讀書會，不可多得轉移到蒲公英的秘密基地。放縱自己好奇的行為，喝了口酒，隱約微醺享受感官之樂，有得吃，有得喝，又透過日光的心靈導讀賽斯言詞時，獲得傳過來的能量，水到渠成地擴展了自己意識流（Stream of consciousness），隨著心理波動去把握真實，就只留意感興趣的面對窗外景色，望著夕陽的最後一抹餘暉，落入寒冷的樹林後面，感應周遭生靈也默默地參與開放式的交流。瞬間，夜幕悄然低垂，清寒的冷風，靜謐竄入亮著暖黃燈，而沒封閉的室內空間流動著，身心內外仍舊溫馨地領受十足的滋養，再次構築自己奇妙的虛實世界。由衷感恩精心規劃下午茶點的蒲公英，給予共同協定的機緣，可以實現與像家人般的會友們，於此繪出開心的藍圖。

　　位於仁愛路，屆滿三周年的石中健店長，決定以外子構思的對子：「有恒訓練，無限生機」留下墨跡，旨在鼓勵來健身房的學員，邁向健康之道，便是要能長期堅持在運動上的投資，身體才會回饋無限的生命活力。相當有遠見的年輕夫妻，能懂得運用文字的穿透力量，藉以傳達其創業的精神理念，值得一推再推！

掃葉之樂

Spring Chen 2024/12/28 斜陽外美學堂

> 書成三百頁
> 校對猶如清落葉
> 錯漏難全滅
> ——林燊祿 俳 12/31

陰陰寒冷的天，留在陋室，烤著暖爐，校對近兩年多來，靠著一字一字捶打筆電，寫出情感流露的往昔之隨文，一篇篇回看自己的情緒與狀態。新愉憶起過往與人互動的畫面，許多親朋好人待我的誠與真，流連於字裡行間，眼角竟帶出些許濕潤的感動，依然溫情如初，用文字綴補不了洋溢於胸中滿滿暖意。而有些曾憂我於無聲之事裡，彷彿見到那個有著大人模樣，而身體裡還住著一個驚慌失措，像個孩子般的自己，已變得越來越小。迄今隨著境遷也跟著笑了。原來經常在獨自思考的路徑上，總會遇著妙不可言的風景，從中尋得頓悟的入口，心底無形生出一片自我療癒的花海。雖世事難以求得盡善盡美，但對於未來，仍矗立起自勵可實現的方尖碑呵。

以前我的手，僅用來打字，現在更多時候是用來做飯，洗碗，拖地以及擦拭哈。儘管頻繁地在任務之間切換心境，導致寫作的注意力分散，甚至時不時於筆電前，把滑鼠隨手一點，進入隨機可閱之文章，順著文字，仔細揣摩，神會之處，不禁莞爾；動人之處，也會唏噓一番，讀著讀著，試圖將古今四海所有之物，羅致入文內，但精神和意識卻在那一瞬間，又被凝固了哈。只好先暫停，抽身離開筆電。

12月28日（六）跟隨高能量的學儒夫妻俩，到附近的獨特場域，非常有生活氣息的幸福山丘，於咖啡屋前曬曬太陽，提煉生活體驗。在陽光下，見小庭園上的淑惠之影，看來甚為短小，但當她站起來的那一刻，覺得有股很大的正能量散發。於是捱在她旁，點個咖啡，品嚐一點甜食，有了「底氣」。聊一聊近況，聽著那些真切的話語，很快讓我恢復能量，去除身體久坐的寒氣，再到山丘的小後院，在滿園的綠植圍繞下，感受大自然的氛圍，身心也就溫暖了起來，洋溢出居嘉的幸福呵。

　　寒風蕭瑟的夜間，回程經清冷的嘉義市街頭，似乎濾掉了白天的喧囂，沉靜得令人遐思，生活要有些許情致，就像烹飪的調味料，過多無助食物滋味，適量會讓料理變得有味，既使沒能改變生命的長度，至少可以選擇完善的滋養自己身心之寬度。

日日如意

Spring Chen 2025/01/07 斜陽外美學堂

日日皆如意
心明不著煩人事
非非猶是是
──林榮祿　俳 1/9

　　臘八（1/7）拉開了春節的序幕，看著楠弘柏熹特別贈予嘉義木都建築圖鑑的「老屋曆」，想起該復盤 2025 年第一週的幸事。元旦與學儒夫妻小敘，於他家中點個燭火，晚餐後推杯換盞，品其自日本攜回的清酒共歡新年之夜。1 月 3 日（五）與人約見於即將被拆除的「好宅」，留下即將被拆除的壁面。午膳後與淑惠漫步於水源區，來個身心靈之行，領其路過蒲公英家小坐，歇息會兒，繼續刻意放慢了腳步，聽聽她分享過去的一年裡，有著幸福夾雜著感嘆，回顧其周遭親朋驟然發生之事。平靜的心湖並未被其攪動，順其自然地體驗和接納，只當是提示，釋放多點自由時間留給自己，保持對個人身體和心靈的關照，人生除了有品質的「活」好，真的沒有別的事了呵。

1月6日來到日光讀書會,先跟會友們聊聊天,有時隻言片語,無形紓解了點生活的困惑。再品嚐著儀芳的十全大補烏骨雞湯,不用問,加入多少c.c.的自製米酒,暖心之意,足以抵禦溜滑梯式的寒冬。隨後安靜的坐著,閉上眼睛,一邊聆聽著日光的導讀,一邊順著自己的感覺,檢視內在自我的慣性情緒與思維,感受到個人存在的樂觀本質。「信念」的確主導了人的命運,原來我的「好命」是自己創造出來的外在之境哈。

　　感謝日光無償提供的讀書會場域,成為沉澱思緒的緩衝地,慶幸在不容易的現實年紀之外,還有精神可以飛快從中汲取精華,再將習得的知識,用來協助無師的寫作能力之發展。雖是鬆散完成破綻百出的隨筆文,但感覺基調習慣了,真誠袒露自覺熠熠生輝的美妙之感,選擇不沾搖晃惱人之事,心就不會混濁,自然而然產生的快樂,就會如意悠長呵。

黏人之嘉

Spring Chen 2025/01/27 斜陽外美學堂

　　黏人嘉義市
　　蘭潭射日彌陀寺
　　城小多故事
　　——林燊祿　俳 1/29

　　整整一天一夜刮著的風，肆意地舞動著，呼呼作響的怒吼聲，偶而夾雜著斷斷續續發生大小餘震的躍動家具聲，儼然自然界奏出令人驚心動魄的狂響曲呵。於陰陰的天，不再繁忙，按部就班吃著早餐，1月27日（一）等待年後將去廣東省華商學院任教的彥儒來拜年，外子有條不紊地叮嚀授課與備課之鑰。

　　1月22日午後，應金雲之邀，懷著美麗心情來到半夏小院圍爐煮茶，在入口處，有盆開著不多不少的九重葛，像似迎賓的佇立禮士，就在不繁不簡的小院裡，圍在紅紅火火的爐旁，點亮深冬溫暖的相聚。看著彩妃用竹木家具，精心搭配寓意著吉祥的暖黃年橘，品著濃郁香醇的奶茶，聽著不時感念的金雲輕描淡寫地分享，她昔日如何陪伴目前就讀醫學院，近日回臺過春節的小兒子之教育經驗，篤信菩薩的她，秉持著她的信念做事，相信一切都會安排得剛剛好。

1月26日終於完成接受台科大圖書公司訪談的約稿。1月21日參與幼葉林藝術創作工作室，在長榮桂冠的尾牙後，就近探訪近一年未見的青青。當天請外子幫我拍個照片，好應訪談公司的需求，交差了結梗於胸臆間之事。然後再把時間還給自己，走入市區幽微的街道巷弄，感受年的氣味與氛圍，體會據聞會黏人的嘉義市區，穿梭於現代生活與傳統街巷間，看到許多原有木造屋，用鐵皮包覆來減緩木構建築損壞率，像似進入持續演化中的木都劇場，悄然體驗另一座「森林」的獨特，同時創造屬於自己居嘉，慢慢悠悠的生活方式呵。

禾蛇喜樂

Spring Chen 2025/01/31 斜陽外美學堂

和諧家業旺

喜鵲盈庭花怒放

心安人健壯

──林燊祿 俳 2/3

　　過年，是華人深入骨髓的情懷，小時候，掰著手指，被歡喜添滿的期待，雀躍地等待除夕的到來，除了有豐盛的美食外，還能有裝滿口袋的壓歲錢。而今漸行漸遠的年味中，慢慢變老。就在早晚氣溫寒凍的除夕（1/28），午間才有溫馨的陽光露出，外子終於啟動揮春之筆，寫下「禾蛇喜樂」，當成Line（賴）和微信的祝賀圖，同時請其揮出兩岸收藏家的最愛「喜得大自在」，似乎將其身心平穩的喜樂也一寫而出，以備年底展出之需。

　　除夕在逐漸降溫的寒夜裡，靜待新年的倒數計時。俪人窩在暖暖的臥室裡，蓋著棉被彼此十分感恩，能平安相守25年的銀婚。當鞭炮聲劈里啪啦地在街巷中炸響時，整個世界彷彿都被喚醒了，因此，無睡意的守歲到凌晨三時許。

　　初一，貼上傳統寓意吉祥的春聯，象徵新一年美好之始，迫不及待思來想著送一堆祝福親朋好友之語。在餘震不斷的提醒著，就「平安」年復一年等到最後和最初的一天，可以一起簡單的喝一杯咖啡哈。而對自己的願望，便是擁有一個更豐富

靈魂,能敏捷地體察過去往事,可以合理地解釋當今遇見的所有美妙之事。機靈地覺察人間煙火與捕捉生活日常,也要學到莊子「物物而不物於物」的智慧呵。

　　年初二,到梅山文志兄家,特別享受他家被櫻花樹林包圍的感覺,空氣清新,領受一下櫻花灼灼的情。微寒的午膳後,輕輕拾起時光的碎片,同文志兄邀外子搭電梯上到寂靜的三樓,背對著陽光坐在一起曬曬暖陽,聊及陸游的《臨安春雨初霽》詩裡,「晴窗細乳戲分茶」是表露出閒散的心境。外子指出「分茶」是宋代點茶法的游戲,將茶粉放在盞裡,慢慢點入沸水,用茶筅或茶匙攪動到出現白色的浮沫在盞面上,就像似喝拿鐵上的拉花。在旁聽取外子述說,古人用詩詞簡單描繪生活的斑斕,觸動心底的淺淺歡喜,回到陋室,鍵入文內留存為日後的回憶。

慶年餘味

Spring Chen 2025/02/03 斜陽外美學堂

> 龍飛天外去
> 靈蛇舞動迎新歲
> 萬有呈祥瑞
> ——林桑祿　俳 2/4

　　慶年餘味依然回盪的初六（2/3），沉靜一下，守住此刻，回顧前幾天來回高鐵站，初三接待來自香港的外子弟弟，目前還在導片中的林德祿導演及其多年的友人。當天晚間，文志兄熱情招待晚膳，看著彼此忙碌中更感真意的相見歡，開心地分享著跨越人生不同階段的歷程。可能拍片入戲太深的林導演並未避諱，在這年節述說起他兩個多月前，似乎歷經死亡狀態，因此趁活著想來臺灣探望，自小鼓勵他要廣泛閱讀的六哥（外子）。外子總能從俯瞰的角度去看待事物，泰然地聊起生命如影隨形的「死亡」的課題，死亡是生命另一種方式的存在而已。

　　初四就近請他們到「水鳥」用午餐後，再回到陋室喝咖啡。安安靜靜看著精神矍鑠的外子，聲音洪亮地講起他寫的詩，鎔鑄的字句，沒有廢話，更不囉嗦。始終帶著笑容掛在臉上，又開心分享他自我保健的日常，早晚運動一小時、每天三餐飯後步行三千、每週四次中醫保養，一次足浴按摩，身體變得較輕盈，如此降低面臨無可避免的老化挑戰，坦然接受老化現象，才能繼續做研究，而書法是有收藏者需求，才會動筆寫字，有

時忘了老之將至,似乎沒時間變老呵。談笑間,鳳眼的外子掩不住眼神,不自覺流露出資深老頑童的魅力哈。

　　初五居家養息,不再遊蕩,總覺得還有很多事沒做,或做得不盡如己意,畢竟圓滿是建立在對缺陷的接納之後。還是寫點個人所見所識很窄的想法,練就靈魂以迎接新一年,將於年後與公部門簽約,「好宅」即產生合作價值,可見度和影響力就會進一步提昇,繼續吸引疊加更多有為的合作資源對象,未來緊繃的日子,定會更加充實喔!

雅興

Spring Chen 2025/02/06 斜陽外美學堂

茶人何雅趣
行書作畫尋詩句
訪友圍碁去
——林燊祿 俳 2/7

冬天和春天在做最後交接之際，總會急遽的降溫，外面的空氣還是充滿了寒意，雖未見春之來臨，已見春在門前展現。給自己沖了一壺柑普茶，冰冷的手握住熱熱茶杯，聞著淡淡琥珀色的茶湯，先含在口裡慢慢入喉暖暖胃後，才有精神鍵入充實的近日之誌。

立春，一個人走走路，不急於到達日光讀書會，隨機穿過大街小巷，路上，偶爾看到幾戶高高吊著像氣球般的燈籠，在寒風中搖擺著，似乎訴說著對龍年的依依不捨之情。在讀書會中不免聊及，臺灣知名藝人在日本旅遊期間驟逝的訊息傳出後，瞬間兩岸三地華人媒體廣泛報道，也有外國媒體以大篇幅的撰寫懷念之文，在臺則掀起搶打流感疫苗的熱潮。因剛洽訂四月中旬的機票，準備前往小豆島參觀國際藝術博覽會，2月4日（二）即注射疫苗去。

其實，在人生舞臺上，每個人的出入場的順序本來就不一樣，每一刻都可盡情投入人生之戲前，要先學會愛自己，建立

豁達的心境，當自己的擺渡人，不須為了得到掌聲而演出，好好體驗享受當下每種不同的角色，才能穩定有序地成就各自在意念的使命。因此，為了實現個人自我微小的使命，時不時寫點尋常的日子與細節，讓舊識者知我近況，新朋友可知我的過往。同時會紀錄有關外子的書法、詩詞之外，也會琢磨寫些他與人那麼不尋常的對話裡，似乎藏著有趣而意想不到的哲思之理，或可作為有意向撰寫或編輯外子傳記的參考文獻呵。

期能如故宮南院研究專員的賴國生老師，以他的專業研究藝術的角度，深入探究外子治學與書法風格，淋漓盡致地寫出《林燊祿的書法藝術》一文，細膩地指出「曲線多而方折少，筆劃邊緣不規則的凹凸有如石刻的自然風化，形成了林燊祿獨特的書法風格」，創文指出外子是延續清末民初，那些國學大師的精神真傳，與「臺灣主流的書法大異其趣」，令人耳目一新的學院派書法，如是成為兩岸收藏家雅典青睞的緣由吧！

體驗直播
Spring Chen 2025/02/08 斜陽外美學堂

語出便成章
淡定從容不緊張
清妝即上場
——林榮祿　俳 2/10

　　茶香在陋室裡依然瀰漫著一股慵懶，感受著茶香在口中回盪的同時，黏好樓下被昨（2/7）夜大風　拉了下來的揮春，望向屋外遠處的樹梢微微顫動，做了個深度吸氣，寒意從鼻腔蔓延到胸腔，整個人才被冷冽的空氣喚醒，精神為之一振。帶著感恩的覺知繼續生活著，感恩每日的瑣碎，感恩每一個當下，感恩擁有目前的生活狀態，感恩地震頻繁的日子，還能怡然自得地寫點不一樣的生活情節呵。

　　因喜歡在有限的時間裡，盡量體驗生活中各種新鮮事物的我，為了不錯失遇到或許可以學習的新項目，具體實踐金科玉律「活到老學到老」的精神。於是2月6日（初九）倉促與太極拳師兄喝完咖啡，提前離席，優哉游哉地帶著雀躍的心情回家，沒有美肌的素顏，欣然接受台科大圖書公司的邀約。線上雖無法隨興，但可改變我的慣性，還可擴大生活侷限的直播專訪，沒有癡心，卻是妄想或許有朝成為未來的網紅之一哈。

　　2月8日（六）以高維度視角自我檢視，由訪談者（徐螢箴總編）傳來，而無法藏拙的受訪影片，再回顧那一連串轉瞬即

逝的影視組成的對話，並沒有想像中的流暢，兩眼昏花的當時，根本無法視清自己寫過的腳本，有一點點懊惱，有時語焉不詳的回應呵。感受臨場的修辭真是太難了，不得不承認字彙量真的儲存得太少了喔！開始更加欣羨敬佩對能優雅地回應訪談的外子，也深化了自我瞭解，原來一向隨意以「寫」的方式，用予療癒之文，往往比「說」的更能溫馨動人哈。文末，感懷有新的體驗，又滋養而溫潤了生活的飽滿，感謝有此機緣可參與錄影，事後又可觀察視頻上的細節，才有足夠的能量可以寫出自省之文。

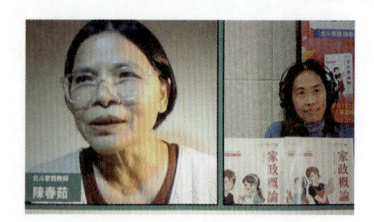

聽雨

Spring Chen 2025/02/13 斜陽外美學堂

> 細雨絲絲下
> 洒遍瓜棚和豆架
> 連篇狐鬼話
> ——林燊祿　俳 2/14

徹夜沒停的雨聲中，總是嗜睡，即使早醒了，也不想離開暖暖的被窩，做些簡易的瑜珈伸展後，枕著一夜好夢又入睡了，興許是春節來訪諸多人客，讓我有點應接不暇所積累的倦怠呵。

2月13日（四）收到市政府寄出令我眼花繚亂，須用印後送返的公文，翻閱繁瑣行政事務文書，不在我能掌控的範圍之內，致使某些時刻，難免心中會出現跌宕起伏的狀態。但也只能允許低迷的情緒，可以短暫的停留。面對具有時效性，而不能迴避的事務，還是得獨處於陋室，維持一個不受干擾的領域，快速地從中抽離出來，繼續寫些可有可無的消遣之文喔！

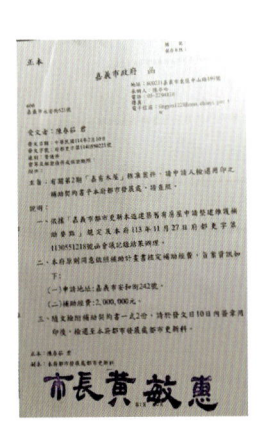

元宵節（2/12），約了文志兄看一下「好宅」的更新設計圖，其來也匆匆許下等他四月底自日本創作藝術回來，再參與樓梯扶手之設計，即又匆匆趕往他另一場重要的會議。春雨綿綿不斷的午後，到附近友人的服飾店喝咖啡，正逢換季的服飾最後一波折扣價，趕緊通知好友來挑檢合適其品味的風格，各自挑

選兩件韓版外套與背心,瞬間心情開朗起來。隨後跟她前往瑜珈場域,體驗不同師資的課程,感受練習過程的能量與可能,遠遠超乎個人的想像,唯有參與者自然能懂為何而運動,可以動得汗流浹背後,回程暢所欲聊些可圈可點亦樂乎的健康人生。

持續下雨的午前,重拾那份原有的自得與安閒,沖一壺茶,聽一場雨,與言慢而非深沉的外子,來個上午茶,縱使坐著不說話,也是十分美好呵。近午,自己做飯,在濕冷的雨天,最大的需求就是喝一口熱呼呼的湯,吃著香噴噴的糙米飯,雖沒有什麼奢華的大菜,但吃的每一口,就是一種滿足的溫馨喔!

晃遊

Spring Chen 2025/02/16 斜陽外美學堂

身心樂出遊
不辨東西任去留
莫問我何由
——林榮祿　俳 2/17

　　西洋情人節（2/14），上午大步走進嘉義市的後花園，感受雨停後清新的空氣，看看一路豔若桃花而不妖的山茶花，慢慢地梳理像毛線般纏繞在心間的思緒，釐清混亂在一團裡的事情，哪裡是頭哪裡是尾，集中精神想要清晰的表述，個人毫不掩飾的處事原由，還真不是一件容易的事，只知不能輕許對未來的承諾，而剝奪享受當下的氛圍。拙文有機緣刊出，不是為了覬覦稿費，更不是為了登頂，而是為了沉澱煩濁的心，不讓別人來瓜分有限生命的紀錄，讓熱愛體驗生活的自己依然隨心，繼續邁向明確核心主軸的方向前進。

　　下午約見接手「好宅」變更繪圖的油錫翰設計師，溝通將來要進住的實際需求，順到隨其前往民生北路的老洋宅，參考古宅修護後，正要驗收加裝的電梯，考慮是否預留日後要安裝的空地，讓自己對木屋的認知調整到客觀使用的實際應用。儘管現狀與目標之間，或許還有一段遙遠的距離，卻是一個重要的開始。

晃到西門街與仁愛路段的垂楊路上，許多新的商家進駐，有了新氣象，與其中一家有熟識的店員打個招呼，剛好其年輕有為的老闆開完會，便邀約坐下來喝茶，與看來每個細胞都洋溢著熱情的他，聊起小而美的嘉義市，很容易就有了交集，很微妙的感應到彼此的頻率，尤其有不少建築相關產業共同熟識之友，說的好像我也是建築業者呵。或許喜歡觀察新舊建材應用有關，因買不起高價的新房，只好檢個負擔得起破舊的老木屋，寫個自己有把握的計畫，申請公部門資金來補助修護後，屆時再學習符合現階段生活所需的室內空間擺設。抱著對未來的展望的想像，還是需要具體的行動後，才能兌現心想的目標喔！

春之萌

Spring Chen 2025/02/28 斜陽外美學堂

春萌大地甦
獸走禽飛草木高
桃符貼了無
——林燊祿　俳 3/1

　　二月最後一天，風中總帶著些許寒意，上週急性腸胃炎，躺兩天，純喝水吃白粥，身體復原差不多，調頻好精神狀態，繼續筆耕，將二月的故事先告段落。2月26日（三）「好宅」終於動工了，真像似春意的來臨，顯得格外的微薄而慎重哈，沒來由地讓我對合作公司的信心變得十分確鑿呵。細端詳，卻分明感到有種薄發的未來，將流淌在「再哂別室」間喔！

　　2月22日（六）移步換景走入阿里山的農民梯田體驗花趣，一看見自然的美景就會沉浸其中，淡煙微嵐輕攏，一眼望去是未掩飾的虯枝，沾了不少蟄伏中的萌苞，有股靜默中的蓄力，彷彿再待一個訊號，便將無可阻擾地悄然綻放，屆時都將換了新顏。一到山巔就會豁然開朗，回程穿過幽靜的咖啡園裡，有一種超然物外的感受。像極了人生，經歷不同階段的精

神層次之洗禮，讓人漸漸變得神清氣爽，再次領略步行在山間的「動觀」美學呵。正如我的英文名字，"*Spring*"象徵了生命的力量，也是內心的信仰，有時前路覺得慌張，就在心裡自創一個春天，就會昇起勇氣，種下「希望」的種子，再以堅韌的生命力量，適時地灌注，任不會被剝奪的心園萌芽，便自然的豐盈圓滿呵。

2月20日（四）到蒜頭糖廠的文化科技創新基地，參加「數位茶香－戲分茶XR沉浸體驗」記者會，戴上裝置就能走進虛擬實境世界，透過VR最新科技轉譯與展演，欣賞臺灣文化領頭羊的故宮南院，設置於戶外栩栩如生的3顆「戲分茶」作品，鏡頭拉近到茶團刻的亞洲「茶」文字，神奇的數位科技可細緻看到，出自外子之手的浮雕行草字，真妙。現場藉由視、聽、聞、品茶香四溢的體驗，握著溫潤典雅的布包小茶團，更是讓人完全沉浸嘉義茶文化的魅力。

驚蟄回響

Spring Chen 2025/03/05 斜陽外美學堂

> 天雷破地聲
> 蟄伏蟲兒漸覺醒
> 萬象賦新形
> ——林燊祿　3/6

　　粗糙的日常裡，給植物換土時，不必等風來，去年的落葉已悄然有化作春泥的獨特氣息。晴朗的週日（3/2），到「好宅」觀察拆除的狀況。小心翼翼地登上二樓，抬頭轉瞬的一瞥，天空的雲是那麼雅淡優美，連日來被蚊子在耳邊吵鬧，以致整夜難眠，快被腦海浮現出許多各種稀奇古怪的雜念所吞噬，這時自動地隨雲而散了呵。

　　3月4日（二）風和日麗，高高興興地跟著生命中的貴人（淑惠），歡歡喜喜來到祕密基地。陽光將周邊物件鍍成琥珀色，與身著棕袍的師父，映出溫潤的佛香氛圍。釋放眼、耳、鼻、舌、身、意，捕捉的所有訊息，聽到師父的引言，即刻觸動了心弦，再次覺察與理解，檢視自己昔日的行為模式與情緒的反應，千絲萬縷是來修補個人的不足呦！淺薄地看見自己的本質，領略到凡事都有因緣的波動，機緣不會平白無故地到來，助瀾而來的竟是，喚醒靈魂深處，早已存在的使命之聲，再次在耳邊回響呢！

驚蟄之日（3/5），讓頭腦休息，短暫的雨後來到「好宅」與設計師溝通，拍定廚衛配置定位後，隨而轉往舊監宿舍群，沿途撲鼻而來的花香縈縈繞繞，令人神清氣爽，邁入以修代租的工作室品咖啡，淡淡地聊及記憶深刻的人脈烙印，而不輟地寫文兩年多來絲絲縷縷的時光，彷彿繞在濃濃的咖啡香裡。慨嘆文內有些人事已非，但諸人事過往，必皆為年底新書的序章。

東坡遺愛

Spring Chen 2025/03/14 湖北（黃岡）

貶謫到天邊

難消塊壘寄詩篇

化育去巒煙

——林桑祿　俳 4/7

　　嶄新的一日，3月9日（日）住入湖北省「平凡」的社區，外圍藏著深奧密碼，閒散春光看到最深的慈悲，是冬天凋零後成為新生的序章，苞蕾如期地展出花姿，路旁的油菜花熱情地綻放，為大地抹上亮麗的色彩。喜歡微寒的春景，陶醉於蘇東坡故居的市境，彷彿穿越了千年的時光，與先賢共赴一場浪漫的春遊。

　　週一（3/10）沒在乎目的地，也沒在乎沿途的風景，隨著心情跟潘是輝教授，來到黃岡的遺愛湖。整棵滿是粉白相間的櫻花，猶似繁星點點。漫步其下，花瓣偶然輕輕飄落，是春天溫柔的觸碰。湖畔細長嫩綠的柳枝，宛如絲帶，隨著輕柔的春風飄舞，帶來幾許的詩意。在此邂逅「遺愛」的文化精神，體會「一蓑煙雨任平生」的快意江湖，回程懷有「歸去也無風雨也無晴」的豁達超脫。腦海中一直回盪著曠世才情的蘇東坡，欣賞他樂觀面對苦難的灑脫態度，用詩詞寄情於山水的豪邁，作為自我療癒的生活方式。

週三探訪於黃岡師院任教的友人，於文學院的樓梯口，看到有關蘇東坡文學講座。便來聆聽木齋教授以「文學中國」為著眼點，闡釋蘇東坡成為華夏民族偉大文化現象的人格特質。同時，旁徵博引史料談及東坡的「審美人生」的生活態度。內容非常豐富，不但拓寬了個人的視野與思維，也激發了再度探索文學的熱情。年少時讀過蘇軾不少膾炙人口的詩，原來大多是在黃州留下的名篇，那些看不見的根鬚，在歲月裡默默織就如今機緣的網，僅以外子的《又哂集》與老師結緣，藉以聊表敬意。

安且慶行

Spring Chen 2025/03/17 湖北（黃岡）

趙樸初居士
敕賜唐朝安國寺
佛土紅塵事
——林桑祿　俳 4/9

　　3月15日（六）特地到江山如畫的安徽省，探訪任教於安慶大學的智瑋（外子的學生），順道陪同潘教授調研。途經趙樸初的故居，便邁進青磚灰瓦的古樸建築，門內映入眼簾的是清光緒御筆題書的「四代翰林」橫匾和趙的塑像。空氣中瀰漫著淡淡的白玉蘭花香，交織環繞在古韻的徽派建築裡，彷彿置身在時光的縫隙中，感受到春天的溫柔與歷史的厚重。

　　3月16日下午自安慶回到黃岡，不辜負尚早的天色，以赤子之心擁抱時光，足夠再去珍貴的一座，承載著蘇軾經常來焚香默坐、參禪悟道的安國禪寺。一入寺院，聽到「物我同春」的塔鈴與枝葉在風中合奏，彷似有著東坡居士當年「莫聽穿林打葉聲」之吟嘯。抬頭望向高聳的寶塔，頂上有棵神奇獨特的小樹，其樹的主幹扭曲如狂草，枝椏的斜逸得像似枯筆，格外引我注目。據師父的導覽解說，塔之名為「青雲塔」，取「青雲直上」的寓意。此寺院初創於唐高宗顯慶三年（658年），於北宋嘉祐八年（1063年），仁宗皇帝賜額「安國禪寺」，延用至今。意外來此見證歷經了一千三百多年的風風雨雨，禪風依舊不墜，薪火仍然屹立相傳的風雅之寺，讓人安且慶行。

武漢賞櫻

Spring Chen 2025/03/20 湖北（黃岡）

千櫻夾道栽
嫩白粉紅競放開
漁郎也到來
　　——林燊祿　俳 4/8

　　3月18日（二）千里迢迢來到東湖之濱與珞珈山上，同時坐擁秀美的湖光山色，具有「校園版故宮」之稱的武漢大學賞櫻。初入武漢，乍見東湖旁娉娉婷婷的樹木，展露著迷人的姿態，像似伸展出友好的臂膀，歡迎我們的到來。哲學院文碧方教授熱情接待至其研究室，沖杯自臺攜來現磨的咖啡後，隨著文教授穿越風景如畫的校園，漫步極富人文美學，中西合璧的巍峨宮殿式建築群，號稱「最美的大學」，絕非過譽。

　　在灰牆覆蓋的藝術博物館旁，等待熾熱的學生引領，順著高大羅馬卷拱門裡的「百步梯」拾級而上，抵達筆直櫻花大道的核心賞櫻區。雖大部分櫻花尚未開放，只有少數粉嫩的花瓣，略略有些像紅暈的花唇，點綴在幾株櫻樹的枝頭。然而，見到一幢幢依山勢迤邐而建的古樸老齋舍與櫻頂，琉璃瓦蘊藏著歲月的綿柔，沉穩如深山的青石，承載著悠遠的歷史記憶，猶如醇厚且莊嚴的藝術瑰寶，著實令人肅然起敬。

鄂春漫遊

Spring Chen 2025/03/26 湖北（黃岡）

覓鶴且登樓
樓空鶴去白雲悠
題詩壁上留
——林桑祿 俳 4/8

　　3月21日（五）到了鄂州的武昌門外長江邊，遙望「萬里長江第一閣」的觀音亭，彷彿留出一片寧靜的空間，任由湖面的波紋輕輕蕩漾，似乎藏著春風的絮語，嫻靜地順著生活的潮流。在這裡時間篩掉浮華，留下最本真的自我，鍾愛體驗漫遊，與笑容燦爛的醉美，天南地北的閒聊，重複聊出旁人聽不懂的語彙韻律，這種習慣對我而言，也是最優雅的生活方式之一呵。正如近日，沉浸在黃岡師範學院裡，經常與文質彬彬，語速不快，聲音不大的蕭巨昇教授談天，但聽得清清楚楚，對於藝術天地有些共鳴，特別令人愉悅。

3月25日（二）滿懷期待，再次沿途欣賞漫天遍野的油菜花，接天連地以最寫實的一朵朵黃花，拼湊出最寫意的金黃色畫面。倏忽間，即抵達了武漢，初蒞嚮往已久的黃鶴樓。進入景區，隨處可見古代文人墨客留下的詩詞碑刻，感受雅士們的濃厚詩意與文化氛圍。漫步在旖旎淡粉的櫻花林下，想起聲名遠揚的詩人崔顥《黃鶴樓》：「昔人已乘黃鶴去，此地空餘黃鶴樓。黃鶴一去不復返，白雲千載空悠悠。」再緩緩登上頂層間，憑欄遠眺，腦海裡又浮現出李白膾炙人口的詩：「故人西辭黃鶴樓，煙花三月下揚州。孤帆遠影碧空盡，唯見長江天際流」的感懷情景。

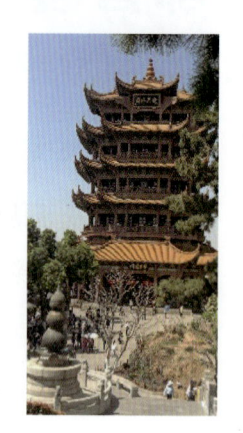

　　午後，走到黃鶴樓對面，一處寬敞的廣場，遠遠見到一座造型別致的建築，於是好奇跟著人群走去，原來是辛亥革命博物館，因休館之故，旋即覓食去。簡單午膳後，若不是田調專家潘是輝教授的導覽，完全不知附近又有另一座武昌起義紀念館，是一百多年前由紅磚建構的漂亮「紅樓」，興許正是昔日教科書裡的故事場景，於此不經意的相逢，似乎體驗了，奔赴一場花、樹、黃鶴樓與紀念館更替、輪轉的「片刻春夢」，在這百花競相綻放的時序裡，又領略一次身心偶遇之喜悅。

3月26日（三）跟隨潘教授的腳步，又來到充滿文化底蘊和自然美景的東坡赤壁，俗稱「赤壁公園」，據知因凸出的岩石就像城壁一般，而顏色呈現赭紅色，故稱之為赤壁。傍晚遊畢赤壁後，接受盛情難卻的艷君女史之宴，席間輪番高歌，不善唱演的我，只好在旁時而擊掌鼓動氣氛，時而以支持之姿，幫襯於唱者之後的舞動，藉此畫下於湖北漫遊「晚美」的句號呵。

湘西遊記

Spring Chen 2025/04/08 斜陽外美學堂

　　勝境張家界
　　怪石嶙峋飛瀑瀉
　　茶寀三四舍
　　——林燊祿　俳 4/17

　　不單調「相約桃花源，攜手向未來」的湘西行——一趟豐饒文化之旅，日日有驚喜，處處有詩情。3月28日（五）一早，在桃花源住宿區，驚見粉白相間的桃花肆意綻放，趕緊拿出手機，拍下令人「桃」醉的瞬間。早餐畢，整個上午就沉浸在桃花節的多姿魅力與韻味裡。午後，參與共繪《桃花源記》麻質畫，並體驗了具有特色傳統的非遺項目之活動。夜幕低垂的夜間，搭乘游船，沿溪觀賞陶淵明曾描繪過的《桃花源記》，移步換景的大型劇場，鮮明實景的演出，體現地方文化雄厚的底蘊。當船工一聲「開船囉！」，游船便溯溪而上，隨即耳畔響起溪水涓涓之聲、漁網入水嘩嘩之聲，蟲鳴、牛哞與漁歌高腔應和著。抬頭望向疊陵幽谷的前方，桃花盛開，田舍炊煙裊裊，老牛馱著牧童，農夫背著木犁的場景，頓時，彷彿回到自己童年時期，牽著母牛與小牛到荒郊野外，放任其自由覓食的快樂時光呵。

　　翌日（3/29），抵達仍保留著明清時代建築風格的鳳凰古城。先乘舟穿梭沱江，觀賞古城錯落有致的吊腳樓。而南岸紫紅沙石砌成的古城

牆，雖久經滄桑，倔強的野草帶著生機仍從裂縫裡鑽出，壯觀的景象，令人感受到「邊城」的真實魅力喔！晚膳後，籠罩在曼妙燈光下，漫遊令人目不暇接的夜景，房屋倒映水中，呈現出豐富的層次感，彷若置身於如詩如畫的情境，著實有些流連忘返呵。

3月30日（日）來到比傳說還漂亮，擁有令人驚嘆，獨具髮夾迴圈式高山觀光客運索道的張家界。直抵巍峨高絕的神山之巔，罕見的高海拔經歷億萬年風霜雕琢的穿山溶洞，而承接天地萬物靈氣的天門洞，氣勢磅礡蘊藏天地無窮的玄機，名聞遐邇，成為當代幸福的美好象徵。隔天再乘坐百龍天梯，穿越雲端，群山黛色，層巒疊嶂的山峰都訴說著大自然的鬼斧神工。又到拍攝《阿凡達》處打卡，走過了袁家界及乘小火車來回的十里畫廊。在4月的第一天，直奔黃石寨山頂的六奇閣觀景臺，登高感受一下張家界的「山奇、水奇、雲奇、石奇、樹奇以及珍禽異獸之奇」。再往曲折蜿蜒隨山而流的金鞭溪，心曠神怡地沿著清澈的小溪前行，看到岸邊奇花薈萃，溪旁樹木蔥蔥，光線穿過枝葉的間隙，斑駁之影灑落在水面，像似自然動畫連篇地播放，確實賞心悅目。

4月2日（三）回到常德參觀博物館與罕見藝術的千年詩牆，又到抗日會戰陣亡將士紀念處致意。晚間抵達長沙，膳前逛黃興步行街，湘遊已近尾聲，連日環繞在雄偉神奇與幽深美秀的絕美湖南景區，真是讓人樂不思蜀啊！

微甜旅記

Spring Chen 2025/04/24 斜陽外美學堂

赤壁子瞻遊
皓月清風大白浮
江水自東流
　──林燊祿　俳 4/26

　　離臺前前後後一個多月，回到陋室安頓一下，靜坐在筆電前，捧著骨瓷杯，喝著溫水，聽一些鋼琴樂曲，看著晨光如紗，斜斜地灑入室內，開啟連結一個令我感到愉悅，與旅遊而結識的金門年輕人合照之畫面。今懷著空白之心寫點文章，不再是夢想，而是用來保持思考的活性，防止過早結晶而固化的心智外，似乎更像生活的指南針，也是個人靈魂的棲息地呵。

　　趁還能靈活地走動時，不讓日子程序化地過，走出「舒適圈」，打破常規的生活模式，跳脫原有的日子，習以為常的生活，選擇到一個陌生城市旅遊，旅程中充滿許多偶然，不僅是自身外在的遷動，更是一次心靈深度的探索，屏棄過去既有固定的思維模式，從新的景象與文化，迫使自己去調整感官與體驗每一個瞬間，微調自我的認知。尤其喜愛獨自行走時，以個人具有體能優勢，不須制約自己的行動，而是柔軟地隨機應變，掌握時間，不影響他人的行程下，闊步探尋小山間，形形色色

的美好,最終登到山巔,欣賞大自然無所不在的壯美,寧靜地感受與世界的連接,然後駐足俯瞰腳下的湖光山色。迄今腦海烙下櫻花樹間的光影,以及湖面來來回回的船隻,因此越來越清晰而精確地掌握自身的需求,心情格外地舒暢,同時也激活與飽滿了自己的心靈。

而今,在平凡的日子裡,回放當下自我覺察經歷的感受狀態,不善於偽裝的我,不再妄圖用自己的認知,去觸碰他人認知的邊界,僅將所遇之美的兩張相片當插圖,分享予理解的人緩緩回味,及時簡短紀錄個人的思緒與體悟,讓印象中美妙的人際與風景,顯現那麼一點點具體的模樣哈,也許有朝一日再見時,在互視一笑中,還能釀成微甜的滋味呵。

旅遊真意

Spring Chen 2025/05/02 斜陽外美學堂

他鄉為異客
手語身言情可達
眼闊乾坤窄
　　——林桑祿　俳 5/2

　　整理陋室，在書堆中，翻出一封母校（University of Bristol）2005 年寄來，已經泛黃的信封，彷彿開啟一道時光的鎏金帷幕，內存放著幾張褪了墨色的成績證明書，打開那些被歲月滲染的紙張，如今也泛著茶漬般的點點色澤，似乎仍凝固著當年在學校宿舍裡的氣息，還能嗅到沒日沒夜的為了完成作業，交纏喝過的所有能提神的飲品味道呵。

　　手機跳出於黃岡師範學院因聽講座，以相片為證，萍水相逢而識的當地友人（右圖，羅煥翔攝）。記憶中收存的親歷景象，頃刻間復甦，念頭像調頻電臺，想起旅行對我而言，重點不是出發去那裡遊玩，而是前進。從一個地區到另一個地區，一直都覺得很有趣。特別到了一個從未去過的地方，就很快樂，除了可以發現新鮮事物，若碰巧遇見善良的人，聊些彼此發生的有趣故事，一下子跨越人與人之間的藩籬，在那個時間點和空

間裡,有了珍貴的交集,加了連絡方法,這些巧合緣深的人,繼而進入了我的生活文章裡哈。

跟隨著小團體,介紹景點走馬看花的旅遊方式,似乎少了那麼一點味道,大多是相當累人的。但長途跋涉看的不只是風景,而是與不同文化的人碰撞,不論是外來觀光客或是本地人,喜歡在異國他鄉觀察身邊的人,有時刻意地貼近歐美人士,*over hear their talking*…試圖測試一下自己的英語聽力。偶爾與之進一步對話,漸漸地,原本毫不相關的生命軌跡突然匯聚,只留下一絲不帶負擔的扯淡,如同吹過一陣風沙般的片段縮影記憶,也會帶來驚喜的插曲,激起一絲漣漪呵,就讓那些百年不變的景點,在我的記憶裡,增添了一點不一樣的色彩吧!尤其旅行結束後,腦袋變了,除了深刻地改變,我對於與人相處的態度,更深入感受外子「加、減、乘、除」的生活信念,堅定承接:「每日加入一步步小累積想完成的目標,減去不必要的社交,以誠為本借乘貴人之助,將所得之益,除之與他人共享」的力量。

回臺後,要將旅遊相識之友,保持濃淡恰好真不易,還能不刻意地淡然猶存,似乎更難,誠如外子說濃淡得宜,飽含真意,才是妙處啊!

活出喜悅

Spring Chen 2025/05/06 斜陽外美學堂

心中存喜悅

不礙寒天來大雪

杯中茶尚熱

——林桑祿　俳 5/8

　　新的一週，正準備調整生活型態。週日（5/4）五時許，朝氣蓬勃地騎上單車逕抵植物公園，很幸運遇上 Jenny，便一起同行。能說善道的她，一路分享很棒的身體力行的保健之方法，其實最重要的是自律，在適度活動的過程中，就已經是在重塑自己了。瞬間就能獲得汗流浹背的暢快，彷彿有一股磅礴的正能量注入體內。這樣沒停歇的腳步，似乎每一步都藏著自我身心微調的契機，將瑣碎的時光，自然就攢成日月星辰一般，提醒自己要像務農的父母一樣，隨著季節播種，要盡人事地把每一步驟都做好，聽天命就會產出好的成果呵。

　　立夏（5/5）的日光讀書會，默默聽著會友分享，面對有限生命告別的心路歷程，回想她過去陪伴的點點滴滴，傾聽臨終者的心聲，難免不捨。最後勇敢地允許摯愛的離別，是件很煎熬的事，但也是最好的一件禮物，並完成其遺願。處理完後事，似乎才逐漸釐清重要決定的價值觀，放下過去不必要的糾結，較無遺憾地學習繼續的「生活」前進，正如外子常言：「人生

無。」就如日光一再提醒的,盡量保持活出喜悅的狀態,讓美好人事物自然而然的靠近吧!

　　每日記錄點滋養身心的小事,將深刻體會寫出後,舉頭望向書架,抽出三十多年來陸續出版的近十本書,少了兩本,排開看了一輪,沒想到其中幾冊,還曾佔當時市場近十年的銷售冠軍呢!本本可都是心血結晶哈。雖也曾經處於被審查的忐忑不安,但還是一直享受著書寫的過程,主因為了利於他人,要寫出具有傳遞生活知識的價值,得陸陸續續研讀不少專論,在尋求獲得閱讀者能「同聲相應」的共鳴之文辭時,也隨時喚醒在日常生活中,留意像似簡單而不平凡的故事,自己因而成為最大的收穫者呵。感恩一次次的知遇相惜,真的讓我活出愛與喜悅的共振。

多園文化

線上讀者回函
歡迎給予鼓勵及建議
tkdbook.jyic.net/YU006

哂文集/林燊祿.陳春茹著. -- 初版. -- 新北市：台科大圖書股份有限公司, 2025.08
面； 公分
ISBN 978-626-391-575-6(平裝)

836.55　　　　　　　　114009606

哂文集

書　　　號	YU006
版　　　次	2025年8月初版
編　著　者	林燊祿・陳春茹
責任編輯	郭瀞文
校對次數	8次
版面構成	顏彣倩
封面設計	顏彣倩
發　行　所	台科大圖書股份有限公司
門市地址	24257新北市新莊區中正路649-8號8樓
電　　　話	02-2908-0313
傳　　　真	02-2908-0112
電子郵件	service@jyic.net
郵購帳號	19133960
戶　　　名	台科大圖書股份有限公司
	※郵撥訂購未滿1500元者，請付郵資，本島地區100元 / 外島地區200元
客服專線	0800-000-599
網路購書	勁園科教旗艦店　蝦皮商城
	博客來網路書店　台科大圖書專區
	勁園商城
各服務中心	總　公　司　02-2908-5945　　台中服務中心　04-2263-5882
	台北服務中心　02-2908-5945　　高雄服務中心　07-555-7947

版權宣告

有著作權　侵害必究

本書受著作權法保護。未經本公司事前書面授權，不得以任何方式（包括儲存於資料庫或任何存取系統內）作全部或局部之翻印、仿製或轉載。

書內圖片、資料的來源已盡查明之責，若有疏漏致著作權遭侵犯，我們在此致歉，並請有關人士致函本公司，我們將作出適當的修訂和安排。